Barbara Wilson

Ein Nachmittag mit Gaudí

Aus dem Amerikanischen von
Else Laudan, Eva Stäbler
und Martina Friedrich

Ariadne Krimi 1027
Argument

Titel der amerikanischen Originalausgabe: Gaudí Afternoon
Published by arrangement with The Seal Press, Seattle

Deutsche Erstausgabe
1.–15. Tausend April 1992

Verlag: Rentzelstraße 1, 2000 Hamburg 13
Tel.: 040/45 36 80 – Fax 040/44 51 89
Titelgraphik: Johannes Nawrath – Signet: Helga Damm
Texterfassung durch die Übersetzerinnen
Gesamtherstellung: Clausen & Bosse, Leck
ISBN 3-88619-527-9

Für Becky

Danksagung

Ich möchte dem Seattle Arts Commission Individual Artists Program danken, dessen Unterstützung zum Entstehen dieses Romans beigetragen hat, und den folgenden Personen für das Durchsehen des Manuskripts und für ihre hilfreichen Kommentare in den verschiedenen Stadien seiner Entwicklung: Rebecca Brown, Faith Conlon, Dorsey Green, Richard Labonté, Ruthie Petrie, Rachel Pollack und Linda Semple. Ganz besonders danken möchte ich Candace Coughlin aus Barcelona.

Für Gaudí aber bestand die Natur aus Kräften,
die hinter der Oberfläche wirken.
Die Oberfläche drückte für
ihn lediglich diese
Kräfte im
Inneren
aus.

Rainer Zerbst, *Antoni Gaudí*

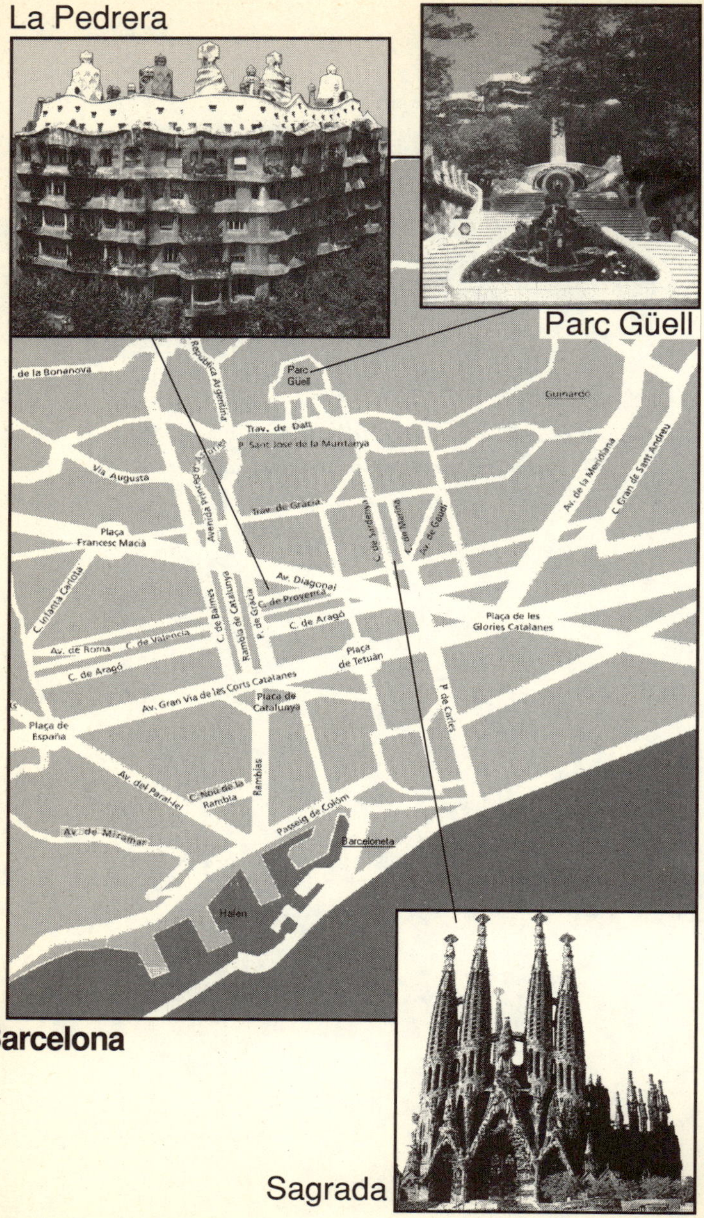
La Pedrera
Parc Güell
Parc Güell
de la Bonanova
República Argentina
Guinardó
Trav. de Dalt
P. Sant Josep de la Muntanya
Via Augusta
Avenida Príncep d'Asturies
Trav. de Gràcia
Av. de la Meridiana
C. Gran de Sant Andreu
Plaça Francesc Macià
C. de Sardenya
C. de Marina
Av. de Gaudí
Av. Diagonal
C. Infanta Carlota
C. de Balmes
Rambla de Catalunya
P. de Gràcia
C. de Provença
C. de Aragó
Plaça de les Glories Catalanes
Av. de Roma
C. de Valencia
C. de Aragó
Plaça de Tetuàn
Av. Gran Via de les Corts Catalanes
Plaça de Catalunya
P. de Carles
Plaça de España
Av. del Paral·lel
C. Nou de la Rambla
Rambles
Passeig de Colóm
Av. de Miramar
Barceloneta
Hafen
Sagrada

Barcelona

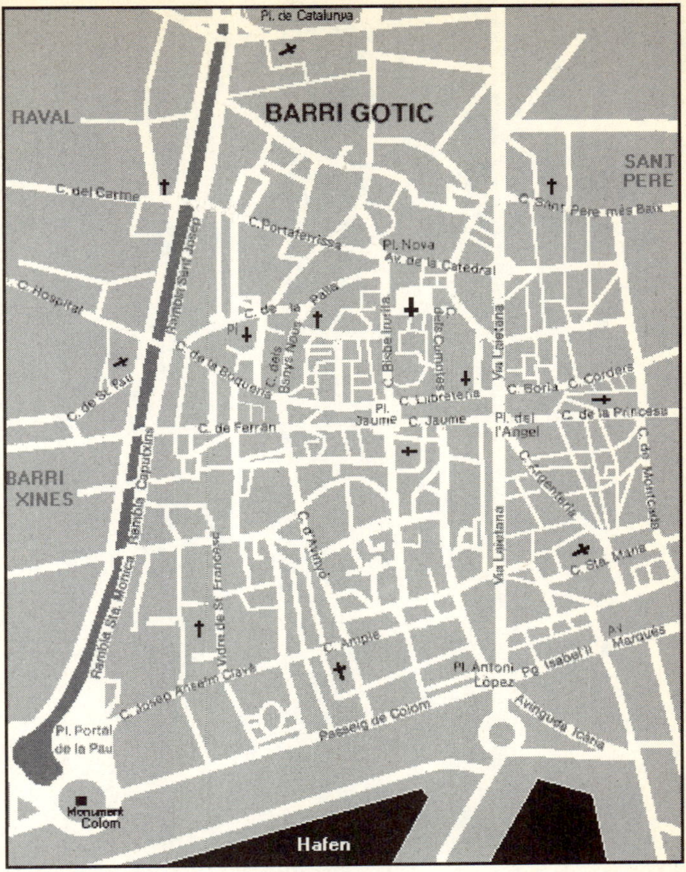

Pl. de Catalunya
BARRI GOTIC
RAVAL
SANT PERE
C. del Carme
C. Portaferrissa
C. Sant Pere més Baix
Pl. Nova
Av. de la Catedral
C. Hospital
Rambla Sant Josep
C. de la Palla
Pl.
C. de la Boqueria
C. dels Banys Nous
C. Bisbe Irurita
C. dels Comtes
Via Laietana
C. de St. Pau
C. Llibreteria
C. Boria
C. Corders
Pl. Jaume
C. Jaume
Pl. del l'Angel
C. de la Princesa
C. de Ferran
BARRI XINES
Rambla Caputxins
C. Argenteria
C. de Montcada
C. d'Avinyo
Via Laietana
C. Sta. Maria
Rambla Sta. Monica
C. Ample
Av. Marqués
Pg. Isabel II
Pl. Antoni López
C. Josep Anselm Clavé
Passeig de Colom
Avinguda Icària
Pl. Portal de la Pau
Monument Colom
Hafen

1

Mein Name ist Cassandra Reilly und ich wohne nirgends. Das jedenfalls ist meine übliche Antwort, wenn Leute mich fragen. Aufgewachsen bin ich in Kalamazoo im US-Bundesstaat Michigan, aber ich ging weg, als ich sechzehn wurde – heute weiß ich kaum noch, wie lange das her ist. Ich habe einen irischen Paß und verdiene mir meinen sogenannten Lebensunterhalt als Übersetzerin, hauptsächlich aus dem Spanischen, zur Zeit überwiegend von lateinamerikanischen Romanen. In einem großen, georgianischen Haus im Londoner Stadtteil Hampstead habe ich eine Dachstube gemietet, außerdem gibt es ein Zimmer in Oakland, Kalifornien, bei meiner alten Freundin Lucy Hernandez. Das sind noch die ständigsten meiner Wohnsitze, das soll heißen, daß ich dorthin Post bekomme. Aber ich bin meistens unterwegs: ein Kongreß hier, eine Buchmesse dort, ein Teil der Welt, den ich noch nicht kenne und der mich reizt. Bei meiner Abreise in Hongkong mag ich plötzlich das unaufschiebbare Bedürfnis haben, eine Freundin in Kioto wiederzusehen, und die Folge ist, daß ich zwei Monate lang in Japan Englisch unterrichte. Oder ich beschließe, daß es Zeit ist, mich mal wieder bei einer alten Flamme in Uruguay blicken zu lassen, und die politischen Ereignisse halten mich dort länger als geplant fest.

Ich bleibe selten länger als ein paar Monate am selben Fleck, und genau das brauche ich auch. Natürlich finden meine irischen Verwandten in der Grafschaft Cork, daß Ballybarnacle meine wahre geistige Heimat ist. Manchmal finde ich das auch. In meiner Erinnerung ist Irland immer grün und märchenhaft, und von Zeit zu Zeit – in einem überfüllten Zug, der sich durch Indien schlängelt, oder an einem glutheißen Tag in einer kolumbianischen Gefängniszelle – sehne ich mich nach seinen Nebeln und felsigen Küsten. Doch fast nie, wenn ich dort bin.

Nun war ich schon fast drei Monate wieder in London, nach aufregenden sechs Wochen Island bei einer neuen Freundin, der Vulkanexpertin Ingrid Biritsdottir. Ich war knapp bei Kasse und hatte einen größeren Übersetzungsauftrag annehmen müssen, als mir sonst lieb ist: einen weit ausufernden, verworrenen Roman von dem vierzehnten Schriftsteller, den die Werbung mit García Márquez verglich. In diesem Fall allerdings handelte es sich um eine Schriftstellerin, insofern war sie erst die fünfte, die als »neuer weiblicher García Márquez« angepriesen wurde.

Gloria de los Angeles war ihr Pseudonym, und ihr reißend populärer Roman trug den Titel *La Grande y su hija* – wörtlich: *Die Große und ihre Tochter*. Die Erzählerin war eine junge Frau namens María. In der Story gab es Urwald und verfallende Kolonialstädte, Seuchen und Wunder, einen finsteren Schurken mit Namen Raoul, einen Revolutionär namens Eduardo und starke Frauen wie Cristobel: Marías Mutter und die *Grande* aus dem Titel, die nichtsdestoweniger zu bebendem Guavengelee verging, sobald Eduardo aus dem Urwald auftauchte. Gloria de los Angeles war, wie ich erfahren hatte, Venezolanerin, Mutter von vier Kindern und hatte zuvor Jackie Collins und Danielle Steel ins Spanische übersetzt. *La Grande y su hija* hatte Spanien und Lateinamerika im Sturm erobert und würde, so glaubte jedenfalls der britische Verleger, dasselbe auch mit England und Nordamerika schaffen. Ein etwas besserer Titel mochte da hilfreich sein, auch wenn dem englischen Herausgeber der Vorschlag des amerikanischen Agenten – *Big Mamas kleines Töchterchen* – nicht gefallen hatte.

Ich war mittlerweile bis Seite dreihundertfünfundzwanzig gekommen, und immer noch lagen an die hundert Seiten Rohübersetzung vor mir. In zwei Monaten, am ersten Juni, war Abgabetermin. Ich hatte Zeit gespart, indem ich das Buch vorher einfach nicht gelesen hatte. Das brachte den zusätzlichen Vorteil, daß mich Gloria de los Angeles' höchst erfinderische Wendungen von einer Überraschung in die nächste schickten.

In jedem anderen Land wäre Frühling gewesen, aber England macht sich in Sachen Wetter seine eigenen Gesetze und hatte offenbar verfügt, noch ein paar Wochen mit Schneeregen, Hagel und eisigen Winden seien genau das richtige für die Engländer – die im Gegensatz zu allen anderen Völkern der Auffassung sind, im Innern sollte es genauso klamm und frostig sein wie draußen. Oben in meinem Zimmer war es ganz gemütlich. Ich hatte zu Ehren des ersten April vor ein paar Tagen einen meiner Öfen abgestellt, aber heute abend brannte er wieder. Genau gesagt war ich an meinem Schreibtisch von vier Heizungen umstellt. Wenn die Vierzig überschritten ist, fällt es eben schwerer, sich allein warmzuhalten.

Von unten drang gedämpft Vivaldi herauf, ein Konzert für Fagott. Olivia Wulf, der das Haus gehörte, hatte früher die erste Geige im English Chamber Orchestra gespielt. Jetzt war sie über siebzig und an den Rollstuhl gefesselt. Unsere gemeinsame alte Freundin Nicola Gibbons, Fagott-Virtuosin und Vivaldi-Expertin, sorgte für sie, und die beiden liebten es, kleine abendliche Barockkonzerte nur für sich zu arrangieren. Obwohl zwischen meinen Abstechern hierher oft Monate und gelegentlich Jahre vergingen, war das Haus noch mehr als das in Oakland meine Postadresse, mein Kleiderschrank und mein Informationszentrum. Mitten im tiefsten Amazonas konnte ich durchaus vergessen, welche Bedeutung die aktuellen Entwicklungen in Kultur und Politik hatten. Wenn ich aber nach London zurückkehrte, konnte ich mich auf Nicky als glühende sozialistische Feministin sowie leidenschaftliche Theater- und Konzertbesucherin verlassen, die mich zuverlässig auf den neuesten Stand brachte.

Ich war gerade in Kapitel zwölf eingetaucht, das folgendermaßen begann:

> Als ich dreizehn Jahre alt wurde, loderten urplötzlich überall am Ufer des Flusses geheimnisvolle flammenzüngelnde Blitze auf, die den Bewohnern der Dörfer und des Urwalds, ob Tier oder Mensch, keinen großen Schaden zufügten, außer daß die Papageien von wilder Panik erfaßt wie Blätter vor einem Sturm auseinanderstoben, blutrot leuchtend und wie irrsinnig kreischend. Ich wußte nicht – und es sollte mir auch noch für viele Jahre verborgen bleiben –, daß diese Feuer zur gleichen Zeit auftraten wie die Menopause meiner lange verlorenen Mutter, die, in einem abgedunkelten Zimmer ihres großen, heruntergekommenen Stadtpalastes auf ihrem Lager hingestreckt, ihre elfenbeinfarbene Stirn mit kühlenden, schwach nach Rosenwasser duftenden Tüchern umhüllt, während sie des Treibens ihrer Jugend gedachte, das Lodern der Erinnerung an den Ufern des sagenumwobenen Silberflusses entfachte,

als das Telefon klingelte und kurz darauf von weit unten der Gong ertönte, der mich wissen ließ, daß der Anruf für mich war.

Die Stimme am Telefon sprach amerikanisch, ein schwaches Rauschen in der Leitung bestätigte, daß der Anruf den Atlantik überquerte. Nebst ein paar Dutzend US-Bundesstaaten.

»Spreche ich mit Cassandra Reilly?«

»Am Apparat.«

Es war eine Frau mit angenehm rauher Stimme, wenn auch

durch das Knarren der Fernverbindung leicht entstellt. »Sie kennen mich nicht, ich bin eine Freundin von Lucy aus Oakland. Ich heiße Frankie Stevens.«

»Ja?« Ich zögerte. Lucy mochte eine meiner ältesten Freundinnen sein, aber ich war gerade erst eine Besucherin losgeworden – irgendwessen Kusine aus Alaska und zum ersten Mal in Europa – und nicht unbedingt erpicht darauf, schon wieder für ein bis zwei Jahre die Gastgeberin zu spielen.

Die Altstimme legte eine Pause ein. »Ich habe ein kleines Problem, und Lucy meinte, Sie könnten mir helfen. Weil Sie Spanisch sprechen.«

»Ein Übersetzungsauftrag?« Wieder hielt sich meine Begeisterung in Grenzen. Die letzte Freundin einer Freundin, die mich angerufen hatte, wollte ein Computerprogramm 'Auslese – Machen Sie sich zum Winzer Ihres Verstandes' vom Spanischen ins Englische übersetzt haben. Und außerdem steckte ich bis zu den Achselhöhlen in der Geschichte der unschuldigen aber wissenden Cristobel mit ihrem diabolischen ersten Gatten Raoul.

»Tja, so etwa in der Art. Wissen Sie, ich möchte das ungern am Telefon besprechen. Ich fliege heute abend nach Heathrow ab und bin morgen nachmittag in London. Ich wohne in einem Hotel in der Nähe des Russell Square. Können wir uns treffen?«

Ich zögerte vernehmlich.

»Ihre Zeit wäre gut investiert.«

Das bezweifelte ich. Aber was konnte es schon schaden? Frankies Anliegen mochte noch so ausgefallen ausfallen, es konnte nicht so bizarr sein wie die Umtriebe dieses Romans. Vermutlich würde mir eine Pause guttun – ich begann schon den Bezug zur Realität zu verlieren.

Also schlug ich die assyrische Sammlung im Britischen Museum als Treffpunkt vor, vier Uhr nachmittags. Frankie sagte, sie würde Rot tragen.

Mit den Assyrern hätte wohl niemand gern einen Frühlingstag verbracht, ob verregnet oder sonnig. Sie sahen mir ganz nach der Sorte Typen aus, die jede und jeden versklaven, wo sie sie auch finden. Die Friese der assyrischen Sammlung wimmelten von endlosen Reihen in Ketten gelegter Gefangener, die Tiere, Früchte und Erze als Tribut mitschleppten, ihre Gesichter waren finster oder angstverzerrt – zweifellos aus gutem Grund. Wie dem auch sei, die Wellenlinien auf dem unteren Teil der Friese und die munter hindurchspringenden Fische waren meine besonderen Lieblinge.

Ich kam exakt pünktlich, aber weit und breit war keine Frau in Rot zu sehen. Ich hatte nicht gewußt, wie ich mich selbst beschreiben sollte. Meine letzte Geliebte bezeichnete mich einmal als 'vertrocknet', aber ich bin sicher, daß sie nur vergnatzt war, weil ich zuerst Schluß gemacht habe. Andererseits, das Alter *hat* mich ein wenig mager und zäh werden lassen. Es ist schwer, die Haut zu verwöhnen, wenn du auf Trebe bist. An meinen besseren Tagen, finde ich, sehe ich Katherine Hepburn in mittleren Jahren ähnlich.

Heute hatte ich einen warmen Wolloverall und meine kurze schwarze Lederjacke an. Meine Haare, die eine Hairstylistin einmal als irischen Afro bezeichnet hat, steckten unter einer schwarzen Baskenmütze mit einem alten *Truppen raus aus Irland!*-Button. Ich trage immer meine Baskenmütze und meine politische Überzeugung, wenn ich mich mit potentiellen Auftraggebern treffe, die mit dem Gedanken spielen könnten, mich zu übervorteilen.

Ich wartete und wartete. Ich hoffte, daß Frankie nicht vom Zoll festgehalten worden war. Vielleicht war sie Drogendealerin, und ich würde mit reingezogen, weil das Telefongespräch abgehört worden war. Das Rauschgiftdezernat würde in mein Dachzimmer einfallen, einen einzigen Blick auf meine lateinamerikanischen Zeitungsausschnitte werfen und mich stante pede als Kokain-Baronin verknacken.

In den Räumen der assyrischen Sammlung herrschte kein

Gedränge, obwohl an einem Regentag wie diesem das gesamte Museum von Touristen überschwemmt war. Die meisten drängten sich um die ägyptischen Mumien und den Elginischen Marmor. Nur ein paar üppig mit Kameras behängte japanische Touristen starrten mit mir auf die langen Reihen der Gefangenen und Krieger. Ich versank in grüblerische Phantasien zu Geschichte, Krieg und Gewalt, aus denen mich erst der Eindruck wieder aufrüttelte, daß irgendwer sich zielsicher auf mich zubewegte.

Eine Frau in leuchtendrotem Stretchjackett, schwarzem Minirock und schwarzen Strumpfhosen tigerte mit dem leichten Gang einer Turnerin über den Steinfußboden. Ihr Lippenstift leuchtete wie eine fröhliche Wunde in ihrem blassen Gesicht, um ihre dünnen weißen Handgelenke trug sie Dutzende roter und schwarzer Plastikarmreifen. Irgend etwas an ihrem Gesicht gefiel mir auf Anhieb: Es war ausgesprochen schelmisch mit spitzem Kinn und weit auseinanderstehenden haselnußbraunen Augen. Ihr Haar war rostrot und wirr, herrlich gelockt, mit Korkenziehern wie bei einer Shirley-Temple-Puppe. Sie war etwa Ende zwanzig.

Unmittelbar vor mir kam sie zum Stehen. Ihre schwarzen Schuhe erinnerten an Pfeilspitzen. Sie zog ihre Nase kraus: »Cassandra?«

»Frankie?«

Man merkte gleich, daß sie Amerikanerin war. Als erstes warf sie ihre Arme um mich und drückte mich fest an sich. »Ich freu' mich, Sie kennenzulernen.«

Frankie erinnerte mich an einen jungen Irischen Setter, langbeinig, zutraulich, lebhaft. Ich nahm sie mit zum Teetrinken nach oben, wo sie alle Kellnerinnen hinter dem Tresen anstrahlte und der Frau an der Kasse einen wunderschönen Tag wünschte.

»Ich bin zum allerersten Mal in London«, erklärte sie pathetisch. »Und wissen Sie, was ich als erstes dachte? Mensch, die reden ja wirklich wie in *Das Haus am Eaton Place.* Haben Sie ein Glück, daß Sie hier leben können.« Sie verputzte ein Milchbrötchen mit Erdbeermarmelade und zündete sich eine Camel an. »Ich kann Ihnen gar nicht genug dafür danken, daß Sie mir wirklich helfen wollen.«

»Noch hab' ich das nicht gesagt«, half ich ihrem Gedächtnis freundlich auf die Sprünge.

»Oh, ich weiß«, versicherte sie schnell, zog die Nase kraus und schmunzelte mir zu, als wären wir längst Komplizinnen. »Ich meine doch, daß Sie bereit waren, sich mit mir zu treffen... Lucy hat Sie wärmstens empfohlen... ich war gleich sicher, Sie sind die Richtige für den Job, jetzt habe ich Sie kennengelernt und weiß es genau.« Sie strahlte mich an und wiederholte: »Sie sind einfach die *Richtige.*«

»Was für ein Job soll das sein?« fragte ich.

»Eigentlich ist es ganz einfach«, sagte sie. »Ich muß in Barcelona jemanden suchen und brauche dabei eine Übersetzerin.«

»Barcelona!« Ich liebte Barcelona. »Ich sitze hier an einem großen Projekt. Ich kann nicht einfach Urlaub nehmen und nach Barcelona fahren.«

»Oh, es wäre ja auch nicht für lange«, versicherte sie. »Ein paar Tage vielleicht, auf keinen Fall länger als eine Woche. Ich bezahle natürlich Hin- und Rückflug und hundert Dollar Honorar pro Tag. Und ich zahle Ihnen tausend Dollar, egal, ob Sie die gesuchte Person finden oder nicht, aber wenn Sie ihn finden, zahle ich dreitausend. Denken Sie darüber nach, Cassandra«, sie senkte ihre Stimme zu einem heiseren Raunen, »dreitausend Dollar für ein paar Tage Arbeit.«

Ich dachte bereits darüber nach, dachte an die schäbigen dunklen Straßen und den unerbittlich strömenden Regen draußen, dachte an Cristobel und Raoul, die in meiner kleinen Dachkammer auf mich warteten, dachte an den dünnen blauen Brief, den ich vor einer Woche von meiner Freundin Ana aus Barcelona bekommen hatte.

»Wer ist ‘er’?« fragte ich. »Und warum ich?«

»Ben, mein Ehemann.« Frankie seufzte bedeutungsvoll, warf ihre rotbraunen Korkenzieherlocken zurück und zündete sich mit ihrem silbernen Feuerzeug eine weitere Camel an. »Es ist ein solches *Durcheinander*. Wissen Sie, wir leben schon fünf Jahre getrennt, aber wir sind nach wie vor gute Freunde. Wir haben auf dem College geheiratet, damals wußte ich nicht, daß er schwul ist, und ich wußte auch nicht, daß er aus einer reichen Familie stammt. Ben hat mich überredet, nach San Francisco zu ziehen, da hatte er dann sein Coming-out. Er wollte nicht, daß seine Familie davon erfährt, also beschlossen wir, verheiratet zu bleiben. Zuerst war das hart für mich, aber schließlich habe ich es akzeptiert. Ich bin Schauspielerin, verstehen Sie, ich brauche sowohl meine Freiheit als auch Bens finanzielle Unterstützung.«

»Sie sind Schauspielerin?« Ich hatte schon immer eine Schwäche für die Mädels im Rampenlicht.

»Theaterschauspielerin.« Sie lächelte. »Im Gegensatz zu vielen Freundinnen brauche ich nicht als Kellnerin zu arbeiten, wenn ich gerade kein Engagement habe. Ich bin *sowas* von verwöhnt.« Wieder zog sie ihre Nase kraus und ihre strahlenden haselnußbraunen Augen wurden rund. Ich konnte sie mir gut auf der Bühne vorstellen, in der Rolle eines Gassenjungen oder als kesse Soubrette mit rauchiger Stimme.

»Wo liegt jetzt das Problem?«

Frankie runzelte die Stirn. »Das *Problem* liegt darin, daß Ben so ein unruhiger Geist ist. Er hat nie arbeiten müssen, manchmal verreist er einfach einen Monat oder noch länger, ohne mir zu sagen, wohin. Normalerweise ist das auch in Ordnung, aber diesmal bekam ich einen Anruf des Familienanwalts. Ben muß ein paar wichtige Papiere unterzeichnen. Ich konnte den Anwalt eine Weile hinhalten, während ich versuchte herauszufinden, wo Ben sich aufhält, aber nach ein paar Tagen wurde mir klar, daß er einfach verschwunden ist.«

Frankie hielt inne und beugte sich verschwörerisch über

den Tisch. »Die Papiere sind natürlich fürchterlich wichtig, aber viel schlimmer wäre es, wenn Bens Vater herausfinden würde, daß ich, Bens Ehefrau, nicht mehr mit ihm zusammenlebe und nicht die leiseste Ahnung habe, wo er zu finden sein könnte. Bens Familie ist sehr konservativ, die wären imstande, ihn aus dem Testament zu streichen oder so.«

»Wie kommen Sie denn darauf, daß er in Barcelona ist?«

»Ich bin seine Telefonrechnungen durchgegangen.« Es schien ihr nicht peinlich zu sein. »Ich habe natürlich einen Schlüssel zu seiner Wohnung, also habe ich einfach seinen Schreibtisch durchsucht, die Telefonrechnungen gefunden und angefangen, ein paar Nummern anzurufen. Eine Nummer in Spanien, in Barcelona, kam ziemlich oft vor. Als ich dort anrief, war irgendein Wesen dran, das nur Spanisch sprach, aber als ich sagte 'Ben? Ist Ben da?', gab es große Panik, plötzlich konnte man Englisch: 'Hier gibt es keinen Ben' und schon wurde aufgelegt. Sie sehen also, warum ich es für logisch halte, da anzusetzen.«

»Und Geld spielt keine Rolle?«

»Und Zeit ist kostbar.« Sie lächelte und legte eine armbereifte Hand auf meine. »Ich hoffe, Sie helfen mir. Wissen Sie, als ich aus Bens Wohnung im Castro kam, traf ich zufällig Ihre Freundin Lucy Hernandez – ich kenne sie von früher. Ich erzählte ihr, daß ich vorhätte, nach Barcelona zu fahren, aber kein Spanisch kann, und daß das ein großes Problem für mich sei. Also schlug sie Sie vor, weil Sie Übersetzerin sind. Ich flog nach London, um Sie zu überreden. Ich will in ein paar Stunden abreisen und hoffe, Sie werden nachkommen, sobald Sie können.«

Ich war schon mehr als überzeugt, aber ein letzter Anflug von Vorsicht ließ mich noch zögern. »Die Tausend sind also im voraus, ohne Bedingungen?«

Frankie nahm ein rotes Lederportemonnaie aus ihrer riesigen schwarzglänzenden Umhängetasche. Sie zog ein Couvert heraus und legte es vor mich auf den Tisch. Die anderen Gäste dachten mit Sicherheit, es ginge um einen Drogendeal oder um Waffen für die IRA.

»Da ist Ihr Iberia-Flugticket drin, und zehn Hundertdollarscheine.«

»Wie kommt es, daß Sie sich meiner so sicher waren?« Ich nahm das Couvert an mich.

Frankie lächelte das charmante Lächeln einer Frau, die gewohnt ist zu bekommen, was sie will. »Weibliche Intuition?«

2

Im Barri Gòtic oder gotischen Viertel von Barcelona verläuft nicht weit von der Kathedrale entfernt eine gewundene Straße, in der sich ein Trödel- und Antiquitätenladen an den anderen reiht. Wann immer ich in Barcelona bin, lande ich unweigerlich in der Carrer Banys Nous und bummele an den Schaufensterscheiben entlang, hinter denen schwere hölzerne Truhen, Rokokogemälde in vergoldeten Rahmen, reichverzierte Teeservices und diverse Keramiken zu bewundern sind. Ich kaufe fast nie etwas, weil ich so viel auf Reisen bin, aber ich riskiere gern einen Blick.

Einmal allerdings, so vor sieben oder acht Jahren, überfiel mich vor einem der kleineren Läden plötzlich das unglaubliche, unbezähmbare Verlangen, diese Galionsfigur zu kaufen. Zwischen lauter riesigen, rosa und violett gestreiften Seeschneckenhäusern und auseinandergespreizten Muscheln hindurch reckte sie sich mir lang und schmal aus dem Schaufenster entgegen, mit leuchtendgoldenen Haaren und halbgeöffneten, rosigen Lippen, als spürte sie noch den kräftigen Wind der Karibik auf ihren bemalten Wangen.

Bis dahin war ich nie in diese Läden hineingegangen, nicht mal, um nach einem Preis zu fragen. Ich wollte den Anblick, nicht den Besitz. Aber an dem Tag stürmte ich glühend vor Begierde ins dunkle Ladeninnere, ohne erst zu überlegen.

Der Raum war winzig und extrem ordentlich wie eine Schiffskajüte. Die Wände waren voll mit zerschlissenen alten Seekarten und Bildern von Drei- und Viermastern, von der Decke hingen Laternen und detailgetreu nachgebaute Modellschiffe. Hinten im Laden hatten der Inhaber und eine Kundin gerade zu feilschen begonnen – um die Galionsfigur im Fenster.

Ich bat und bettelte, ich behauptete, diese Figur habe ganz bestimmt einmal meiner Familie gehört, ich gab vor, in einem früheren Leben Matrose gewesen zu sein, ich erklärte, sterben zu müssen, wenn ich diese atemberaubend gemeißelte hölzerne Dame nicht bekam. Ich bot dem Ladeninhaber jeden Preis, er sollte ihn nur nennen. Er versuchte, uns gegeneinander auszuspielen, ihm schien offenbar der Profit zuzulächeln, egal welche von uns er ansah. Aber die andere Kundin war unerbittlich – und entwaffnend. Mit erstaunlicher Überzeugungskraft und Beharrlichkeit redete sie mir meine Leidenschaft aus. Dann lud sie mich zum Essen in eins von Barcelonas Spitzenrestaurants ein. Seitdem sind wir Freundinnen.

Und jetzt hockte ich um Mitternacht in der Küche von Anas gigantischer Wohnung, und wir tranken Tee. Ich hatte keine Stunde gebraucht, um vom Britischen Museum nach Hause zu jagen, die Handvoll Sachen in meine Reisetasche zu stopfen und eine hastige Nachricht für Nicky zu kritzeln. In letzter Sekunde hatte ich auch noch *La Grande* geschnappt und sie in die Tasche geworfen.

Ana, groß und schlank, trug wie üblich Jeans und ein weißes, langärmeliges Hemd, über ihren schmalen Handgelenken aufgerollt, dazu Cowboystiefel, die sie wahrscheinlich in Italien erstanden hatte. Ihr dunkel kastanienbraunes Haar war aus ihrem ovalen Gesicht nach hinten gebürstet und floß in einem schweren Zopf ihren Rücken hinab. Sie sah immer hinreißend aus und hatte nie ihren Stil geändert.

»Als ich dir vor zwei Wochen schrieb, hätte ich mir nicht träumen lassen, daß du so schnell reagieren würdest«, sagte sie gerade.

Ich versuchte mich zu erinnern, was in dem Brief gestanden hatte. Viel über ihre Arbeit, irgend etwas über Einsamkeit... Ich machte ein teilnahmsvolles Gesicht. »Es ist bestimmt schwerer für dich, seit Lidia wieder in Argentinien ist?«

»Lidia war irre.« Ana zuckte die Achseln. »Nein, es liegt nicht so sehr an Lidia. Aber die Wohnung kann manchmal unheimlich groß sein. Hier müßte mehr Leben rein.« Sie heftete ihre sanften braunen Augen auf mich. »Ich bin so froh, daß du jetzt hier bist.«

»Ja, ich auch«, bestätigte ich vorsichtig. Das klang ganz und gar nicht nach meiner unabhängigen Freundin Ana, die fast genauso gern wie ich in Hohn und Spott über Beziehungskisten herzog. »Ich hab' natürlich sehr viel zu tun. Trotzdem hoffe ich, wir finden Zeit, um mal wieder richtig ausgiebig zu quatschen.«

Bei dem Wort quatschen zuckte sie leicht zusammen. Sie hatte doch nicht etwa gehofft... aber nein... sie kannte mich... sie konnte unmöglich...

Ich wechselte das Thema. »Willst du mir nicht zeigen, an was du gerade arbeitest?«

Danach gefragt, erklärte Ana immer, sie hätte schon Zeit ihres Lebens Architektin werden wollen, sie wüßte auch nicht, warum. Aber ihre Entwürfe für Gebäude waren so schräg und abgedreht, daß nach dem Studium kein Architektenbüro sie einstellen wollte. So mußte sie sich darauf beschränken, für die kleinen Kinder der Reichen phantastische Spielhäuser zu kreieren. Diese Häuser wurden genau auf die Phantasien der Kinder zugeschnitten. Erklärte zum Beispiel bei der Beratung ein Kind: »Ich will ein Haus wie eine Katze«, dann erschuf Ana ein Haus in Gestalt einer schlafend zusammengerollten Siamkatze aus mandelfarbenem dicken Polstermaterial und braunem Samt. Wenn ein Mädchen Eisenbahnen liebte, konstruierte Ana aus festem Karton eine

Lokomotive samt Schienen und einem Anhänger für die kleine Schwester. Träumte ein Junge vom Urwald, dann wurde sein Haus mit Lianen bemalt und das Dach mit Affen und Orchideen gedeckt.

In den Zimmern und Schränken ihrer gigantischen Wohnung türmten sich Baumaterialien und Krimskrams, den Ana auf Müllhalden und bei Trödlern aufstöberte. Das Wohnzimmer diente wegen seiner enormen Ausmaße als Arbeitsraum, im Augenblick befanden sich hier drei Projekte in verschiedenen Stadien der Vollendung.

Das eine werdende Haus hatte ein hölzernes Gerüst und war ein aus Polsterkammern bestehender Nautilus, etwa einssiebzig hoch, mit großen und kleinen Räumen und einem spiralförmigen Gang dazwischen. Die Außenwände waren mit gestreiftem Stoff bespannt und wimmelten von aufgenähten Fischen und Muscheln.

Das zweite war eine riesige, in blauen Plüsch eingeschlagene Schmuckschatulle aus Holz mit zwei Schubladen, die obere zum Schlafen, die untere zum Spielen. Es gab sogar eine lebensgroße Ballerina, die den Deckel der Schachtel zierte; sie war ausgestopft, aus Baumwolle und trug zu einem blauen Samttrikot ein steifes Tüll-Röckchen. Wenn man auf einen Knopf drückte, drehte sie sich zu den Klängen des Donauwalzers.

»Ich arbeite noch an der Geschwindigkeit«, murmelte Ana geistesabwesend. »Wenn sie sich zu schnell dreht, kann der auffliegende Rock das Gesicht des Kindes verletzen, aber wenn sie zu langsam ist, wirkt sie irgendwie verkrüppelt.«

Das dritte Projekt war in Form von etlichen farbenfroh bemalten Pappmaché-Teilen über den ganzen Boden verteilt. Ich sah etwas, das wie ein bemalter Frauenschenkel aussah, und eine farbenprächtige einzelne Brust.

»Das wird ein Haus für eine Gebärende«, sagte Ana und hob den Schenkel auf, als könne er etwas erklären.

Wir machten es uns auf ein paar Kissen gemütlich, und ich

erzählte ihr von Frankie. Ich gab mir Mühe, es nicht klingen zu lassen, als wäre ich nur deshalb nach Barcelona gekommen.

»Ich weiß nicht«, kommentierte Ana, »das hört sich für mich an wie der Versuch, die Stecknadel im Heuhaufen zu finden. Barcelona ist riesig. Und selbst wenn ihr diesen Ehemann auftreibt: ist das Ganze wirklich so einfach, wie Frankie es darstellt? Was, wenn sie in Wirklichkeit wegen irgend etwas Rachegelüste hat und nur nach ihm sucht, um ihn umzubringen?«

»Ach, Frankie ist harmlos. Sie neigt eben zum Dramatischen, immerhin ist sie Schauspielerin. Die Dinge liegen vielleicht anders, als sie mir erzählt hat, aber ich glaube kaum, daß sie eine Mörderin ist.«

»Ich mache mir Sorgen um dich, nicht um sie«, sagte Ana streng, um ihre Verlegenheit zu überspielen. »Denk nur an deinen letzten Besuch hier. Diese Geschichte mit Carmen.«

»Carmen«, sagte ich verträumt und dachte in der Tat an diese Geschichte. »Carmen muß ich unbedingt sehen.«

»Ich hoffe, du hast auch Zeit für *mich*.«

»Für dich habe ich immer Zeit, Ana. Was ist eigentlich los mit dir?«

Sie warf mir einen wehmütigen Blick zu. »Ich möchte ein anderes Leben, mehr nicht.«

Oh Himmel, als nächstes würde sie noch von Babys anfangen!

»Ich möchte ein Kind.«

»Ich finde, wir sollten erstmal eine Nacht darüber schlafen, Ana. Laß uns morgen reden, ja?«

Sie seufzte und stand auf.

»Aber daß du dir nicht vornimmst, deine gesamte Zeit mit Carmen zu verbringen«, bemerkte sie warnend.

»Ana, nun ist aber Schluß. Ich bin hier, um zu arbeiten.«

Aber bevor ich einschlief, betrachtete ich noch einmal die Galionsfigur, die Ana so fürsorglich in mein Gästezimmer gestellt hatte. Ich mußte an die Beharrlichkeit denken, die Ana an jenem Nachmittag im Antiquitätenladen bewiesen hatte. Sie führte etwas im Schilde, was mich irgendwie betraf.

Babys.

* * *

Frankie und ich waren für den nächsten Morgen um zehn Uhr verabredet. Ich wachte früh auf und ging über die Plaça de Catalunya zum Café Zürich. Obwohl es erst halb acht war, tummelte sich auf den Straßen bereits das Leben. Die Spanier stehen früh auf und gehen spät ins Bett. Wenn ich in Spanien bin, mache ich es genauso – das muß an all dem Kaffee liegen. Aber es hat auch viel mit der Hitze zu tun. Heute morgen war Barcelona noch kühl und frisch, die Gehwege waren eben erst abgespritzt worden, nur eine schwache Dosis Abgase mischte sich mit der Morgenluft. Beim Café Zürich ließ ich mich an einem Tisch nieder und dankte dem Himmel, daß ich hier war. Dies war nicht wie London, wo das höchste der Gefühle auf dem morgendlichen Weg zur Arbeit aus einem Platsch Kondensmilch in einer dünnen braunen Brühe besteht, die in irgendeiner abscheulichen Teestube zwischen Linoleumtischen und fettverschmierten Fenstern runtergekippt werden muß. In Barcelona wird im Freien residiert an einem Tisch für sich allein, an dem ein Kellner mit einer Tasse und zwei Kännchen auf seinem Tablett erscheint. Aus dem einen Kännchen gießt er einen Schuß tiefschwarzen Kaffee in die Tasse, aus dem anderen einen Strom heißer Milch. Und das mit Schwung: *»Señora.«*

Und in Barcelona war auch Frühling, richtiger Frühling, kein vernieselter Heute-hier-morgen-fort-Frühling. England konnte seinen Flieder unter grauem Himmel behalten, ich war davon erlöst, durfte zusehen, wie die Platanen ihre Äste über die Ramblas reckten und Frauen wie Filmstars gekleidet zur Arbeit eilten. Ich selbst hatte meine Lederjacke für ein wild bedrucktes japanisches Wickelhemd zu Hause gelassen und einen schwarz-violetten Turban um meinen Kopf geschlungen.

Ich las *El País* und *La Vanguardia*, sah dem Treiben ringsumher zu, gönnte mir noch einen Kaffee und zwei Croissants. Dann zog ich los, die Ramblas hinunter, diese lange Straße, die das Herz von Barcelona ist. Eigentlich besteht sie aus fünf verschiedenen Straßen, aber sie gehen alle ineinander über. Der rechts und links von Bäumen gesäumte Fußweg auf dem Mittelstreifen ist fast rund um die Uhr ein einziges Menschengetümmel, an den zahllosen Kiosken werden neben Postkarten und Presse aus aller Welt auch Kaninchen, Kanarienvögel und Rosen verkauft.

Ich spazierte die Ramblas entlang bis zur Plaça Boquería, die etwa auf halber Strecke liegt, dann bog ich in eine Seitenstraße ab. Sie verband die Ramblas mit den drei kleinen Plätzen um die Kirche Santa María del Pi. Ich hatte Frankie ein kleineres Hotel gleich bei der Plaça del Pi empfohlen, ganz in der Nähe gab es eine Bar mit Straßencafé, wo wir uns treffen wollten.

Sie wartete bereits auf mich, zerbrechlicher als bei unserem Abschied auf den Treppenstufen des Britischen Museums, weniger gutgelaunt, eher verdrossen. Meine Hochstimmung ließ etwas nach, als ich auf ihren Tisch zukam und sie mich mit vorwurfsvollen Blicken empfing.

»Die haben mich in ein Zimmer direkt neben dem Fahrstuhlschacht gesteckt, die ganze Nacht hab ich kein Auge zugemacht bei dem Krach, und das Bett war zu weich. Der Mann am Empfang spricht kein Wort Englisch, ich konnte mich noch nicht einmal beschweren. Ich fühle mich wie durch den Wolf gedreht.«

In der Tat, ich konnte ihr ansehen, daß heute nicht ihr Tag war, obwohl sie sich Mühe gegeben hatte. Sie trug ihre Armreifen, ihren knallroten Lippenstift und auch ihre albernen spitzen kleinen Schuhe. Aber ihre blasse Haut sah in der hellen Morgensonne fahl aus und leicht vernarbt von alten Pikkeln. Der Aschenbecher auf ihrem Tisch war bereits voll, und sie hustete beim Reden.

Ich gab ein paar beruhigende Geräusche von mir und versprach, ein besseres Hotel für sie zu suchen, falls sie das wollte. Als alte Bühnen-Amazone kämpfte sich Frankie zur heiteren Seite durch. »Amerikaner im Ausland, ein pathetisches Häufchen Elend, was?«

So gefiel sie mir wieder.

Wir bestellten Kaffee nach, und ich beschloß, noch ein Croissant zu essen. Die Tische vor der Bar del Pi waren heute morgen voll belegt: drei Deutsche, die einander Reiseerlebnisse schilderten, ein paar junge Frauen ganz in Schwarz mit Zeichenmappen zu ihren Füßen, eine Mutter mit ihrer erwachsenen schwangeren Tochter, beide sehr zufrieden mit sich, und ein einsamer Wissenschaftler mit einer Flugtasche auf dem Stuhl neben sich. Auf der Tasche prangte ein Aufdruck, EUROPEAN SOCIETY FOR ORGAN TRANSPLANTATION.

Frankie holte einen Fetzen Papier aus ihrer riesigen Handtasche. »Also, jetzt, wo wir hier sind, könnten wir mal langsam anfangen«, sagte sie energisch und ließ auch gleich die unnötigen Anrede-Formalitäten beiseite. »Hier ist die Telefonnummer, bei der ich angerufen habe. Nun mußt du die dazugehörige Adresse herausbekommen und sie mir geben.«

»Irgendeinen Vorschlag, wie ich das anstellen soll?«

»Das ist deine Sache«, sagte sie schroff, dann fiel ihr ein, daß sie charmant sein wollte. »Ich habe solches Vertrauen zu dir, Cassandra! Mach dir nichts aus meiner Laune, das muß an der Zeitverschiebung liegen.«

Also nahm ich den Zettel und ging zum Telefonieren in die Bar. Ich hatte nur einen Trick auf Lager, der mir brauchbar schien: ich würde so tun, als hätte ich eine falsche Nummer.

»Hallo?« Eine Männerstimme. Er sprach Katalanisch, aber mit einem Akzent, der amerikanisch klang.

Ich fragte ihn auf Kastilisch, ob ich Isabella sprechen könnte.

Eine Isabella wohne hier nicht, erwiderte er, nun ebenfalls Kastilisch.

Das war unmöglich! Die Nummer war 99-67-73. Isabella *mußte* da sein.

War sie aber nicht, wiederholte er und machte Anstalten aufzulegen.

Ich fing an mich aufzuregen. Das war völlig ausgeschlossen! Isabella selbst hatte mir diese Nummer gegeben! Wollte er etwa behaupten, Isabella kenne ihrer eigene Telefonnummer nicht? Da kenne *er* aber Isabella schlecht!

Etwas irritiert gab er zu, Isabella in der Tat nicht zu kennen.

Die Nummer war 99-67-73, beschwerte ich mich. Isabella wohnte dort, genau da, València Nummer 34. Ich war dort gewesen, ich wußte genau, wo sie wohnte.

Dieser Anschluß sei gar nicht in der València, verkündete er triumphierend. Es sei die Provença.

Nicht València? Ich gestattete einem leisen Anflug von Zweifel, sich in meinen inquisitorischen Ton zu schleichen. Was denn, nicht die Hausnummer 34?

»Provença 261«, verkündete er und legte auf.

Ich ging zurück an unseren Tisch. »Die Adresse ist Provença 261.«

Frankie sah mich entgeistert an. »Und das haben sie dir einfach so gesagt?«

»Nein, natürlich nicht. Ich hab' ihnen einen Bären aufgebunden.« Sehr zufrieden mit mir genoß ich den Anblick des kleinen Platzes, der rußgeschwärzten Kirche und des gemächlichen Vormittagsbetriebes. »Möchtest du gleich hingehen?«

Frankie zündete sich eine weitere Zigarette an und trank ihren Kaffee aus. »Könntest du mir noch einen bestellen?«

»Der Mann, mit dem ich gesprochen habe, hatte einen amerikanischen Akzent«, sagte ich. »Aber er sprach sowohl Katalanisch als auch Kastilisch.«

»Ben kann nur Spanisch«, meinte Frankie.

»Kastilisch *ist* Spanisch. Katalanisch ist die Sprache, die in Barcelona gesprochen wird.«

»Die sprechen kein Spanisch hier? Das hätte mir jemand sagen sollen! Kein Wunder, daß die mich heute morgen an der Hotelrezeption nicht verstanden haben, als ich meinen Sprachführer benutzte.«

»Spanisch sprechen sie auch«, erklärte ich geduldig. »Aber Katalanisch ist ihre eigene Sprache, und viele Leute weigern sich aus Prinzip, Kastilisch zu sprechen. Das geht auf die Zeit zurück, als Franco versuchte, die katalanische Sprache und Kultur auszurotten. Als ich vor über zwanzig Jahren zum ersten Mal nach Barcelona kam, waren alle Straßenschilder in Kastilisch, und wer in der Öffentlichkeit Katalanisch sprach, konnte bestraft werden.«

Frankie war unbeeindruckt. »Also, ich bin sicher, Ben spricht kein Katalanisch.«

»Hast du irgendeine Idee, wer dieser Mann gewesen sein könnte? Hat Ben mal einen Freund in Barcelona erwähnt?«

»Wenn er das getan hätte, hätte ich dich ja wohl kaum engagieren müssen!« fauchte Frankie, um gleich darauf entschuldigend zu murmeln: »Sorry, ich bin heute morgen nicht auf der Höhe. Ich mag es einfach nicht, wenn man mich hetzt, das ist alles. Ich meine, jetzt kennen wir die Adresse, das ist die Hauptsache.«

Ich beherrschte mich. Ich hatte es eindeutig eilig, aber ob das nun daran lag, daß ich meine zweitausend Dollar kassieren wollte, oder um die in mir aufkeimenden Zweifel zu unterdrücken, war schwer zu sagen.

Frankie rauchte und trank noch eine Tasse Kaffee. Die strahlende Frühlingssonne brannte auf unsere Köpfe. Die deutschen Touristen brachen auf, eine Frau mit einem Baby im Kinderwagen setzte sich an den freigewordenen Tisch.

»Also, paß auf«, meinte Frankie schließlich, »es ist ein bißchen komplizierter, als ich es gestern in London dargestellt habe.«

Irgendwie überraschte mich das nicht besonders.

»Ben und ich sind schon gute *Freunde*, so ist es nicht«, sagte sie. »Aber — in Wirklichkeit — also, wir sind geschieden. Alles andere stimmt«, versicherte sie eilig. »Daß er schwul ist und seine Familie das nicht weiß und wir es geheimhalten müssen —«

»Wenn ihr so gute Freunde seid«, fiel ich ihr ins Wort, »warum sollte er dann was dagegen haben, daß du ihn in Barcelona besuchst? Zumal du ihm etwas bringst, was seine Familie unterschrieben haben will?«

Frankie seufzte. »Ben liebt seine Unabhängigkeit, das ist schwer zu erklären. Er ist unabhängig und... verantwortungslos. Er setzt sich einfach Dinge in den Kopf... manchmal gegen seine eigenen Interessen.«

»Also sind es Papiere, die er nicht unterzeichnen will?«

»Ach was«, sie verwarf meine Vermutung mit klirrenden Armreifen. »Nicht, wenn man es richtig anstellt«, fügte sie dann hinzu. »Er haßt es, wenn man ihn unter Druck setzt.«

»Und er könnte es durchaus als Druck auffassen, wenn du um die halbe Welt fliegst, um seine Unterschrift zu bekommen.«

»Das ist überhaupt nicht das Problem.« Frankie zog einen Schmollmund. »Und ich weiß gar nicht, warum du so feindselig wirst. Schließlich wissen wir noch nicht mal, ob der Typ, mit dem du gesprochen hast, überhaupt Ben war. Ich möchte einfach gern vorher wissen, woran ich bin und wo ich da reinspaziert komme. Das ist doch nachvollziehbar, oder?«

»Ja«, sagte ich kurz. »Wie also möchtest du die Sache angehen?«

»Ich will, daß du zu dem Haus gehst, in dem er wohnt, und einfach nur beobachtest, wer da aus- und eingeht.«

»In dem Haus wohnen wahrscheinlich ein paar Dutzend Leute«, protestierte ich. »Hast du ein Foto von ihm?«

Frankie machte einen merkwürdig überraschten Eindruck. »Oh, öh, nein. Daran hätte ich denken sollen.«

»Ist er groß, klein, welche Haarfarbe, wie zieht er sich an?«

»Er ist... mittelgroß... sieht ganz normal aus... kurze Haare. Er trägt... ich weiß auch nicht... ganz normale Klamotten. Jeans.« Frankie stotterte und wand sich, der Grund dafür war mir völlig schleierhaft.

»Also du erwartest im Ernst, daß ich vor dem Haus stehe und nach einem ganz normalen Typen Ausschau halte, der absolut keine besonderen Merkmale hat? Ich halte das für absolut witzlos, wirklich. Wie sollte ich ihn dir denn bitte beschreiben?«

»Wir besorgen dir eine Kamera«, sagte sie. »Dann kannst du jeden fotografieren, der reingeht oder rauskommt.«

»Damit falle ich ja auch keine Spur auf.«

»Eine kleine, verdeckte Kamera.« Frankie zückte eine goldene American-Express-Karte.

Der Anblick munterte mich beträchtlich auf. Wenn sie eine goldene Karte besaß, brauchte ich zumindest keine Ebbe in der Kasse zu fürchten. Aber ich stellte noch eine Bedingung: »Die Kamera behalte ich.«

3

Barcelona ist eine geteilte Stadt. Die Plaça de Catalunya ist ein riesiger, quadratischer Platz, belebt durch mehrere Springbrunnen und verunstaltet von grünen Kunstrasenstreifen. Unterhalb davon winden sich die uralten, schmalen Gäßchen des Barri Gòtic zunächst mit modischen Leder- und Schuhgeschäften, prachtvollen Patisserien und Restaurants allmählich hinab zu den Mietskasernen am Hafen und dem chinesischen Viertel, Barri Xines — einem Labyrinth aus schäbigen Hotels und heruntergekommenen *Hostales*, mit Bars an jeder Ecke und langen Wäscheleinen kreuz und quer über Straßen, in die nie ein Sonnenstrahl dringt. Den ganzen Weg die Ramblas hinunter, bis zur Statue von Christoph Kolumbus am Hafen, gibt es verschiedene soziale Welten. Die Straßen oberhalb der Plaça Reial sind reicher als die unterhalb, die linke Seite der Ramblas ist wesentlich sicherer als die rechte — aber die Übergänge sind fließend, nicht abrupt.

Oberhalb der Plaça de Catalunya wird Barcelona fast zu einer anderen Stadt, ganz nach den Maßstäben des neunzehnten Jahrhunderts angelegt, keine Spur mehr von Gotik. Für das Mittelalter drückte sich alle Erhabenheit der Welt in der Kathedrale aus, und später in den düsteren Palästen an der Carrer de Montcada. Die reichen Industriellen und Bankiers des neunzehnten Jahrhunderts wollten enorme Boulevards für ihre Kutschen und protzige Banken und Warenhäuser mit sechs Meter hohen Sälen. So ist die Passeig de Gràcia weniger eine Straße, sondern vielmehr eine gigantische Durchfahrt in die architektonische Vorstellungswelt des letzten Jahrhunderts. Allein die Bürgersteige sind breiter als die meisten Straßen im alten Stadtviertel, und das Pflaster besteht aus teuren schieferblauen Steinplatten mit wirbelnden Muschel- und Blumenmustern.

Die Adresse, die der Mann am Telefon mir genannt hatte, Provença 261, lag in diesem Neunzehntes-Jahrhundert-Teil Barcelonas, nicht weit von der Wohnung, die Ana von ihrer betuchten Großmutter geerbt hat. Gemütlich spazierte ich die Gràcia hinauf, vorbei an Bank auf Bank, Laden auf Laden. Da stand eins der Gebäude von Antoni Gaudí, das Casa Batlló mit seiner grünlich schimmernden Mosaik-Fassade und seinem geschwungenen Dach, ganz Kurven und Wellen. Im Volksmund hat dieses Dach die Bezeichnung »Drachenrükken« wegen seines Rückgrats aus Keramiktöpfen, die den ganzen First entlang eine knubbelige, geschlossene Röhre bilden. Als ich es im Vorbeigehen bewunderte, fiel mir ein, daß ich nicht weit von einem anderen berühmten Bauwerk Gaudís entfernt war: La Pedrera. Es stand an der Ecke Gràcia/Provença. Einige Reiseführer nennen es Casa Milà, aber der offizielle Spitzname ist La Pedrera — der Steinbruch.

Provença. Provença 261. Ben wohnte im La Pedrera.

Ich sank auf eine weißgekachelte, geschwungene Bank gegenüber dem La Pedrera und zerbrach mir den Kopf, wie ich die Aufgabe angehen sollte, die Frankie mir gestellt hatte.

Es ist schon ein gewaltiges Teil, dieses grau-weiße, fünf Stockwerke hohe Gebäude, das die Straßenecke beherrscht mit seiner porösen Sandsteinfassade, den dicken Säulen und höhlenartigen Fenstern, die schlängelig gewundenen Balkone verziert mit schmiedeeisernen Wucherungen wie Pflanzendikkichte. Wogend und wabernd wie eine im Wasser gespiegelte

Steinskulptur gibt La Pedrera ein Gefühl von Dreidimensionalität, das einfach jenseits von Architektur liegt. Es scheint nicht aus Baumaterialien und nach einem Plan errichtet, sondern aus den Tiefen des Ozeans emporgestiegen.

Es war ausgeschlossen, jeden zu fotografieren, der durch den Haupteingang an der Gràcia ging. Es gab sechs reguläre Führungen pro Tag und die kamerabewehrten Touristenmassen wälzten sich pausenlos ein und aus. Ich stand auf und ging in ein Musikgeschäft, in der Hoffnung, daß ich hinter einem Kassettenregal versteckt den Eingang zur Provença überwachen könnte, aber die Fenster zur Straße waren allesamt mit Postern zugepflastert. Ich kaufte eine zum halben Preis reduzierte Kassette mit gregorianischen Gesängen aus dem mittelalterlichen Transsylvanien, ging wieder nach draußen und überquerte entschlossen die Straße.

Beide Eingänge standen weit offen, so daß scheinbar jeder hineingehen konnte. Aber um wirklich nach oben zu kommen, mußtest du den Fahrstuhl benutzen, der sich direkt hinter dem Tresen des *Portero* befand.

Ich plauderte erstmal eine Runde mit dem *Portero* am Haupteingang. Er erzählte mir, La Pedrera sei vor kurzem von einer Bank gekauft worden, die das Gebäude gerade restaurieren ließ und wenigstens eine der Wohnungen für Besichtigungen zugänglich machen wolle. Zur Zeit ging die Führung lediglich aufs Dach. Wer wohnt denn jetzt im Haus? fragte ich. Eine der ursprünglichen Besitzerinnen, eine alte Dame, die sich eingekauft hatte, als Gaudí noch lebte, erklärte er mir stolz. Und dann noch ein paar Mieter, die schon sehr lange hier lebten, seit Jahrzehnten. Und natürlich hatten Geschäftsleute hier ihre Büros. Wohnen irgendwelche Amerikaner im Haus? fragte ich. Oh nein! Er klang schockiert.

Ich sagte, ich würde etwas später zur Führung wiederkommen, ging wieder nach draußen und setzte mich an einen Aluminiumtisch vor einer Bar namens La Pedrera. Von hier aus hatte ich den Eingang ganz gut im Blick. Ich bestellte mir ein

Mineralwasser und einen *Bocadillo de tortilla* und holte *La Grande y su hija* und mein Notizbuch aus der Tasche. Die Kamera hing an einem Riemen unter meinem japanischen Hemd, und wann immer ich einen möglichen Verdächtigen sichtete, knipste ich ihn.

Es kamen nicht sonderlich viele Verdächtige vorbei. Ich wußte noch nicht, ob ich das nun günstig oder ungünstig finden sollte. Die Touristen waren natürlich klare Fälle, ihre Kameras bildeten wasserdichte Indizien. Außerdem gingen sie langsam und verrenkten sich den Hals nach den gewaltigen Glastüren, deren amöbenförmige Bleifassungen zu wachsen und zu schrumpfen schienen wie Seifenblasen. Im ersten Stock war offenbar eine Art Privatschule, Teenager kamen und gingen in regelmäßigen Abständen. Weiterhin gab es ein paar Arbeiter im Blaumann, die unvermeidliche Filterlose im Mundwinkel, und eine Frau mit steinernem Gesicht, die energisch den Bürgersteig vor der Tür fegte.

Ich bestellte mir noch ein Mineralwasser, dazu ein paar schwarze Sevilla-Oliven, und übersetzte aus Kapitel zwölf:

> Als die Jahre verstrichen, erhielt Cristobel wegen ihres enormen Umfangs den Beinamen *La Grande*. In ihrer Jugend war meine Mutter stets als im Grunde viel zu klein und zart zum Überleben betrachtet worden, und nur indem sie weit über ihr eigentliches Fassungsvermögen hinaus aß, war es ihr gelungen, sich ans Leben zu klammern, was zur Folge hatte, daß in den kommenden Jahren, wann immer Cristobel einen noch so leisen Schimmer von Todesangst spürte – sei es nun auf ihren eigenen oder den möglichen Tod derer, die ihr nahestanden, wie zuerst Raoul und dann später Eduardo, gemünzt – wie eine Besessene zu essen begann: So kam es, daß sie sich ungeheure Mahlzeiten bringen ließ, Berge von Mais und buttertriefenden Kartoffeln, in Blätter gehüllte ganze gebratene Schweine, Fruchtsäfte dick vom Fruchtfleisch und mehr an Brot und Pasteten, als

eine Bäckerei allein produzieren konnte. Mich, die ich nie der Bezeichnung meiner Kindheit, die Miniatur, entwachsen sollte, erfüllten die Geschichten über den ungeheuren Appetit meiner Mutter mit Abscheu und zugleich rührten sie mich sonderbar...

Ich wurde allmählich selber hungrig und langweilte mich ziemlich. Dann ertappte ich mich bei der Überlegung, ob der Mann am Telefon nicht einfach die erstbeste Adresse genannt hatte, die ihm einfiel. Sollte das der Fall sein, dann stand mir ein öder Nachmittag bevor.

Andererseits war es Frankies Geld, und wenn sie meine hundert Dollar Tagessatz dafür verschwenden wollte, mich vor La Pedrera Posten stehen zu lassen, war das ihre Sache. Schließlich waren zäh dahintickende Nachmittage nicht gerade eine Seltenheit in meinem Lebenslauf. Wie damals beim Trampen in Afghanistan: Wartend, daß irgendein Wagen vorbeikam, mit knapp zwei Teelöffeln Wasser in meiner Feldflasche. Oder an der rumänischen Grenze: Geduldig ausharrend, während die Grenzsoldaten jeden Millimeter meiner Habe unter die Lupe nahmen. Und bereits im Alter von sechzehn Jahren in einer staubigen Gefängniszelle in Tucson: Hoffend, daß meine Mutter aufkreuzen und Anspruch auf ihre Ausreißerin erheben würde.

Ungefähr zwei Stunden lang fotografierte ich, dann hatte ich keinen Film mehr. Ich sah Mütter mit Kindern, gutgekleidete spanische Sekretärinnen und Chefs, Arbeiter im Blaumann und viele Schüler und Schülerinnen. Ich sah Paare und Familien, am häufigsten jedoch Einzelpersonen, die einfach ihrer Arbeit nachgingen. Fast alle, die hineingingen, kamen auch wieder heraus, bis gegen zwei Uhr die Büros zur *Siesta* schlossen und ein paar der Bewohner von La Pedrera zum Mittagessen nach Hause kamen.

Ich sah keinen 'normalen', amerikanisch aussehenden Mann in Jeans, auch wenn eine Menge Teenager in pre-washed Levis und ziemlich viele T-Shirts und Sweatshirts mit englischer Aufschrift vorbeiliefen.

Schließlich, als gegen drei Uhr der Rein- und Raus-Betrieb fast zum Stillstand kam, beschloß ich eine kleine Pause zu riskieren. Ich zahlte meine Rechnung, steckte die Miniatur María und ihre Mutter ein und verzog mich im Laufschritt die Gràcia hoch, über die Avinguda Diagonal, zu einer ruhigen Seitenstraße der Carrer Major. Carmen arbeitete meist auch die ruhigen Stunden der *Siesta* durch, für viele Frauen war das die einzige Tageszeit, wo sie in ihren Frisiersalon kommen konnten. Wenn ich Glück hatte, würde sie mir nicht nur die Haare schneiden, sondern mich auch zu einer Erfrischung und einer Prise Klatsch und Tratsch einladen.

Als ich reinkam, shampoonierte sie gerade die Locken einer älteren Frau, trotzdem eilte sie mir entgegen, die Hände voller Seifenschaum, und schloß mich in die Arme.

»Cassandra, du kommst ja sowas von ungelegen«, sagte sie glücklich. »Und dieser Turban verrät mir, daß meine Schere längst überfällig ist. Los, setz dich, auf der Stelle! Es juckt mir in den Fingern, wenn ich dich nur sehe.«

Das hatte sie auch gesagt, als wir uns vor einem Jahr oder so zum ersten Mal getroffen hatten, und ich hatte sie beim Wort genommen. Wir verbrachten zwei Wochen zusammen, die keine von uns jemals vergessen würde – ohne daß eine von uns in Versuchung war, mehr als ein Abenteuer darin zu sehen. Schließlich war Carmens große Lebensmission das Haareschneiden. Sie mußte auch noch an ihre Mutter denken. Und an den Papst.

Carmen übergab die eingeseifte Kundin einer Mitarbeiterin und ließ ihre langen, manikürten Finger durch meine graubraunen krausen Haare gleiten, die, vom Turban befreit, wie ein Nebelschleier um meine Schultern wallten. »Ich denke jetzt anders über Grau«, verkündete sie. »Wenn es unter Kontrolle ist (sie betonte das Wort Kontrolle mit einem tückischen Klappern der Schere), kann es sehr elegant aussehen.«

»Du mußt es wissen, *Querida* – Liebste«, sagte ich. »Aber ich habe nicht viel Zeit. Ich halte ein Haus in Schach.«

Sie schickte einen Lehrling Kaffee holen und fiel mit Wonne über meinen Kopf her, wobei sie ununterbrochen redete. Unter ihren Händen nahm mein Haar verschiedene phantastische Formen an, wie Werke von Gaudí im Bau. Ich beobachtete sie im Spiegel: breite Hüften, üppige Brüste, hochhackige Schuhe und eine Stretchhose, dazu ein Tigerhemd. Sie war mehr als stark geschminkt. Frankie oder meine Londoner Freundinnen hätten nie für möglich gehalten, daß so viel Make-up auf einem einzigen Gesicht gut aussehen könnte. Carmens brauner und goldener Lidschatten paßte zum Ton ihrer blond gesträhnten bronzefarbenen Haare, ihre Lippen erstrahlten in sinnlichem Pfirsichgold, das sich auf den langen, perfekten Ovalen ihrer Fingernägel wiederholte. Sie hatte einen Goldzahn, auf den sie stolz war, und ihr Goldschmuck hätte ganze Schatztruhen füllen können. Ihr Parfüm, Opium, war betäubend schwer und süß.

Carmen stammte aus Granada, eine Tatsache, die niemand vergessen durfte. Sie würde nie wieder dort leben wollen, hatte sie mir einmal gestanden, es war zu rückschrittlich, zu katholisch, zu frauenfeindlich. Aber das hieß nicht, daß Granada nicht wesentlich mehr Geschichte und Kultur vorzuweisen hatte als Barcelona! *»Los moros, La Alhambra, todo eso«*, zählte sie auf und tat das katalanische Kulturerbe mit einer verächtlichen Handbewegung ab. »Wir in Granada haben wirklich eine Geschichte.«

Sie weigerte sich, mehr als ein paar Brocken Katalanisch zu lernen, und fand Frauen wie Ana, die aus einer alten katalanischen Familie stammte, snobistisch und viel zu europäisiert. Europa gegenüber war Carmen äußerst mißtrauisch. Mit Amerikanerinnen, die wie ich im Exil lebten, und mit ein paar Leuten aus England machte sie eine Ausnahme. Sie war einmal in London gewesen, die roten Busse und die Männer in der City, die immer noch Melone trugen, hatten sie nachhaltig beeindruckt.

»Da!« sagte sie schließlich und wirbelte meinen Stuhl herum. Ich war nicht sicher, ob der Schnitt mir gefiel: oben auf dem Kopf waren die Haare lang geblieben, hinten und an den Seiten hatte sie sie sehr kurz geschnitten. Mein Nacken fühlte sich irgendwie kühl an.

Aber ich lächelte sie an und stand auf, um zu gehen. Da erst fiel Carmen wieder ein, was ich anfangs gesagt hatte.

»Was meinst du damit, du hältst ein Haus in Schach?«

»La Pedrera. Ich mache jetzt in Architektur.«

»Das ist doch wieder irgend so eine Schnapsidee, auf die du dich eingelassen hast, das fühle ich doch. Wie lange willst du in Barcelona bleiben? Steckst du in Schwierigkeiten? Los, erzähl schon.«

Ich gab ihr einen Kuß auf die Wange. »Ich bleibe lange genug, um dich noch mal zu sehen. Wie wär's mit heute abend, schön spät?« Ich zwinkerte ihr zu.

Sie richtete sich in ihren hochhackigen Schuhen zu voller Größe auf. »Ich werde es mir durch den Kopf gehen lassen«, meinte sie stolz.

Genau das würde sie tun, den ganzen Nachmittag.

Ich ging zurück zum La Pedrera und machte die Vier-Uhr-Führung mit, einfach zur Abwechslung. Inmitten all der Touristen streunte ich durch die halbdunkle steinerne Eingangshalle und las, was auf den Informationstafeln über Gaudí stand:

> Antoni Gaudí (1852–1926) gilt als der herausragendste katalanische Architekt der Moderne, jener Kunstrichtung, die in den ersten Jahren dieses Jahrhunderts in Europa blühte und deren typische Merkmale die Vielfalt der Formen und der Reichtum an Ornamenten sind.

Gaudí stammte aus einer Kunsthandwerkerfamilie in Reus, wo er die traditionellen Handwerkskünste erlernte, die er später bei seinen Werken verwenden sollte. 1878 wurde ihm sein Diplom als Architekt verliehen, und von 1880 bis 1926 arbeitete er vorwiegend in Barcelona.

Seine bedeutendsten Arbeiten in dieser Stadt sind der Parc Güell, die Gartenstadt, die in den Jahren 1900 bis 1914 im Norden der Stadt erbaut wurde; das Casa Batlló (1904–1906) in der Passeig de Gràcia; die Kathedrale Sagrada Família (der Bau wurde 1883 begonnen und ist noch immer unvollendet); und La Pedrera oder Casa Milà (1906–1912), eine der innovativsten Kreationen der internationalen Architektur.

Und natürlich blieb auch nicht unerwähnt, wie Gaudí ums Leben gekommen war. Er wurde von einer Straßenbahn überfahren, niemand erkannte ihn, er wurde ins Armenkrankenhaus gebracht und starb dort.

Über La Pedrera hatten die Tafeln folgendes zu sagen:

Die Anlage der inneren Räume und Patios, die beiden Eingänge, der unterirdische Wagenparkplatz, die majestätische Fassade, die wellenförmige Mansarde und das originelle Terrassendach, das mit keramikgekachelten Kaminen und Lüftungsschächten übersät ist, verleihen La Pedrera einen eindrucksvollen persönlichen Charakter, den einige Experten mit dem europäischen Expressionismus in Verbindung gebracht, andere als Vorwegnahme des Surrealismus bezeichnet haben.

Nach einer kurzen Einleitung dirigierte uns der Fremdenführer in den hinteren Teil des Foyers und dann zahllose Treppen hinauf. Schnaufend und keuchend erreichten wir den Dachboden, der neu ausgebaut war, um Raum für kleine Studios und Wohnungen zu schaffen. Dann tauchten wir auf dem Dach unter freiem Himmel auf, mit einem wunderbaren Blick über Barcelona, von den Bergen bis zum Meer. Ein Stück nordöstlich waren die vielen Türme der unvollendeten Kathedrale Sagrada Família zu sehen.

Das Außergewöhnliche dieses Daches waren die Kamine und Lüftungsschächte, die wie überdimensionale Schachfiguren aussahen. Über das ganze Dach zogen sich wellenförmig Stufen und Treppen, auf und ab, auf und ab, und dann diese verrückten gekachelten Figuren, manche mit Kronen, andere mit Kreuzen, wieder andere wie Ritter in Rüstungen mit heruntergelassenen Visieren.

Es war ein warmer Frühlingsnachmittag, auch wenn sich mein Nacken eigentlich zu nackt anfühlte, wann immer ein Lüftchen darüberstrich. Ich lehnte mich über den Rand des Daches und dachte, dies ist doch eine der schönsten Städte der Welt.

Und dann sah ich etwas ganz Merkwürdiges. Auf der Passeig de Gràcia kam eine Frau entlanggeschlendert – so selbstverständlich und gemütlich, als sei es die Telegraph Avenue in Berkeley – eine Frau, von der ich genau wußte, daß sie mir einmal nach einer großen Demonstration in San Francisco die Füße massiert hatte. Das war schon ein paar Jahre her, ich war gerade auf der Durchreise zu einem Kongreß in Mexiko City über lateinamerikanische Schriftstellerinnen. Ich schaute bei Lucy vorbei, um meine Post zu sichten, meinen Führerschein zu verlängern und zur Krebsvorsorge zu gehen, und Lucy hatte mich auf diese Demo mitgeschleppt, wo wir hinter dem Transparent ihres Frauengesundheitszentrums marschierten. Die Demonstration endete in einem Park, wo zahlreiche Stände aufgebaut waren. Es gab Politisches und witzige Sachen zu kaufen, und da, auf einer riesigen Flickendecke, ein Samtkissen vor sich und umgeben von diversen Cremes und Salben, saß eine Frau, die Füße massierte.

Ich konnte nicht widerstehen, irgend etwas an dieser Frau zog mich magnetisch an. Vielleicht war es die Kombination aus Name und Titel – APRIL SCHAUER, FUSSTHERAPEUTIN –, die in Gold und Indigoblau auf einer Pappkarte stand, vielleicht auch der schmachtende Blick, der mich aus Augen, schwarz wie der Himmel um Mitternacht, traf. Jedenfalls ließ ich mich ihr gegenüber nieder, legte meinen Fuß in ihren wohlgepolsterten Schoß und ließ zu, daß sie mir tief in die Augen sah und ohne Zögern ein intimes Verhältnis mit erst meinem rechten und dann meinem linken Fuß einging. Sie war ganz Samt und Feuer, mit wirrem schwarzen Haar, einer großen Nase und umwerfend sinnlichen vollen Lippen, und sie lehrte mich, welch köstliche Gefühle in Fußsohlen erwachen können, wenn sie erst einmal unbeschuht sind.

»Du hast erfahrene Füße«, sagte sie zu mir, dann zahlte ich sieben Dollar, und unsere Wege trennten sich. Einfach eine der vielen kurzen, faszinierenden Begegnungen, die mir das Leben beschert. Aber hier war sie wieder, ich war sicher, daß sie es war. Sie wanderte die Passeig de Gràcia hinunter, in einem roten Samtkittel, mit schwarzem Schultertuch und Birkenstock-Sandalen, ein Waffeleis in der Hand. Staunend sah ich zu, wie sie die Straße überquerte und irgendwo unter mir im Provença-Eingang von La Pedrera verschwand.

Es konnte nichts anderes sein als ein besonders schräger Zufall. Aber der Punkt, der knackte, war der, daß April mich damals schwer beeindruckt hatte, und sie tat es immer noch. Ich vermutete, daß sie eins von diesen ganzheitlichen, erdverbundenen, der Göttin anhängenden Wesen war und wahrscheinlich gern viel Zeit im Bett verbrachte.

Sie konnte unmöglich – unmöglich? – etwas mit Ben zu tun haben.

Als ich Frankie um halb acht im Café de l'Opera auf der Ramblas wiedertraf, hatte sie sehr viel bessere Laune. Sie bemerkte sofort, daß ich eine neue Frisur hatte, und wollte den Namen meiner Friseuse wissen. »Sehr chic«, kommentierte sie anerkennend. »Viel besser als dieser schauerliche Turban.«

»Ich bin unentschieden«, sagte ich. »Es kommt mir ein bißchen wie eine Topfpflanze vor, mit Ranken, die sich über den Topfrand schlängeln.«

Frankie sah selbst ganz schön chic aus, in einem neongrünen Futteralkleid mit engem schwarzen Jackett. Das Kleid war kurz genug, ihre wohlgeformten, kräftigen Beine in den schwarzen hochhackigen Schuhen zu zeigen. Ihre rötlichen Locken standen in alle Richtungen, und ihre haselnußbraunen Augen waren fröhlich umringt von Grün, Schwarz und etwas Silber. Sie hatte ihr Glas Rotwein fast ausgetrunken, kaute Oliven und sah aus, als fühlte sie sich ganz wie zu Hause in dem altmodischen Café mit seinen dunklen Walnußtischen und der Art deco-Wandtäfelung.

Ich bestellte mir einen *Fino* und erstattete Bericht. Die Filme hatte ich zum Entwickeln gebracht, die konnte ich morgen beim Blitzdienst abholen, doch ich beschrieb ihr alle Leute, die ins La Pedrera gegangen oder rausgekommen waren. Niemand, der auch nur entfernt wie Ben aussah.

»Er wird sich ja wohl kaum maskiert haben, oder?« fragte ich.

»Das kann ich erst sagen, wenn ich die Fotos sehe«, meinte Frankie unverbindlich. »Meinst du, jemand hat dich bemerkt?«

»Kaum anzunehmen. Ich habe stundenlang im Café gegenüber gesessen und an meiner Übersetzung gearbeitet.« Ich erwähnte nicht extra, daß ich mir zwischendurch eine Stunde frei genommen hatte, um Carmen zu sehen. »Dann bin ich reingegangen und habe eine Führung zum Dach mitgemacht, um mal ein Gefühl für den Grundriß des Hauses zu bekommen.« Das erinnerte mich an April.

»Als ich oben auf dem Dach war und runterschaute, habe ich eine Frau gesehen – ich glaube, die hat mir einmal in San Francisco eine Fußmassage verpaßt.«

Frankie fuhr leicht zusammen. Oder hatte sie nur dem Kellner gewunken? »Noch einen«, sagte sie und zeigte auf ihr Glas.

»Was für ein Zufall!« Sie strahlte mich an. »Bist du sicher?«

»Sie hat mich damals unmittelbar beeindruckt«, gestand ich. »Sie fand, ich hätte erfahrene Füße. Sie nahm meinen großen Zeh in die Hand, als sie das sagte.«

»Hört sich eher an, als hätte sie dich komplett auf den Arm genommen.« Frankie zog die Nase kraus. Ich erwog kurz, sie zu warnen, daß diese rotzigkessen Teenager- oder Twen-Angewohnheiten sich leicht in ärgerliche Furchen verwandeln, wenn du in die Vierziger kommst, aber zum Teufel, das würde sie schon selbst rausfinden. »Um auf das Geschäftliche zurückzukommen«, fuhr sie fort, »ich bin in ein anderes Hotel gezogen und ich möchte, daß du dich morgen früh mit mir triffst, wenn du die Fotos abgeholt hast. Wir gehen sie durch und entscheiden dann, wie wir weiter vorgehen.«

»Nicht mal für hundert Dollar verschwende ich meine ganze Zeit damit, die Tür von La Pedrera anzustarren«, warnte ich sie. »Kannst du überhaupt sicher sein, daß Ben in Barcelona ist? Der Pförtner sagt, in dem Haus wohnen keine Amerikaner.«

»Ich bin ziemlich sicher«, sagte sie. »Um dein Geld brauchst du dir übrigens keine Gedanken zu machen.« Sie nahm ein Couvert aus ihrer Tasche und schob es mir zu. »In Peseten.«

»Nicht hier. Hab ich dir nicht erzählt, daß Barcelona das Paradies der Taschendiebe ist? Vor allem hier, am unteren Ende der Ramblas und in den Seitenstraßen. Du solltest nie mit viel Geld rumlaufen, das hätte ich dir sagen sollen.«

»Jetzt habe ich nicht mehr viel Geld bei mir«, kicherte sie. »Du hast es.«

»Das ist kein Witz, Frankie. Barcelona kann gefährlich sein.«

»Na, dann sieh dich vor.« Frankie gähnte plötzlich. »Ich brauch' 'ne Mütze Schlaf. Wir sehen uns morgen, wo wir uns heute früh getroffen haben.«

Sie gab mir noch einen Geldschein, erhob sich und bahnte sich ihren Weg durch das überfüllte, verräucherte Café, wobei sie ihre schmalen Hüften wiegte und die rostroten Locken selbstbewußt zurückwarf. Viele Leute drehten sich nach ihr um. Viele Männer.

Ich bemerkte, daß einer von ihnen eine Flugtasche bei sich hatte, auf der EUROPEAN SOCIETY FOR ORGAN TRANSPLANTATION stand. Offenbar war in dieser Woche hier eine Tagung.

4

Mit Ana war ich erst um halb zehn im Restaurant verabredet, also zog ich wieder los, nachdem ich im Café de l'Opera meinen Sherry ausgetrunken hatte, die Ramblas entlang zum Barri Gòtic. Dort war alles gedrängt voll von Menschen, die einkaufen gingen und Arm in Arm durch die engen, hellerleuchteten Gassen schlenderten.

Dann sah ich es, im Schaufenster eines Buchladens.

Eine schwarzhaarige Frau, um deren verführerischen, nackten Körper sich eine Schlange wand, und im Hintergrund ein Urwald, der direkt von Henri Rousseau hätte stammen können, allerdings mit mehr Papageien, Affen und Gardenien.

Im Vordergund saß ein junges Mädchen in einem hauchdünnen weißen Kleid auf einem Sofa; sie hielt ein Notizbuch in der Hand, auf ihrem Gesicht lag ein verzückter Ausdruck. Es war María, die Romantochter. Und Cristobel, *La Grande*. Sowie Gloria de los Angeles, ausgezeichnet mit den höchsten literarischen Würden Venezuelas. Kurz, es handelte sich um die spanische Ausgabe von *La Grande y su hija*.

Ich spähte durch die Tür — drinnen sah ich Leute, die eifrig die ersten Seiten des Buches verschlangen und es dann zur Kasse trugen. Ein Plakat im Fenster pries es als publizistisches Wunder. García Márquez in weiblicher Gestalt. Die Allende von Venezuela. Der größte lateinamerikanische Roman des Jahres.

Ich, mit Verlaub, hatte die Ehre, die englische Übersetzerin zu sein. Just in diesem Augenblick lief ich durch die Straßen Barcelonas mit einem Notizbuch bei mir, in dem sich Sätze befanden wie: »Nacht für Nacht stahl sich Cristobel hinaus in den samtenen Urwald, um Eduardo zu treffen, den einzigen Mann, der je — denn sie weigerte sich, die erzwungene Ehe mit Raoul, dessen Liebkosungen einer Vergewaltigung gleichkamen, zu zählen — diese weichen Lenden entflammt hatte...« Vielleicht sollte ich lieber 'kroch unterwürfig' statt 'stahl sich' nehmen?

Die südamerikanische Ausgabe des Buches war in Buenos Aires erschienen und zeigte eine Frau und einen Mann in leidenschaftlicher, aber züchtiger Umarmung. Früher wäre das wohl auch für Spanien freizügig genug gewesen, damals, in den alten Zeiten, als die Zensoren aus den europäischen Ausgaben von *Times* und *Newsweek* noch sorgfältig alle Fotos von Frauen in Bikinis ausschnitten. Ich fühlte in meiner Stofftasche nach meinem Exemplar von *La Grande y su hija*, um die beiden Ausgaben zu vergleichen, doch meine Hand meldete nur ein merkwürdiges klaffendes Loch und die Abwesenheit gewisser vertrauter Dinge wie der Kamera, die Frankie mir gekauft hatte, und der Kassette mit den gregorianischen Gesängen aus Transsylvanien.

Verdammt! Frankies Peseten im Wert von hundert Dollar hatte ich auf der Damentoilette im Café de l'Opera sorgsam in meinen BH gesteckt, aber irgend jemand mußte mir aus dem Café gefolgt sein und hatte im Gedränge meine Tasche aufgeschlitzt. Nur mein Notizbuch war mir geblieben, seine Metallspiralen hatten sich im Stoff der Tasche verheddert. Den Roman hatten sie bestimmt mitgenommen, weil sie dachten, ich hätte das Couvert zwischen die Seiten gelegt.

Ich ging in den Buchladen und kaufte das letzte Exemplar der spanischen Ausgabe.

»Sie werden es nicht aus der Hand legen können«, versicherte mir die Buchhändlerin. »Es wird Ihrer Phantasie neue Dimensionen eröffnen.«

Das Fischrestaurant im alten Hafenviertel von Barceloneta hatte Tische im Freien mit Blick aufs Mittelmeer. Der Mond schien auf die Wellen, und durch sein Licht bekamen ihre platschenden Stimmen Gestalt.

»Du hast den ganzen Tag dagesessen und die Tür von La Pedrera beobachtet?« fragte Ana ungläubig. »Das haben wir nicht mal als Architekturstudentinnen tun müssen.«

»Leichtverdientes Geld«, verteidigte ich mich. »Gut sechs Seiten habe ich dabei übersetzt.«

»Zeit für einen neuen Haarschnitt hast du auch noch gefunden, wie ich sehe.«

»Zeit für einen Haarschnitt bei Carmen finde ich immer.«

Ana schnaubte verächtlich.

»Calmete, mujer«, sagte ich. »Carmen hat ein Herz aus Gold. Betrachte sie doch einfach als Ausländerin, vielleicht hilft das.«

»Andalusien *ist* ein anderes Land als Katalonien«, betonte Ana. »Franco hat all die Andalusier ermuntert, hierherzukommen, nach dem Krieg. Um den organisierten Widerstand zu erschweren.«

Mit einer gebieterischen Handbewegung winkte sie unserem Kellner. »Sie haben nie Katalanisch gelernt, sie weigern sich, Katalanisch zu lernen. Sie wollen nicht zu Katalonien gehören.«

»Aber ich kann auch kein Katalanisch. Mit mir redest du Spanisch oder Englisch.«

»Bei dir ist das etwas anderes.«

Ana stützte ihr Kinn auf ihren eleganten schmalen Handrükken und betrachtete mich über unsere Weingläser hinweg.

»Du hast mir gefehlt, Cassandra. Du warst so lange weg.«

»So lange nun auch wieder nicht«, sagte ich fröhlich. »Ich

sehe dich häufiger als manche andere Freundin. Natascha zum Beispiel, oder Tomiko.«

Ana liebte solche Vergleiche ganz und gar nicht. »Ich habe nie verstanden, warum du nicht Barcelona zu deiner Basis machst. Statt London. Du bist Übersetzerin, du solltest in einem Land leben, wo Spanisch gesprochen wird. Natürlich nicht in Lateinamerika, das ist zu gefährlich. Madrid auch. Aber Barcelona liegt dir.«

Im Mondschein am Strand des Mittelmeers sitzen und mit einer schönen Frau Rioja trinken, das lag mir eindeutig.

»Selbst wenn Barcelona meine Basis wäre«, sagte ich vorsichtig, »wäre ich nicht viel hier. Du kennst mich, ich kann nirgends lange bleiben, sonst werde ich verrückt.«

Unser Kellner brachte die Paella, die vom kräftigen braten schön dunkel geworden war. Pfirsichfarbene Garnelen und violette Muschelschalen lagen dekorativ obenauf, und der wunderbare Duft von Safran mischte sich mit den Gerüchen der Nacht.

Ana schenkte mir Wein nach.

»Ich reise auch gern.«

»Das stimmt nicht, Ana. Weißt du, ein zweiwöchiger Abstecher nach Rom oder Paris ist nicht dasselbe wie sechs Wochen durch die mongolische Steppe zu ziehen.«

»Du bist zu alt für diese Dinge, Cassandra. Du solltest dich zur Ruhe setzen, dich mit jemandem zusammentun, die Erfahrung von Familienleben machen.«

»Ana«, sagte ich so sanft ich das mit vollem Mund konnte, »was hast du eigentlich im Sinn?«

»Ich habe eben in letzter Zeit über Familie nachgedacht. Wie sehr ich mir eine wünsche. Ich will Kinder. Und ich will eine Partnerin. Es ist fast schon zu spät für mich, ein Kind zu bekommen.«

»Dann krieg doch ruhig eins, du kannst es dir doch leisten. Du kannst dir auch eine Kinderfrau leisten.«

»Aber ich will es nicht allein.« Ana hörte auf zu essen und

sah mich mit schwimmenden Augen an. »Also habe ich mir alle Menschen durch den Kopf gehen lassen, mit denen ich eine Familie gründen könnte – und es läuft auf dich hinaus, Cassandra.«

Ich versuchte, leichthin zu sprechen – obwohl mein erster Impuls war, zum Hafen durchzubrennen und sofort für die Sieben Meere anzuheuern. »Ich würde eine grauenvolle Mutter abgeben.«

»Nein, du wärst wunderbar. Du bist eine faszinierende Frau, du sprichst viele Sprachen, du hast viel erlebt.«

»Aber ich mag Kinder nicht besonders. Ich meine, eigentlich mag ich sie schon. Nur nicht, wenn es meine eigenen sind.«

»Es wäre ja mein Kind.«

»Ich kann ja die Tante werden, wie wäre es damit?« schlug ich vor. »Ich hatte eine tolle Tante.« Rasch holte ich zu einer langen Geschichte über meine Tante Eavan aus, die mich aus sechs Brüdern und Schwestern ausgesucht hatte, um mich in Chicago, wo sie lebte, mit ins Theater zu nehmen. Sie schenkte mir ein *National Geographic*-Abonnement.

»Mit diesen *National Geographic*-Heften hat alles angefangen, Ana. Dadurch ging mir auf, daß es außerhalb von Kalamazoo Tausende von barbusigen Frauen geben mußte.«

»Ich habe mich immer schon gefragt, wie du zum Reisen gekommen bist.«

»Tja, nun weißt du es, Ana. Nun kennst du die Wahrheit.«

Ungefähr um halb zwölf verließen wir das Restaurant und gingen nach draußen, wo Ana ihren Motorroller abgestellt hatte. Es war eine angenehm warme Nacht, und ich sagte, ich wollte noch nicht nach Hause gehen, sondern einen kleinen Spaziergang machen.

Ana sah aus, als wollte sie mit mir streiten, gab dann aber nach.

»Du kannst ja einfach ein Taxi nehmen, wenn du genug hast«, sie gab sich sichtlich Mühe, nicht die Chefin heraushängen zu lassen. »Wir sehen uns dann zu Hause, in Ordnung?«

Ich lächelte nur. Ich hatte nicht vor, ihr zu sagen, daß ich mit Carmen in einer Bar verabredet war. Ich wollte ihr auch nicht sagen, daß ich vorhatte, den größten Teil des Wegs zu Fuß zu gehen.

Ich schmiegte mich in meine Lederjacke und marschierte los, durch die ruhigen Straßen von Barceloneta, über die großen Avenidas hinweg, die das Hafenviertel vom Barri Gòtic trennen. Ich wollte die Via Laietana hinaufgehen, aber auf halbem Wege hatte ich plötzlich Lust, die Kathedrale bei Nacht zu sehen, und bog in die sich windenden Sträßchen des Altstadtviertels ein.

Es war viel dunkler in diesen Straßen, wo die hohen Häuser den Himmel verdrängten und es oft keine Straßenbeleuchtung gab. Nur manchmal fiel aus einer Bar ein wenig Licht und bildete eine kleine Insel auf dem Bürgersteig. Ich versuchte, mich ins mittelalterliche Spanien zurückzuversetzen, und stellte mir vor, die Menschen, die an mir vorbeigingen, seien Mönche oder Troubadoure. Ich lauschte dem Geräusch meiner Schritte auf dem Pflaster und bog in immer kleinere, verlassenere Gäßchen ein, um ein Gefühl für diese längst vergangene Zeit zu bekommen.

Ich war so tief in meine Phantasiewelt versunken, daß ich zuerst nicht merkte, daß mir jemand folgte. Ich hatte die Schritte hinter mir für das Echo meiner eigenen gehalten. Als mir klar wurde, daß jemand hinter mir her war, war es fast schon zu spät. Ich hörte sein schweres Atmen, seine dröhnenden Schritte. Ich hielt mich gar nicht erst damit auf, mich umzusehen, sondern umklammerte mein Notizbuch und Glorias Roman und sprintete um die Ecken auf dem schnellsten Weg zum Kathedralenplatz.

Ich meinte, ihn »Halt!« brüllen zu hören.

Aber nach halten war mir nicht zumute.

* * *

Da mir die Lust auf einen mitternächtlichen Spaziergang vergangen war, nahm ich ein Taxi zur Bar. Sie lag in einer ruhigen Straße, nicht weit von Anas Wohnung entfernt. Um diese Uhrzeit an einem Wochentag war es nicht ganz so rappelvoll wie sonst. Trotzdem mußte ich mich durch ein Getümmel topmoderner junger Frauen mit schrägen Frisuren und exquisit schöner Kleidung wühlen.

Am Tresen, in ein Gespräch mit der Barfrau vertieft, saß Carmen in hautenger goldener Stretchhose und wildgeblümter weiter Bluse. Sie hatte ihr blond gesträhntes Haar im Nacken zu einer lockeren Rolle gesteckt und rauchte eine Zigarette in einer langen Spitze. Die Barfrau sah eindeutig interessiert aus.

»*Hola mujer*«, sagte ich und glitt auf den Barhocker neben Carmen.

Sie gab mir einen langen heißen Kuß, und die Barfrau zog sich mit Unschuldsmiene zurück.

»Gerade fing ich an mich zu fragen, ob du überhaupt noch kommst.« Sie flauschte das Haar hoch über meinem Scheitel auf, bis ich mit Sicherheit wie Medusa aussah.

»Was für ein Tag!« Ich berichtete von meiner aufgeschlitzten Tasche und davon, daß ich in der Nähe der Kathedrale verfolgt worden war.

Carmen ließ das kalt. »Barcelona ist eben keine sichere Stadt«, bemerkte sie wissend. »Ich trage jetzt immer ein Messer bei mir.«

»Ein Messer! Carmen!« Eigentlich überraschte mich das nicht so sehr. Carmen war nicht die Frau, mit der man aneinandergeraten sollte. Das hatte auch eine ihrer früheren Freundinnen feststellen müssen, als sie ein Verhältnis mit einer anderen Frau anfing. Ich möchte hier nicht in die Einzelheiten gehen: Es sollte genügen zu sagen, daß María Luisa es inzwischen gesünder findet, in València zu leben als in Barcelona.

Carmen winkte die Barfrau wieder heran und bestellte mir einen Drink. Wir schoben uns in eine schummrige Ecke der

Bar, nahe der pulsierenden Tanzfläche. Carmen legte mir eine Hand auf den Schenkel, ließ die andere unter meinem Hemd an meinem Rücken hochgleiten, und wir machten dort weiter, wo wir in alten Zeiten aufgehört hatten. Ich machte nicht den Fehler vorzuschlagen, daß wir irgendwohin gingen, um unserer Lust im Liegen weiter zu frönen. Dann nämlich würde Carmen plötzlich einfallen, daß es schon spät war und ihre Mutter sich Sorgen machte und sie am nächsten Morgen früh aufstehen mußte. Beim Petting war sie stark, da konnte ihr keine das Wasser reichen, aber wenn du in die Horizontale gehen wolltest, hattest du bei ihr kein Glück. Horizontal bedeutete Sünde. Vertikal war einfach nur sehr, sehr freundlich.

Doch da war noch etwas, was ich zur Sprache bringen mußte. Nach etwa einer Stunde intensiver Zärtlichkeiten flüsterte ich: »Carmen, ich muß dir etwas sagen.«

»Ja, Liebste?«

»Es fällt mir schwer.«

»Sag's mir, Liebste.«

»Du wirst dich nicht aufregen?«

»Por favor, Querida, sag es einfach.«

»Ich weiß nicht, ob mir mein neuer Haarschnitt gefällt.«

Befremdet wich sie zurück. Vielleicht hatte ihr noch nie irgendwer so etwas gesagt.

»Ich meine«, sagte ich verzweifelt, »der Schnitt ist schön, er ist interessant, er ist sehr *chic.* Aber ich weiß nicht genau, ob ich das bin.«

Jetzt war sie gekränkt. »Willst du damit sagen, daß ich dich nicht kenne?«

»Natürlich kennst du mich, aber...«

»Willst du sagen, daß du den Rest deines Lebens mit einem Turban herumlaufen möchtest?«

»Vielleicht, wenn du oben noch ein bißchen abschneidest...« flehte ich.

Sie entzog sich endgültig meiner Umarmung. »Es ist schon

spät. Meine Mutter wird sich Sorgen machen. Und ich muß morgen früh aufstehen.«

Sie marschierte aus der Tür, ohne auch nur einen Blick zurückzuwerfen. Schluß für heute mit der Lust.

Ich würde die Sache selbst in die Hand nehmen müssen.

Leise schloß ich die Wohnungstür auf und schlich auf Zehenspitzen durch die Zimmer, die von Staubsaugerersatzteilen bis zu kleinen goldenen Thaibuddhas, von sexuell eindeutigen afrikanischen Schnitzereien bis zu fabrikmäßigen Ballen Fallschirmseide einfach mit allem vollgestopft waren, was man sich nur vorstellen kann. Ich war erleichtert, daß Ana nicht aufgeblieben war, um auf mich zu warten, womit ich halb gerechnet hatte. Bei dem, was ich vorhatte, mußte ich allein sein.

Ich schlich in das große, altmodische Badezimmer und schloß die Tür ab. Behutsam zog ich meine schwarze Jeans und das japanische Hemd aus und wickelte mich in ein Handtuch, um nicht zu sehr abzukühlen. Aus meinem Kulturbeutel nahm ich, was ich brauchte, und setzte mich auf den Rand der Badewanne, direkt vor den bodenlangen Spiegel. Ich machte es nicht sehr oft auf diese Weise, aber das steigerte den Reiz. Ich bekam eine Gänsehaut und schwitzte leicht. Meine Phantasie war angeregt.

Langsam, ganz langsam hob ich die Schere an meinen Schopf und begann zu schnippeln.

Eine Viertelstunde später war alles vorbei. Ich glich nicht länger einer Topfpflanze, chic oder nicht. Eigentlich, fand ich, sah ich eher aus wie ein sakrosankter Renaissance-Jüngling, meine krausen Ranken waren gestutzt zu sehr kurzen gekringelten Löckchen, die sich an meinen Kopf schmiegten.

So eine Frisur früher am Abend, und kein Mann wäre auf die Idee gekommen, mich quer durch das Barri Gòtic zu hetzen.

5

»Ach du liebes bißchen«, sagte Frankie, als wir uns ziemlich spät am nächsten Vormittag auf der Plaça del Pi trafen.

»Ach ich liebes bißchen was?« gab ich gutgelaunt zurück. Ich war gemächlich hierher geschlendert. Eine messerfeste Ledertasche mit den Fotos, meinem Notizbuch und den Abenteuern von *La Grande* darin baumelte an meiner Schulter. Nachdem ich ein paar produktive Stunden mit María und Cristobel verbracht hatte, war ich jetzt bereit, den warmen Frühlingssonnenschein zu genießen.

»Ich werde nie verstehen, warum manche Frauen es darauf anlegen, so... so männlich auszusehen.«

»Ich habe mir lediglich die Haare geschnitten«, sagte ich. »Ich sehe nicht männlich aus. Ich sehe aus wie eine irisch-amerikanische Spanisch-Übersetzerin mittleren Alters mit kurzen Haaren.«

Frankie spitzte ihre leuchtendroten Lippen, rasselte einen Husten, der tief von innen kam, und zündete sich eine Camel an. Diese Frau rauchte entschieden zu viel.

Sie wechselte das Thema. »Hast du die Fotos bekommen?«

Ich warf die Päckchen auf den Tisch. »Wenn man nach deiner Beschreibung geht, ist niemand dabei, der wie Ben aussieht.«

»Das werden wir sehen.« Sie ging alle Fotos sorgfältig durch, es waren bestimmt mindestens hundert. Am Ende hatte ich ein bißchen gemogelt und auch Leute aufgenommen, die eindeutig Touristen waren.

»Ich weiß nicht, ob ich noch so einen Fotografiertag vertrage.« Ich hatte keine Lust, ihr zu erzählen, daß mir die teure Kamera gestern gestohlen worden war.

»Nein, das wird auch nicht nötig sein«, meinte sie geistesabwesend.

Also hatte sie jemanden erkannt. Aber wen?

»Was liegt als nächstes an?« fragte ich unverbindlich.

Frankie steckte die Fotos wieder in die diversen Umschläge und verstaute alles in einer Plastikhandtasche von der Größe einer kleinen Kommode. »Ich glaube, im Augenblick brauche ich deine Dienste nicht. Ich würde mich aber gern heute noch mal mit dir treffen, so am späten Nachmittag oder frühen Abend vielleicht.«

»Und du meinst, ich hänge in Barcelona herum und warte, bis du dich entschieden hast, wozu du mich noch gebrauchen kannst? Vergiß es. Unsere Abmachung lautet, ich fliege nach Barcelona und suche Ben für dich, und ich bekomme mein Geld so oder so, ob ich ihn finde oder nicht. Und jetzt willst du mir nicht mal sagen, ob ich ihn gefunden habe?«

»Dein Geld bekommst du morgen.« Sie war keine Spur aus der Ruhe zu bringen. »Ich muß einfach erstmal gründlich durchdenken, wie ich am besten mit ihm umgehe.«

»Was hast du jetzt vor?«

»Ich gehe einkaufen. Und ich hätte sehr gern die Adresse deiner Friseuse. Der von *gestern*«, ergänzte sie. »Wir können uns ja dort treffen, um sechs.«

Natürlich ging ich ihr nach. Sie schlenderte die Ramblas hinauf und über die Plaça de Catalunya, überquerte die Ronda Universitat und bummelte gemächlich die Rambla de Catalunya hinauf, als hätte sie alle Zeit der Welt. Sie blieb vor

Schuhgeschäften und Konditoreien stehen, verschwand in Boutiquen und kam mit Paketen wieder heraus. An der Valençia bog sie rechts in die Passeig de Gràcia, dort ging sie noch langsamer. Es machte mich vor Ungeduld ganz zappelig, wie sie in ihren spitzen Schuhen dahintänzelte, kleine Schritte, leicht wiegende Hüften, wie sie im Vorbeigehen schnelle Blicke auf ihr Spiegelbild in den Schaufenstern warf, mit den Plastikarmreifen klimperte und ihre Locken zurückschleuderte. Gleichzeitig empfand ich Bewunderung, es mußte Spaß machen, die eigene Körperlichkeit so zu genießen. Wußte sie, daß ich ihr folgte? Sie schien zum La Pedrera zu wollen. Ich beschloß, vor ihr dort zu sein, überquerte die Passeig de Gràcia und ging schnell in Richtung Provença. Ich kam am La Pedrera an, als zwei Kids herauskamen — ein muskulöser Jugendlicher und ein Mädchen, das aussah wie seine kleine Schwester. Die beiden liefen in meine Richtung. Sie waren nicht allein. April Schauer, Fußmasseuse, begleitete sie, angetan mit einem cremefarbenen Kaftan, himbeerroten und pfirsichgelben Seidenschals und langen, silbernen Ohrringen. Was für ein prachtvolles Weib! Ich warf einen kurzen Blick zur anderen Seite des breiten Boulevards, aber Frankie war offenbar noch immer so trödelig und weltvergessen in die Betrachtung der Schaufenster versunken.

Ich schätze, ich hätte ihr wohl weiter folgen sollen, aber ich richtete mich spontan lieber nach meinem Impuls, April nachzulaufen. Hier war mehr als bloßer Zufall im Spiel, dessen war ich sicher.

April und die beiden Kids verschwanden noch vor der nächsten Seitenstraße in einem U-Bahnhof. Ich stürmte ihnen nach und holte sie ein, als sie gerade in einen Zug der grünen Linie stiegen. Auch wenn ich es für extrem unwahrscheinlich hielt, daß April mich wiedererkennen würde, behielt ich meine Sonnenbrille auf der Nase und meine Füße unter dem Sitz, sicherheitshalber.

Ich konnte meinen Blick nicht von April lösen, dieser Zigeunerin mit den geflochtenen Lederarmbändern und den silbernen Glöckchen um die dicken Fußgelenke. Waren das ihre Kinder? Das kleine Mädchen war ungefähr sechs oder sieben. Sie sah schlicht und unauffällig aus mit ihrem kurzen Kleid und den Rattenschwänzen. Der Junge hatte einen blonden Bürstenhaarschnitt und trug eine Weste, Jeans und knöchelhohe Baseballschuhe der Marke Converse. Er war körperlich schon ziemlich weit für sein Alter, unter den aufgerollten Ärmeln seines T-Shirts konnte ich deutlich den Bizeps sehen. Er mochte so um die sechzehn sein – aber dann sah ich genauer hin und mußte feststellen, daß ich einem schweren Irrtum aufgesessen war.

Baseballschuh war eindeutig ein Mädchen, genau genommen eine Frau, in der Tat sah sie auf einmal aus wie eine Frau, die Werferin bei einem Baseballspiel in San Francisco sein könnte. Sobald ich diese Entdeckung verdaut hatte, war mir im nachhinein unbegreiflich, wie ich mich so hatte irren können. Himmel nochmal, die Frau hatte Brüste, an einem Ohr einen Straß-Stecker, und kleine Hände und Füße. Zugegeben, sie sah anders aus als die meisten Frauen, die in Barcelona herumliefen, aber sie war doch unverkennbar eine Frau.

Ich hatte die Überraschung noch nicht ganz verdaut, als die drei in Lesseps ausstiegen und sich auf den Weg in Richtung Gaudís Parc Güell machten. April und Baseballschuh waren in eine angeregte Unterhaltung vertieft, und das kleine Mädchen schlurfte hinter ihnen her.

Nach einem Spaziergang von etwa zwanzig Minuten waren wir am Eingang zum Parc Güell, wo der blau-weiß karierte, wellige Turm mit dem Doppelkreuz stand, gegenüber dem Pförtnerhaus mit seinem Fliegenpilzhut auf cremefarbenen Kacheln und leuchtenden Mosaiken. April und Baseballschuh mußten wohl schon hiergewesen sein, vielleicht öfter, denn sie warfen kaum mehr als einen flüchtigen Blick auf die beiden Pfefferkuchenhäuser und stiegen sofort die Treppe zur Plaza hoch. Aber die Kleine war von allem entzückt und begeistert.

Sie blieb auf der Treppe stehen, um den Brunnen zu bewundern, der die Gestalt einer riesigen blauen Eidechse hatte, und etwas weiter nochmals, um die mächtigen Säulen zu bestaunen, auf denen die Plaza ruhte.

Der Parc Güell war ein reichlich abgedrehter Ort, eine Kreuzung zwischen surrealem Disneyland und einem Gemälde von Max Ernst. Gaudí und sein Mäzen Güell hatten ursprünglich großartige, visionäre Pläne für diese Anlage gehabt. Eine Gartenstadt hatte oben auf dem Hügel entstehen sollen, mit Blick über ganz Barcelona, eine Stadt mit allen nur denkbaren unglaublichen Häusern und Pflanzen. Aber die einzigen Häuser, die je gebaut wurden, waren die von Gaudí und Güell. Der Säulenwald, der die Plaza trug, sollte ein überdachter Marktplatz werden — er hatte nie einen Verkaufsstand gesehen.

Oben auf der Plaza, um die sich eine schlangenlinienförmige Bank aus bunten Keramikstücken wand, gab es eine großartige, weite Aussicht. Die Stadt schimmerte im Dunst der Frühlingshitze, dahinter lockte das azurblaue Mittelmeer mit Reisen in ferne Länder. Eine Sekunde lang war ich versucht, diesen idiotischen Job hinzuschmeißen und hinunter zu den Fahrkartenbüros der Balearenfähren zu stürzen, um eine Überfahrt nach Palma oder Ibiza zu buchen. Dann sah ich, daß April und Baseballschuh in einem Halbrund der gewundenen Keramikbank Platz genommen hatten und Lunchpakete für ein Picknick auspackten. Ich setzte mich in ihre Nähe, nahm *La Grande y su hija* aus der Tasche, schlug eine Stelle am Anfang auf und las:

> Es war das Jahr, in dem ein Großteil der Bevölkerung meines Dorfes spurlos verschwand. Die jungen Leute waren die ersten, die fort waren, und anfangs fand niemand etwas dabei: seit undenklichen Zeiten waren halbwüchsige Knaben von zu Hause fortgelaufen, um sich einem Zirkus oder der Armee anzuschließen, Mädchen waren ihren Liebsten gefolgt oder waren untergetaucht, um die Schande der

Schwangerschaft geheimzuhalten. So schenkte dem anfangs niemand Beachtung. Aber dann öffnete eines Morgens Pablo Ruíz seinen Spielzeugladen nicht, und in der darauffolgenden Woche erschien der Bürgermeister nicht auf dem Dorfplatz, um den neuen Brunnen einzuweihen (dessen erster Entwurf heftig Anstoß erregt hatte, wegen der anzüglich fallenden Bekleidung der Venus, die der Botticellis glich). Endlich wurde die Schule geschlossen, weil erst der eine, dann der zweite und zuletzt der dritte Lehrer nicht mehr zum Unterricht erschienen war, und kranke Menschen wurden kränker und oft starben sie, denn der Arzt kam nicht mehr in seine Klinik. Babys blieben ohne Nahrung und Liebende ohne Liebkosungen; die nur für ihren Haß lebten, fanden niemanden mehr, mit dem sie sich hätten streiten können.

Schließlich verschlimmerte sich die Lage derartig, daß die, die im Dorf geblieben waren, nichts zu essen hatten und niemanden, mit dem sie hätten essen können. Da nahmen die wenigen Überlebenden dieser geheimnisvollen Seuche des Verschwindens ihr Hab und Gut und ergriffen die Flucht.

Anfangs war das Gespräch, dem ich mit einem Ohr lauschte, nicht besonders erhellend. Es ging ungefähr so:

Baseballschuh: Delilah, ich habe hier ein Brot mit Huhn und eins mit Käse. Welches willst du?

Delilah: Ich hab' keinen Hunger.

Baseballschuh: Natürlich hast du Hunger. Es ist schon weit nach zwölf.

April: Kinder müssen spontane Eßgewohnheiten entwikkeln. Wenn man sie zwingt, dann...

Delilah: Ich will spielen gehen!

Baseballschuh: Schon gut, schon gut. Aber danach kommst du zurück und ißt was.

[Pause, in der Delilah fortläuft und sich einer Gruppe spanischer Kinder anschließt, die einen sehr kleinen Ball hin- und herkicken.]

April: Findest du es nicht schwer, Mutter zu sein?

Baseballschuh: Ach April, laß uns nicht schon wieder darüber reden. Ich liebe dich so sehr, Baby, ich kann den Gedanken nicht ertragen, nicht bei dir zu sein.

April [seufzend]: Ich liebe dich auch, mein Schatz. Aber es ist alles so kompliziert.

Baseballschuh: Seinetwegen brauchst du dir keine Sorgen zu machen.

April: Ich mache mir auch keine Sorgen, es ist nur...

Baseballschuh: Liebling, ich habe getan, was ich konnte, und ich werde auch weiter alles tun, was ich kann, um bei dir sein zu können.

Baseballschuh hatte Delilah und das Mittagessen völlig vergessen und konzentrierte sich ganz auf April. Ihr eckiges, eher unscheinbares Gesicht war wie erleuchtet von schwärmerischer Sehnsucht, und sie streichelte Aprils Schultern und Rücken, während diese zwei Brote und einen Apfel verputzte. April sah in ihrem cremefarbenen Kaftan wie eine Beduinenkönigin aus. Ich konnte verstehen, warum Baseballschuh so verliebt war. Ja, das konnte ich gut verstehen – alles andere nicht. Hatten diese beiden – und Delilah – irgendwas mit Ben und Frankie zu tun? War Ben der »er«, um den sie sich keine Sorgen zu machen brauchten?

Ich überflog immer wieder denselben Abschnitt in *La Grande:*

> Meine Mutter liebte Eduardo mit einer Leidenschaft, die wie Musik war, wie eine volle Symphonie, die nach Jahren des Schweigens denen erklingt, die in Einzelhaft gesessen haben. Eduardo war ihr geweissagt worden, vor langer Zeit schon, als sie noch mit Raoul verheiratet war, an einem schwülen Tag unten am Fluß. Eine alte Zigeunerin hatte ihre Hand genommen und verkündet: 'Du wirst große

Liebe finden, doch nie Erfüllung.' Cristobel hatte ihr die Hand entrissen: 'Dann kann es keine große Liebe sein.' Die Zigeunerin hatte Cristobel mit unermeßlichem Mitleid betrachtet und war zum Fluß gegangen und in seine klaren, silbergrünen Wirbel getaucht. 'Wie wenig du von der Liebe weißt', hatte sie gesagt, ehe der Fluß sie ergriff und mit sich riß.

Der Nachmittag wurde heißer und ich wurde müde. Mein eigenes Mittagessen stand mittlerweile nicht mehr zur Debatte, ich hatte nicht mal gewagt, an der Bar ein Mineralwasser zu trinken, aus Angst, die drei aus den Augen zu verlieren. Ich war inzwischen außerordentlich schlechtgelaunt und begann bereits Pläne zu schmieden, wie ich das heute abend an Frankie auslassen könnte. Dann fingen die Dinge an, sich interessanter zu entwickeln.

April und Baseballschuh hatten schon vor einiger Zeit aufgehört zu reden. Sie behielten Delilah halb im Auge und räkelten sich ansonsten in der Sonne. Ich war zwischendurch einmal ganz kurz aufgestanden, nur um mir die Füße zu vertreten und mich zu strecken, und hatte prompt meinen Sitzplatz verloren, an noch so einen Touristen mit einer Flugtasche, auf der EUROPEAN SOCIETY FOR ORGAN TRANSPLANTATION stand. Nun lief ich unruhig außer Hörweite herum, Gloria de los Angeles' Bestseller unter dem Arm. Plötzlich bemerkte ich, daß Baseballschuh barfuß war und ihr rechter Fuß in Aprils Schoß lag. Ich wünschte, es wäre mein Fuß. Oder vielleicht doch nicht, denn offensichtlich war das öffentliche Praktizieren von Reflexzonenmassage in Spanien nicht üblich, und Baseballschuh und April weckten bald ein unruhiges Interesse bei den anderen Besuchern der Plaza. Na ja, es sah auch ganz schön erotisch aus: April hielt ihre Schlangenaugen fest auf Baseballschuhs kurzen weißen Fuß gerichtet, als sei dieser ein Leckerbissen und sie drauf und dran, im nächsten Moment zuzubeißen und ihn in einem

Stück herunterzuschlingen. Baseballschuh hatte ihre Schultern in einer Pose völliger Hingabe zurückgeworfen und stöhnte auf eine Art, die sich nicht sonderlich für öffentliche Plätze eignete.

Die Situation war reif für eine zünftige Unzuchtsklage, und wären zufällig Polizisten vorbeigekommen, hätten sie April und Baseballschuh sicher zumindest gezwungen, sich wieder zu beschuhen und Abstand zu nehmen. Statt dessen ging ein junger Mann lässig auf die beiden zu und sprach sie auf Englisch an.

Er war mittelgroß, sah normal aus und trug Jeans. Ben. Das mußte Ben sein. Wenn ich ihn hätte beschreiben sollen, hätte ich bestimmt daran gedacht zu erwähnen, daß er ziemlich gut aussah, trotz einer beginnenden Glatze und einer leichten Neigung zur Rundlichkeit um die Mitte herum. Er wirkte weder besonders gefährlich, noch schienen April und Baseballschuh durch sein Erscheinen beunruhigt. Sie begrüßten ihn herzlich und gaben dann beide völlig erstaunte Ausrufe von sich. Irgend etwas war passiert, sie wollten mehr darüber erfahren. Frankies Ankunft in Barcelona vielleicht?

Ich tat so, als würde mich ein bestimmtes Mosaikmuster in ihrer Nähe besonders faszinieren, hatte aber auch Angst, zu nah ranzugehen. So konnte ich nur Bruchteile ihrer Unterhaltung verstehen.

Ben:... Reise nach Barcelona gehörte nicht zur Abmachung. Sie ist wütend.

April:... kein Recht, wütend zu sein... Es ist schließlich nicht...

Baseballschuh:... absolut unmöglich, das mit ihr zu besprechen...

Ben: Das sind ihre Gefühle.

Sie mußten über Frankie sprechen. Ihre Gefühle. Sie ist wütend. Also wußte Ben, daß Frankie in Barcelona war. Frankie war zum La Pedrera gegangen, um Ben zu treffen, nachdem ich mich an die Fersen von April und Baseball geheftet hatte. Mein Job war also erledigt. Warum hatte ich so ein ungutes Gefühl?

Ich fragte mich, was für Papiere das waren, die Frankie von Ben unterzeichnet haben wollte, und ob Ben möglicherweise nach Barcelona gefahren war, um Frankie aus dem Weg zu gehen, und nicht aus Reiselust. Ich fragte mich, woher April und Baseballschuh Ben kannten, und ob sie auch Frankie kannten. Ich fragte mich, warum April und Baseballschuh erwähnt hatten, daß sie sich wegen Ben Sorgen machten, wenn sie jetzt vollkommen freundlich, ja sogar vertraut mit ihm umgingen.

Aber es war inzwischen zu heiß zum Rätselraten. Ich hatte kein Interesse daran, mich noch weiter in die Sache hineinziehen zu lassen. Ich wollte nur noch mein Geld und mich von Frankie verabschieden.

Den Rest des Nachmittags arbeitete ich in Anas Wohnung an *La Grande y su hija*. Ana war ganz von ihrem Muschelhaus in Anspruch genommen. Mit ihrer üblichen konzentrierten Beharrlichkeit befestigte sie ein Mosaik aus richtigen Seemuscheln rund um den Eingang. Ich versuchte mir vorzustellen, was für ein Haus Ana für mich entwerfen würde.

»Würde dir das Zimmer einer Nonne gefallen?« fragte Ana.

»Willst du mich auf den Arm nehmen? Ein hartes einzelnes Bett mit einem Kruzifix darüber?«

»Aber dein Leben ist so kompliziert, Cassandra, du lebst an so vielen verschiedenen Orten. Stell dir vor, dir würde ein kleines weißes Zimmer mit einem Bild vom Meer an der Wand gehören, in das du immer zurückkehren könntest.«

»Du sprichst mit einer irischen Katholikin, die in einem kleinen weißen Zimmer aufgewachsen ist und es kaum erwarten konnte, da rauszukommen.«

Ana schüttelte den Kopf. »Trotzdem, dieses Zimmer ist immer noch deine Mitte. Du brauchst dieses Zimmer.«

»Und wo sollte dieses Zimmer sein, wenn ich fragen darf?«

»Na, hier in meiner Wohnung natürlich, gleich neben dem Kinderzimmer.«

* * *

Ich wartete bis kurz nach sechs, ehe ich mich zu dem Treffen mit Frankie in Carmens Salon aufmachte. Einen Augenblick dachte ich daran, den Turban wieder aufzusetzen, beschloß dann aber, der Gefahr ins Auge zu sehen. Carmen mochte ein Messer haben – ich hatte einen sechswöchigen Karatekurs besucht. Noch dazu in Kioto.

Aber als ich ankam, war Frankie noch nicht da, und ich mußte mich Carmens Zorn allein stellen.

»*Ay, ay, ay!*« schrie sie. »Wo ist es? Wo ist dein Haar? Gestern hattest du zu viel, jetzt hast du gar nichts mehr.«

»Es wächst wieder nach«, versprach ich.

»Wo warst du? Wer hat dies Gemetzel angerichtet? Ich bring' sie um!«

Ich gab zu, daß ich es selbst getan hatte, und sie schrie wieder auf, als hätte ich gestanden, meinen eigenen Blinddarm selbst operiert zu haben.

»Aber warum? Du warst so schön mit meinem Haarschnitt. Jetzt bist du häßlich, häßlich, häßlich!« Sie packte meinen Arm und zerrte mich vor einen Spiegel.

Ich fand, daß ich ziemlich gut aussah.

»Deine wunderschönen Locken«, klagte sie. »Ich ertrage es nicht.«

Aber in diesem Moment kam Frankie herein, und Carmen war abgelenkt.

»Das ist Frankie«, stellte ich sie vor. »Frankie, das ist Carmen.«

Carmen zog scharf die Luft ein – ich nahm an, daß sie

eifersüchtig war und sich einbildete, Frankie und ich hätten ein Verhältnis, das über das zwischen Auftraggeberin und Detektivin hinausging.

Frankie gab mir einen Kuß auf die Wange und verkündete begeistert: »Ich hatte *so* einen erfolgreichen Tag!«

»Ja?«

»Ich habe ein paar sagenhaft tolle Kleider gefunden, wahnsinnig *european.*«

Sie nahm auf dem Frisiersessel Platz. Ich fragte mich, was ihrer Meinung nach Carmen für sie noch tun konnte. Für mich sahen ihre rostroten Korkenzieherlocken einfach spitzenmäßig aus.

»Nimm sie runter, Schatz«, sagte Frankie auf Englisch zu Carmen mit einer ausholenden Handbewegung.

Und genau das tat Carmen.

Mir blieb der Mund offen stehen.

»Soll das heißen, du wußtest nicht, daß das eine Perücke ist, Cassandra?« fragte Frankie mein Spiegelbild. »Das ist ja köstlich.«

Die Frau im Spiegel sah völlig anders aus. Ihr kinnlanges, schlaffes Haar war einmal zu oft gezwungen worden, die Farbe zu wechseln, und hatte jetzt den nicht gerade anziehenden Farbton von verbranntem Toast. Mit der Perücke hatten Frankies Gesichtszüge hübsch ausgesehen – jetzt war das Kinn zu spitz, die Nase zu lang, die Augen zu klein.

Doch als Schauspielerin war sie es wohl gewohnt, ständig ihr Aussehen zu ändern und sich nichts dabei zu denken.

»Schneid nicht zu viel ab, Schatz«, sagte Frankie zu Carmen. »Ich hätte es gern so voll wie irgend möglich.«

Ich übersetzte das Ganze, minus 'Schatz', während Carmen eine überbeanspruchte Strähne nahm, sie bedeutungsvoll fallen ließ und mit einem brüsken Nicken Richtung Waschbekken wies.

»Als du von einem erfolgreichen Tag gesprochen hast,

dachte ich, du hättest dich endlich mit Ben getroffen«, sagte ich zu Frankie, während sie shampooniert wurde.

»Ben?«

»Ich habe gesehen, wie du ins La Pedrera gegangen bist, kurz nachdem... zwei Frauen und ein kleines Mädchen herausgekommen sind. Ich bin ihnen zum Parc Güell gefolgt und habe alles über dich erfahren.«

Frankie wurde etwas blasser. Aber das konnte auch an Carmen liegen, die energisch auf Frankies Kopfhaut herumschrubbte.

»Dann sah ich Ben auf die beiden Frauen zugehen und...«

»Ben ging auf die beiden Frauen zu?« wiederholte Frankie.

»Ja, offenbar wohnt Ben bei den beiden und ihrem kleinen Mädchen.«

Frankie stieß einen Schmerzensschrei aus: »Nicht – so – heftig. *Por favor.*«

»Wohnt er da oder nicht?«

»Ja.« Frankie seufzte.

Ich folgte den beiden zurück zum Frisiersessel. Carmen zog eine finstere Miene, ich nahm an, weil wir Englisch sprachen und weil Frankie sie wie eine Friseuse behandelte. Carmen haßte das.

»Du hast dich heute mit Ben getroffen, stimmt's?«

Frankie begutachtete ihren bläßlichen Teint im Spiegel, während sie über meine Frage nachdachte. »Ja, kurz.«

»Dann hast du also erreicht, was du wolltest, oder?«

»Nicht ganz.« Sie ließ ihre Augen nicht von Carmens Schere. »Weißt du, ich konnte ihn nicht dazu bringen, die Papiere zu unterzeichnen. Ich werde ihn noch ein bißchen überreden müssen.«

»Aber mein Beitrag an der Sache ist erledigt.«

»Vielleicht brauche ich noch etwas Hilfe beim Überreden...«

»Nein, auf keinen Fall.«

»Ich möchte ja nur, daß du morgen in einem Restaurant am

Nebentisch sitzt. Wenn der richtige Zeitpunkt gekommen ist, stelle ich dich vor.«

»Also...«

»Und dann gebe ich dir deinen Scheck über zweitausend Dollar, plus Spesen für heute und morgen, und du kannst dich abseilen.«

»Ich lasse mir das durch den Kopf gehen«, sagte ich schlechtgelaunt. Aber wir wußten beide, daß ich ihr noch einmal Hilfestellung geben würde.

Carmen fönte Frankies Haar. Schlecht war der Schnitt nicht geraten – Carmen würde nie schlecht arbeiten –, aber mit dem Herzen war sie nicht bei der Sache gewesen. Frankie hatte anscheinend zu viele andere Dinge im Kopf, um das zu bemerken.

»Du bist also den beiden Frauen gefolgt, hm?« wollte sie wissen. »Und wohin, sagst du, sind sie gegangen?«

»Zum Parc Güell. Ich hatte den Eindruck, daß sie da regelmäßig mittags picknicken. Und dort ist dann auch Ben dazugestoßen.«

»Von dem Park habe ich schon gehört«, meinte Frankie. »Ich hoffe, ich komme noch ein bißchen dazu, mir die Stadt anzusehen, solange ich hier bin.«

Carmen trat zurück und reichte Frankie einen Spiegel, damit sie sich ihre Frisur von hinten ansehen konnte. Ein hübscher Schnitt – wenn man Pagenköpfe mochte. Carmen mochte sie nicht, das wußte ich.

»Danke, meine Liebe«, sagte Frankie gleichgültig und zückte ihr rotes Portemonnaie.

»Du mußt bei der Kassiererin bezahlen«, flüsterte ich ihr hastig zu, als Carmens Augen bei dieser endgültigen Beleidigung zornig aufblitzten. Sie riß den Frisierumhang von Frankies Schultern, als wäre es das Cape eines Stierkämpfers.

Ich begleitete Frankie zur Tür.

»Cassandra!« rief Carmen streng hinter mir her. »Kann ich dich kurz sprechen?«

»Ich bin mit Ana verabredet und spät dran«, sagte ich, in der Hoffnung, einer weiteren Standpauke – diesmal über die Manieren von Amerikanerinnen – entgehen zu können. »Ruf mich doch heute abend an.«

Sie zog die Augenbrauen hoch. »Ich denke, *so* wichtig ist es nicht.«

Ich verliere nie die Nerven, wenn es wirklich um die Wurst geht, aber ich bin hoffnungslos feige, wenn es darum geht, einer wütenden Frau die Stirn zu bieten. Wie üblich kam ich auch diesmal davon.

6

Angefangen, erzählte Ana an diesem Abend nach dem Essen, hatte alles damit, daß eine Kundin zu ihr kam, die gerade erfahren hatte, daß sie schwanger war. Sie bat Ana, ihr ein Haus zu bauen, in das sie sich hineinlegen könnte, um sich mütterliche Gedanken zu machen. Für Ana war das zunächst einfach eine gewisse Herausforderung, weil sie selbst nie schwanger gewesen war. Da sie wie immer gründlich recherchierte, ging sie in die Bibliothek und in Buchhandlungen, um sich mit dikken Wälzern über Schwangerschaft und Geburt – mit Farbfotos natürlich – einzudecken.

Ein Gedanke, der sie faszinierte, war ein Haus, das Monat für Monat wuchs. Anfangs beschäftigte sie sich mit dehnbaren Materialien, die mit Luft oder Wasser aufgepumpt werden konnten. Zwischenzeitlich schwebte ihr das Haus sogar als riesige Gebärmutter vor, in deren Fruchtwasser die Frau treiben könnte wie ein Fisch im Aquarium. Doch wie alle Baumeister, selbst von Miniaturhäusern, mußte sie sich dem Konservatismus und der Ungeduld ihrer Klientin stellen.

Die Frau erinnerte Ana daran, daß sie nicht ewig schwanger sein würde.

Also hatte Ana eine lichte, wie ein Frauenkörper geformte Pappmaché-Muschel entworfen, mit einem riesigen Bauch und gewaltigen, weit gespreizten Beinen. Der Eingang lag zwischen den Beinen, das Innere war schaumstoffgepolstert und mit rosarotem Samt ausgeschlagen. Im Bauchnabel gab es ein kleines Oberlicht, im Kopf war ein Kassettenrekorder eingelassen, der sanfte Popmusik spielte.

»Aber das ganze Lesen über Schwangerschaft und Geburt hat irgendwas mit mir gemacht«, erzählte Ana. »Ich bin jetzt fünfunddreißig, und seit zehn Jahren baue ich Häuser für Kinder. Werde ich denn nie ein eigenes Kind haben?«

»Ich dachte, du hättest mal gesagt, daß es dir völlig genügt, Kinder mit deinen Häusern glücklich zu machen?«

»Das *war* auch so.« Ana strich gedankenverloren über ihren flachen Bauch. »Aber diese Bücher haben tief vergrabene Gefühle in mir geweckt. Ungewohnte, mütterliche Gefühle. Ich habe auf der Straße nach schwangeren Frauen Ausschau gehalten und sie angestarrt, ich bin ruhelos durch Läden mit Umstandskleidern gestrichen, ich habe sogar mit einer Freundin, die als Ärztin im Krankenhaus arbeitet, abgesprochen, daß ich mal bei einer Geburt dabeisein kann.«

»Ich finde, dann solltest du einfach loslegen und ein Kind bekommen.«

»Ich könnte ein Kind nicht allein großziehen.«

»Natürlich kannst du das. Meine Mutter hat uns auch allein großgezogen. Wir sind zwar nicht besonders gut geraten, aber immerhin.«

»Ich *will* ein Kind nicht allein großziehen!«

»Es gefällt mir nicht, wie du mich ansiehst, Ana.«

»Du wärst genau die Richtige, Cassandra. Intelligent, gebildet, humorvoll und aktiv.«

»Warmherzig, verständnisvoll und verläßlich hast du vergessen. Wahrscheinlich, weil du mich kennst.«

»Das Problem ist, ich kenne sonst keine, die ich auch nur in Erwägung ziehen könnte.«

»Na, das nimmt der Geschichte doch zumindest den Odem des Persönlichen. Immerhin muß ich mir so keine schlaflosen

Nächte darüber machen, daß es bei der Auswahl der Kandidatin etwa um meinen edlen Charakter ginge.«

Ana hatte einen ihrer plötzlichen Wutanfälle. Sie befielen sie immer wie eine allergische Reaktion. Ihr blasses Gesicht wurde flammend rot, ihre dunklen Augen riesengroß, ihr Blick hart. »Ja, nur zu, mach dich über mich lustig. Ich versuche, dir etwas Wichtiges zu erzählen, aber mach ruhig weiter, mach dich nur lustig!«

»Ana, Ana, beruhige dich. Ich meinte doch nur...«

»Oh, ich weiß genau, was du gemeint hast. Du willst nichts mit mir zu tun haben!« schrie sie. »Dabei bist du meine einzige Hoffnung.«

»Ana! Du stehst doch nicht mal auf mich.«

Anas Wutanfall verrauchte so plötzlich, wie er gekommen war. Sie stand auf und räumte den Tisch ab. »Mein Gott. Weißt du was, das stimmt.«

Sie musterte mich kritisch. »Besonders mit dieser Frisur.«

Am nächsten Morgen schlief ich aus und wurde von einer energisch klingenden Frankie geweckt, die mir erzählte, daß Ben einverstanden sei, sich mit ihr um ein Uhr in einem Restaurant auf der Plaça Reial zu treffen. Ob ich auch kommen könnte. Ich sollte mir etwas zu Essen bestellen, und Frankie würde mir ein Zeichen geben, wenn die Zeit reif wäre, mich zu ihnen zu gesellen. Sie betonte, daß es ihr dabei lediglich auf meine Anwesenheit am Tisch ankäme. Ben würde sich immer besser benehmen, wenn noch andere Menschen dabei seien.

Ich nahm an, daß Frankie die Plaça Reial gewählt hatte, weil das ein so offensichtlicher Touristentreffpunkt war. Die Touristen bekamen meist nicht mit, daß der symmetrisch angelegte Platz mit seinen Arkaden und Palmen und dem Brunnen der drei Grazien in der Mitte ein Treffpunkt für Drogendealer und Taschendiebe war. Früher hatte es an einer Ecke des Platzes einen Schwarzmarkt für heiße Ware gegeben, doch die Polizei hatte das unterbunden, indem sie dort ihren eigenen

Stand in Form eines Einsatzwagens eröffnete. Trotzdem war der Platz noch immer kein geeigneter Ort, um nachts allein spazieren zu gehen.

Tagsüber war hier alles voller Touristen, die vor allem zu den Bars und Restaurants drängten, wo sie draußen in der Sonne sitzen konnten. Ich sah weder Ben noch Frankie, also setzte ich mich an einen freien Tisch und zog mein Notizbuch und *La Grande y su hija* aus der Tasche.

Es gefiel mir, daß ich Fortschritte mit Cristobels Abenteuern machte, obwohl ich mitten in meinen eigenen steckte. Wenn es weiter so gut lief, konnte ich die Übersetzung vor der Deadline schaffen und noch im Mai London wieder den Rücken kehren – mit meinen dreitausend Dollar von Frankie in der Tasche. Ich hatte vor, Freundinnen in Osteuropa zu besuchen, um zu erfahren, wie sie die politischen Veränderungen der letzten Jahre überstanden hatten. Es wurde auch Zeit, mein Rumänisch aufzufrischen, das ich seit einem ziemlich ungemütlichen Zwischenfall mit einem Schwarzmarkthändler und einem Herrn von der Geheimpolizei in Bukarest kaum gebrauchen konnte.

So in Träumereien versunken wäre mir fast entgangen, daß Ben den Platz überquerte und sich an einen Tisch direkt neben meinem setzte. Mist! War das jetzt zu nah? Frankie würde ihr: 'Oh, guck mal, da ist ja meine Freundin Cassandra!' kaum anbringen können, wenn die betreffende Frau direkt neben ihr saß. Aber daran war nun auch nichts mehr zu ändern. Ich vergrub mein Gesicht in der dschungelgrünen Nacktheit des Buchumschlags und hoffte das Beste.

Ben sah so fehl am Platz aus, wie ich mich fühlte. Er trug wieder Jeans und ein gestreiftes Oxford-Hemd, wirkte aber irgendwie weniger amerikanisch als gestern im Parc Güell. Vielleicht lag das nur an der unmittelbaren Nähe zu richtigen Amerikanern. Vielleicht war es der goldene Ring in seinem Ohr, oder es kam durch die blauen Straußenlederstiefel. Wenn Frankie dieses Lokal gewählt hatte, weil sie dachte, wir würden nicht weiter auffallen, dann hatte sie sich geirrt.

Der Kellner kam an meinen Tisch. *»Señor?«*

Ich sah mich um und stellte fest, daß er mit mir sprach. Rasch bestellte ich das Tagesmenü, vorweg *Ensalada de tomates*, gefolgt von einer *Tortilla espagñol* und dann gebratenes Hähnchen. Zum Nachtisch würde ich mir vielleicht einen Flan genehmigen, und Kaffee. Wenn Frankie nicht bald aufkreuzte, würde ich auch alle drei Gänge brauchen.

Obwohl wir draußen saßen, war der Lärm an den Tischen ohrenbetäubend. Wahrscheinlich war es eine Reisegruppe, die eine Kostprobe des wahren Barcelona erleben wollte. Frauen in Hosenanzügen, mit pinkfarbenen und blauen Haaren, unterhielten sich im stark ausgeprägten Dialekt des Mittelwestens darüber, daß sie die Architektur von diesem Gaudy einfach hinreißend fanden, während ihre Männer über Stierkämpfe diskutierten und wieviele Meilen sie heute zurückgelegt hatten. Junge Paare mit *Europa selbst entdecken* oder *Spanien für 40 $ am Tag* in der Hand (waren es nicht mal 5 $ am Tag gewesen?) stritten darüber, ob sie vor Madrid noch einen Abstecher nach Sevilla einlegen könnten beziehungsweise ob zwei Tage Granada nicht zu viel seien.

Ich las ein paar Seiten in *La Grande*, konnte dann aber der lautstarken Unterhaltung von zwei in der Nähe sitzenden Frauen im Collegealter nicht widerstehen. Die beiden hatten sich offenbar gerade erst kennengelernt und tauschten Horrorgeschichten über die Franzosen aus.

»Die hätten sich genausogut gleich die Ohren zuhalten können, wenn ich sie was gefragt habe! Das war dermaßen himmelschreiend!«

»Da denkt man doch, die halten Französisch für so eine Art geweihtes Heiligtum. Hol's der Teufel, es ist doch bloß eine *Sprache*.«

»Junge, ich war ehrlich noch nie in meinem Leben so froh, aus einem Land rauszukommen. Barcelona gefällt mir, ich glaube, die Spanier sind wirklich freundlich.«

»Genau, das finde ich auch. Ich habe einen ganz süßen Typen im Hotel kennengelernt. Der *wollte* Englisch mit mir sprechen.«

Dann passierte etwas wirklich Saublödes.

»Ist der Roman nicht großartig?«

Ich fuhr zusammen. Es war Ben. Er lächelte entwaffnend und deutete auf das Buch in meiner Hand.

Ich grub meinen besten irischen Akzent aus. »Na, und wie, und er vermittelt uns ein so verdammt lebendiges Bild vom südamerikanischen Alltag. Aus Frauensicht natürlich.«

»Genau das dachte ich auch.« Ben rückte näher. »Ich meine, seit Jahren haben wir von García Márquez und Donoso und Vargas Llosa gehört – aber was ist mit den Frauen?«

Ach du lieber Himmel, er war der feministische Typ. Und er kannte sich mit lateinamerikanischen Schriftstellern aus.

»Darf ich mich zu Ihnen setzen?« fragte er, offenbar überzeugt, daß wir viel gemeinsam hätten. »Ich warte auf eine Freundin, aber sie ist noch nicht aufgetaucht. Ich kann es nicht ausstehen, allein zu essen, es verdirbt mir regelrecht den Appetit, besonders an einem Ort wie diesem.«

Neugier war schon immer meine Achillesferse. Mit einer Handbewegung lud ich Ben ein, Platz zu nehmen. Frankie würde sich eben wohl oder übel damit abfinden müssen.

»Ich bin Hamilton Kincaid.« Er streckte mir seine starke, gebräunte Hand hin. »Ursprünglich aus New York, aber seit ein paar Jahren lebe ich in Barcelona.« Er hatte blaue Augen und einen blonden Dreitagebart.

Wenn er Verstecken spielen wollte, das konnte ich auch. »Brigid O'Shaughnessy. Aus Dublin.«

»Der Name kommt mir irgendwie bekannt vor.«

»Ich bin Journalistin.«

»Ich lese kaum Zeitung«, sagte er entschuldigend. »Ich versuche, bei zeitgenössischer Literatur auf dem laufenden zu bleiben – Eco, Kundera, die Lateinamerikaner selbstverständlich –, aber ich habe ständig das Gefühl, im Rückstand zu sein. Ich versuche natürlich, Literatur im Original zu lesen, aber das dauert ein bißchen länger.«

»Und was machen Sie sonst so?« fragte ich ihn. Außer bei Frauen wie mir Eindruck zu schinden.

»Ach, ich mache ein bißchen Musik. Saxophon.«

Ein Dilettant. Ich lächelte charmant. »Meinen Sie, sie hat Sie versetzt?«

»Sie hat eins gesagt, jetzt ist es halb zwei. Aber meine Freundin ist — wie soll ich das sagen — sie ist ein etwas unruhiger Geist.«

Merkwürdig, dasselbe hatte Frankie doch über ihn gesagt. Also ein Paar unruhige Geister, mit undurchschaubaren Plänen.

»Ist Ihre Freundin Spanierin?«

»Nein, sie kommt auch aus Amerika. Sie ist das erste Mal in Spanien.«

»Ach du liebe Zeit, und Sie haben sich beschwatzen lassen, den Reiseführer zu spielen.«

»Nein, eigentlich nicht.« Ben seufzte und brach sich ein Stück Brot ab. »Ich habe sie gestern erst kennengelernt. Ich hätte es nie erraten.«

»Was hätten Sie nie erraten?«

»Daß sie eine Transsexuelle ist... kennen Sie irgendjemand Transsexuellen?«

Jetzt, wo du es sagst, vermutlich schon. Dutzende von Einzelheiten über Frankie schossen mir durch den Kopf und ordneten sich neu.

»Ich wollte damit nicht sagen, daß ich das verurteile«, fuhr Ben rasch fort. »Die Menschen sind verschieden. Ich zum Beispiel bin schwul.«

Er interpretierte mein verblüfftes Schweigen falsch und entschuldigte sich. »Tut mir leid. Sie kommen aus Irland, Sie sind es wahrscheinlich nicht gewöhnt, über Homosexuelle zu reden. Von Transsexuellen ganz zu schweigen.«

»Sie würden sich wundern.« Ich brachte ein mattes Lächeln zustande. »Wir Katholiken verkleiden uns gern.«

Der Kellner brachte unseren Salat, und ich erlebte eine weitere Überraschung. Ben sprach in durchaus ordentlichem Katalanisch mit ihm. Hier ging etwas vor, das ich nicht verstand. Wenn Ben erst vor kurzem aus San Francisco gekommen war, wie in aller Welt hätte er da Katalanisch lernen können? Spanisch konnte er in der Schule gelernt haben, aber Katalanisch?

»Nun Brigid«, sagte er und schenkte mir aus der Karaffe ein Glas Wein ein, »was führt Sie nach Barcelona?«

Ich erzählte ihm, daß ich gerade einen Artikel über Barcelonas Vorbereitungen auf die Olympischen Spiele 1992 für die *Irish Times* schrieb. In meinem Kopf herrschte ein heilloses Durcheinander.

Wenn Frankie eine Transsexuelle war, dann konnte Ben kaum ihr Ex-Ehemann sein.

Es sei denn, Ben hatte Frankie geheiratet, weil er sie für eine Frau gehalten hatte.

Vielleicht erpreßte Frankie Ben mit der Drohung, seiner Familie zu erzählen, daß er mit einer Transsexuellen verheiratet gewesen war.

Aber wenn Ben schwul war, warum hätte er Frankie dann überhaupt heiraten sollen?

Warum behauptete Ben, Frankie erst seit gestern zu kennen?

Wie dem auch sei – wo war eigentlich Frankie abgeblieben?

Der erste Gang unseres Essens wurde abgeräumt, der zweite kam, der dritte folgte, aber von Frankie noch immer keine Spur. Inzwischen war es zwei Uhr. Ben erzählte mir, daß er wegen der Jazzszene nach Barcelona gekommen war. Ein paar der besten Musiker Europas hatten sich hier um Musikkneipen wie den Harlem Club und die Cova del Drac versammelt.

Je mehr Einzelheiten er erzählte, desto mehr kam ich ins Grübeln. Es hörte sich mehr und mehr so an, als ob er wirklich in Barcelona lebte. Und wenn er in Barcelona, im La Pedrera wohnte, dann waren wahrscheinlich Baseballschuh, Delilah und April Schauer bei ihm zu Besuch und nicht umgekehrt.

»Ich denke die ganze Zeit, Sie kommen mir irgendwie bekannt vor«, sagte ich schließlich. »Und jetzt weiß ich auch, woher. Gestern, im Parc Güell. Sie waren mit zwei Frauen und einem kleinen Mädchen zusammen.«

Ben warf mir einen ziemlich merkwürdigen Blick zu, als sei ihm gerade zum ersten Mal der Gedanke gekommen, daß er Gründe hatte, einer Fremden gegenüber auf der Hut zu sein. »Ja«, sagte er endlich, »da gehe ich um diese Zeit fast immer hin. Ich esse mittags gern draußen, und ich habe den Platz auch ein paar Freundinnen gezeigt, die gerade bei mir zu Besuch sind. Ich treffe mich eigentlich immer um diese Zeit mit ihnen...«

Er redete plötzlich nicht weiter und starrte mich an.

»Entschuldigen Sie mich«, sagte er, »mir ist gerade etwas eingefallen.«

Er warf tausend Peseten auf den Tisch und stürmte über den Platz davon.

Ich warf tausend dazu und folgte ihm. Vermutlich war uns beiden gleichzeitig der Gedanke gekommen, daß wenn Frankie nicht hier war, es sehr gut sein konnte, daß sie im Parc Güell war. Nur daß Ben auch wußte, warum.

Er war nirgends zu sehen, als ich von der Plaça Reial auf die Ramblas stürzte. Schnell winkte ich ein Taxi heran. Konnte ich es schaffen, vor ihm da zu sein? Und wenn, was würde ich dort vorfinden?

* * *

Zwanzig Minuten später war ich am Parc Güell und rannte atemlos durch die Portale, am blauen Eidechsenbrunnen vorbei die Treppen hoch zur Plaza auf den mächtigen Säulen. Keine Spur von Frankie, auch keine Spur von Baseballschuh, Delilah oder April. Ich lief die Treppen wieder hinunter und spähte zwischen den Säulen herum. Nichts.

Es war ein warmer Nachmittag. Durch mein Gehetze und die Aufregung war ich ins Schwitzen gekommen. Ich hatte versucht, mich an die Pronomen zu erinnern, die April und Baseballschuh bei ihrer Unterhaltung gestern benutzt hatten. Hatten sie nicht »er« gesagt, als sie darüber sprachen, daß sie sich Sorgen machten? Aber als Ben dazugekommen war, hatten sie über eine »sie« geredet. Im Restaurant hatte Ben »sie« gesagt.

Ich machte mich auf den Weg die Passeig de las Palmeras hoch, die sich den Hang hinaufwindet. Anders als die dorischen Säulen, auf denen die Plaza ruhte, waren die Säulen unter mir jetzt ein Wald aus wildwuchernden Bäumen, mit einer Kruste aus staubbraunen Steinen. Das Verrückte an Gaudí war, daß seine Bauwerke absolut stabil waren, perfekte Parabeln, die ungeheure Gewichte tragen konnten – und doch waren die Oberflächen ganz unregelmäßig. Sie sahen aus wie Naturgebilde, so als wären sie schon seit Jahrtausenden Bestandteil des Planeten, und gleichzeitig ganz neu und anders als alles bisher Gekannte.

Über dem braunen Parabolwald führte die imposante, unerwartet steil ansteigende Straße um die Biegung des frühlingsgrünen Hügels. In regelmäßigen Abständen standen riesige Mauerpfeiler, die nichts als den Himmel trugen. Rötlichbraun gebleichte Felsen formten sich zu hohen Säulen, erinnerten an Frauen, die mit gewaltigen Körben voller Obst und Gemüse auf den Köpfen langsam den Berg hinaufzogen. Oder an eine Prozession. Als 'Fest der Kakteen' ließ es sich fast beschreiben, denn aus den Blumenschalen, die wie auf den Säulenenden balanciert wirkten, stachen Halme und Sträucher wie Lanzen empor, graugrün und wüstentrocken.

In die unbekümmert aus scharfkantigen Felsbrocken zusammengefügte Mauer am Straßenrand waren Bänke eingelassen, auf denen schwarzgekleidete Großmütter mit Kindern saßen. Touristen in festen Schuhen und ärmellosen T-Shirts schleppten schwitzend ihre Kameras und Reiseführer. Endlich war ich auf dem Gipfel des Hügels, ich bog um eine Ecke und sah die drei. April, Baseballschuh und Delilah saßen auf einer Bank im Schatten. Selbst aus der Entfernung konnte ich erkennen, daß Baseballschuh mitgenommen aussah, April gelassen und Delilah nur gleichgültig und müde. Ich überlegte noch, ob ich einfach zu ihnen gehen und irgend etwas sagen sollte (könnte ich vielleicht April daran erinnern, daß sie einmal meine Fußsohlen geknetet hatte?), als ich hinter mir jemanden laufen hörte.

»Sie!« rief Ben erstaunt. Dann sah er die anderen vor uns am Straßenrand.

»Hamilton«, sagte April dramatisch, »du wirst nie erraten, was beinah passiert ist.«

»Wo warst du, Hamilton?« fragte Baseballschuh. »Er hätte es nie gewagt, wenn du hier gewesen wärst.«

Hamilton schüttelte verwirrt den Kopf.

»Das ist Brigid O'Shaughnessy«, sagte er. »Ich glaube, sie weiß mehr, als sie verrät.«

»Ich glaube«, sagte ich, »daß ich eigentlich viel mehr im dunkeln tappe als Sie alle.«

»Laßt uns von vorn anfangen«, sagte April. »Ich bin April Schauer.«

»Ich weiß«, sagte ich. »Sie haben mir mal die Füße massiert.«

»Wirklich?« Das schien ihr zu gefallen. »Da erinnern Sie sich noch an mich?«

»April«, sagte Baseballschuh, »wenn diese Frau Brigid O'Shaughnessy heißt, bin ich Sam Spade.«

»Ich bin Cassandra Reilly«, gab ich zu. »Und wer sind Sie?«

»Ich?« sagte sie wie verwundert, daß ich überhaupt noch fragen mußte. »Ich bin Ben.«

7

Delilah war kein sonderlich hübsches Kind. Sie war klein und spindeldürr und hatte feines, blondes Haar, durch das die Kopfhaut frisch wie eine Melone schimmerte. Ihre Ohren waren zu groß, wenn sie älter war, würde sie wahrscheinlich versuchen, sie zu verstecken, ebenso würde sie sich bestimmt einen Pony zulegen, um ihre überhohe Stirn zu verbergen. Ihre Brille trug sie, wie Kinder Brillen tragen: vorsichtig und ergeben. Mit ihren sechs Jahren sah sie bereits aus wie ein Kind, das gelernt hat, sich anzupassen.

Anders als die jüngeren Kinder meiner Londoner Freundinnen, die stolz mit sechs Ringen an jedem Ohr und in »Rettet den Regenwald«-T-Shirts herumliefen, hatte Delilah ein Kleid und Turnschuhe an. Sie trug überhaupt keinen Schmuck, auch keinen Slogan auf ihrer mageren kleinen Brust. Ich hatte das Gefühl, daß sie es so wollte.

»Was ist passiert, Liebling?« fragte Hamilton. Er ging vor ihr in die Hocke und legte seine braunen Hände auf ihre schmalen Schultern.

Sie seufzte und scharrte mit einem Fuß im trockenen Sand. »Frankie kam her und sagte, ich krieg' ein Eis, wenn ich mitkomme. Sie sagte, wir gehen einfach los und kaufen Eis für alle, und dann kommen wir zurück und überraschen Ben und

April. Ich sagte okay, und wir wollten losgehen, und dann hat Ben uns gesehen und angefangen zu schreien, und da ist Frankie weggelaufen.« Delilah sah Ben an. »Warum ist Frankie hier in Spanien? Ist er hergekommen, um uns zu besuchen?«

»Ja, Delilah, er ist hier, um uns zu besuchen«, antwortete Ben. Sie sah erschöpft und besorgt aus.

»Warum hast du ihn denn so angeschrien?« fragte Delilah sachlich.

»Äh, ich glaube, weil es so aussah, als würdet ihr weggehen, ohne uns zu sagen, wohin ihr geht. Wir wollten ihn nicht erschrecken.«

»Vielleicht wollte sie einfach nur Delilah sehen«, meinte Hamilton. »Immerhin ist sie ihr Vater.«

»Er sieht Delilah regelmäßig in San Francisco. Es gibt keinen Grund, warum er uns in unseren Urlaub folgen muß.«

Ich hatte ziemliche Probleme, dem Gebrauch der Pronomen zu folgen. Für Hamilton war Frankie eine Sie, für Ben ein Er, und Delilah verwendete beides, je nachdem, mit wem sie sprach.

»Und wie passen Sie ins Bild?« fragte April mich plötzlich. Sie war so umwerfend schön, wie ich sie in Erinnerung hatte. Ihre Augenlider schimmerten dunkelviolett, ihre Lippen in einem natürlichen Rosarot. Bergkristallanhänger und bestickte Stoffbeutelchen hingen um ihren Hals bis in den braungebrannten Ausschnitt, der unter dem seidigen blauen Hemd deutlich zu sehen war. Sie verströmte einen Wohlgeruch, der köstliche, dunkle, biblische Worte wie Weihrauch und Myrrhe heraufbeschwor.

»Also, Frankie rief mich in London an, wo ich wohne, und sie... er sagte, sie... er würde eine meiner Freundinnen kennen und meine Hilfe brauchen, um ihren... seinen Ex-Ehemann Ben zu finden, und sie würde alle Kosten übernehmen und mir ein Honorar zahlen, wenn ich ihn... sie finde. Frankie hat nichts von einem Kind gesagt. Natürlich hat er... sie nicht gesagt, daß sie transsexuell ist.« Ich gab das mit den Pronomen auf. »Frankie sagte, Frankie sei verheiratet, verheiratet gewesen, mit einem schwulen Mann namens Ben, der sehr reich sei und gerade die Stadt verlassen hätte. Seine Familie brauche seine Unterschrift auf ein paar Papieren, darum würde Frankie Ben suchen. Ich hatte eigentlich Hamilton für Ben gehalten. Sie müssen zugeben, daß Ben nicht gerade ein häufiger Frauenname ist.«

»Das ist die Kurzform für Bernadette«, seufzte Ben.

»Ich kann nur sagen, daß es mir leid tut, wenn Sie wegen mir noch mehr Probleme haben.«

»Ihr irischer Akzent ist weg«, stellte Hamilton stirnrunzelnd fest.

»Sie haben also für Frankie gearbeitet, und er hat Sie dafür bezahlt, mich zu finden«, stellte Ben fest.

»Frankie hat einen Teil meines Honorars gezahlt«, gab ich zu und hatte dabei das ungute Gefühl, daß ich den Rest wahrscheinlich nie sehen würde. »Das konnte ich doch nicht ahnen. Es klang plausibel, jedenfalls zuerst. Mit solchen Geschichten hatte ich nicht gerechnet. Sowas kenne ich nicht einmal vom Hörensagen. Bin ich zu lange nicht mehr in den Staaten gewesen?«

»Hamilton, vielleicht hat Delilah Lust auf einen kleinen Spaziergang mit dir«, schlug April vor.

»Ja!« sagte Delilah.

Die beiden zogen los, den abschüssigen Hang mit den Max Ernst-Pfeilern hinunter. Hamilton ging in leicht gebeugter, onkelhafter Haltung, die darauf hindeutete, daß er den Umgang mit Kindern gewöhnt war, Delilah hüpfte in ihrem Kleid neben ihm her.

Ich schaute mir Ben genauer an. Aus der Nähe war diese muskulöse Frau noch einschüchternder. Ihre Bizepse wölbten sich, ihre Deltamuskeln spannten sich, ihre Brustmuskeln traten unter dem ärmellosen T-Shirt und der Weste deutlich hervor. Vermutlich fühlte sich April als Masseuse von einer solchen Entfaltung wohlausgeprägter Muskulatur angezogen. Physiologisch betrachtet mußte das sehr interessant sein.

»Ich weiß nicht, was ich machen soll«, sagte sie. »So kann das nicht weitergehen. Er ist fest entschlossen, Delilah zu entführen, da bin ich ganz sicher.«

Wir drei setzten uns auf eine Steinbank, und Ben zog sich Aprils rundlichen Arm in den Schoß. Anscheinend war sie nicht in der Lage, die Finger von ihrer Freundin zu lassen.

»Wissen Sie überhaupt etwas über die Hintergründe dieser ganzen Geschichte?« fragte Ben. »Hat Frankie Ihnen *irgendwas* erklärt?«

»Mir ist das alles ziemlich schleierhaft«, gab ich zu. »Sind Sie mit Frankie verheiratet? Waren Sie verheiratet? Ist Delilah Ihr gemeinsames Kind?«

»Sie ist *mein* Kind«, sagte Ben ziemlich scharf. »Das ist doch das Problem. Frankie versucht, sie zu stehlen.«

»Vergiß nicht, Ben, daß Frankie die Sache anders sieht«, murmelte April besänftigend.

»Wenn ich das richtig verstehe, haben Sie Delilah zusammen... bekommen, damals.« Ich versuchte, die richtigen Worte zu finden. »Bevor Frankie sich... äh... verändert hat.«

»Wir waren Kumpel«, sagte Ben und drückte traurig Aprils Arm. »Wir hatten uns nicht vorgestellt, daß es mal so endet. Wir haben uns im College kennengelernt, wir haben beide Schauspiel studiert. Wir träumten von San Francisco, und gleich nach dem Examen sind wir dann auch umgezogen. Wir wollten zusammenhalten und es schaffen.«

April versuchte, ihren Arm aus Bens Griff zu befreien, aber Ben klammerte sich nur noch fester an sie. »Ja, wir haben geheiratet, ich wurde schwanger. Was wußten wir denn schon? Wir waren aus Iowa. Ich bekam Delilah und dann habe ich beim Paketdienst, Federal Express, angefangen, und Frankie hat als Kellner gearbeitet. Irgendwann habe ich erfahren, daß es eine Bar ist, wo Frauenimitatoren auftreten, und daß er sowas auch schon gemacht hat.«

»Das ist eine anerkannte Kunstform, Ben«, sagte April. »So alt wie die Zivilisation.«

»Ich bin doch nicht naiv«, protestierte Ben. »Gut, die Menschen sind nun mal verschieden. Warum sollte ich mich also aufregen, als Frankie zu mir kam und sagte, daß er sich schon immer mehr wie ein Mädchen gefühlt hat, daß er nie ein Macho sein wollte. Gut, dann war er also eine Tunte, ich glaube, das habe ich immer gewußt. Genauso wie ich wußte, daß ich nicht so war wie die anderen Mädchen, die ich kannte, als ich noch ein Kind war. Aber ich bin doch immer noch eine gottverdammte Frau!«

»Ben, Ben«, mahnte April und zog ihren Arm entschlossen zurück. »Du hast gesagt, du willst an deiner Einstellung arbeiten. Frankie ist noch immer ein Kind der Göttin.«

»Liebling, sei mir bitte nicht böse. Ich liebe dich so sehr. Aber verstehst du nicht, ich habe ja nichts dagegen, daß Delilah einen Vater hat. Ich bin doch keine Separatistin oder sowas. Aber verdammte Scheiße noch mal, Frankie versucht, meine biologische Rolle an sich zu reißen!«

Ich versuchte, wieder auf die Geschichte zurückzukommen. »Also, Sie hatten mit Frankie zusammen ein Baby, und dann hat Frankie eine Geschlechtsumwandlung machen lassen. Und Sie haben gemeinsam das Sorgerecht für Delilah, stimmt's?«

Ben nickte. »Ich habe sie die Woche über, und Frankie nimmt sie an den Wochenenden. Aber am Wochenende arbeitet Frankie auch in diesem Club, als Cocktailkellner. Er läßt Delilah stundenlang in der Künstlergarderobe sitzen. Ist das vielleicht die passende Umgebung für ein Kind?«

Ich sah zwar ein, daß die Feststellung jetzt nicht unbedingt angebracht war, aber ich fand, es hörte sich wesentlich lustiger an, als jeden Samstagabend mit großen, kratzenden Lockenwicklern im Haar früh ins Bett zu müssen, um im Morgengrauen zur Frühmesse zu gehen. So hatte ich nämlich meine Kindheit verbracht.

»Wir haben uns die ganze Zeit gestritten«, fuhr Ben fort. »Als ich mich über seine Arbeit beschwerte, hat er mir angeboten, Delilah die Woche über zu nehmen. Ich könnte sie dann ja an den Wochenenden haben. Natürlich war ich damit nicht einverstanden. Zum Schluß konnte ich ihn einfach nicht mehr ertragen, ich mußte mal für eine Weile ausspannen. Urlaub machen. Und jetzt ist er uns auch noch gefolgt.«

»Was wollen Sie also tun?«

Ben richtete ihre blauen Iowa-Augen auf mich. »Können... kannst du uns nicht helfen, Cassandra? Schließlich bist du mitverantwortlich. Du hast Frankie zu uns geführt. Kannst du ihn nicht davon überzeugen, daß wir uns einfach nur erholen wollen? Für April und mich ist es gerade jetzt *so* wichtig, daß wir zusammen sein können.«

»Und ihr habt auch wirklich vor, wieder zurückzukommen?«

»Natürlich. Es geht doch nur um ein paar Wochen. Wenn Frankie einfach nach Hause fahren und sich beruhigen würde, könnten wir später alles in Ruhe klären.«

Es ließ sich nicht leugnen. Ich hatte Frankie geholfen, die drei zu finden, und war deshalb wohl irgendwie mitverantwortlich. Ich willigte ein, Frankie zu suchen und mit ihr zu reden. Weniger, weil ich Schuldgefühle hatte, sondern weil es mich wurmte, benutzt worden zu sein. Zugegeben, eine gewisse Neugier spielte auch mit.

Aber es würde nicht unbedingt die leichteste Sache der Welt sein, Frankie zu finden.

Ich ließ Ben und April im Parc Güell zurück, kapitulierte vor der Mittagshitze und nahm ein Taxi zurück zur Ramblas. Mein Ziel war das Nobelhotel, wo Frankie jetzt zu wohnen erklärt hatte.

Einen Gast mit diesem Namen gebe es hier nicht, wurde mir mitgeteilt.

Ich beschrieb sie erst als Rothaarige mit Lockenkopf, dann

als Brünette mit Pagenschnitt. Ich versuchte sogar, sie als Mann zu beschreiben. Der Mann an der Rezeption musterte mich befremdet von oben bis unten und wurde immer entschiedener. So ein Gast sei noch niemals in seinem Hotel gewesen.

Ich fragte mich, ob Frankie mir versehentlich das falsche Hotel genannt hatte. Es gab mehrere Dreisternehotels an der Ramblas, und ich klapperte sie alle einzeln ab, jedesmal mit demselben Ergebnis. Keine Rothaarige, keine Brünette, und auch kein Mann namens Frankie Stevens hatte sich je an- oder abgemeldet.

Es war gegen fünf, als ich mich in der *Xoclateria*, dem Schokolade-Café an der Plaça del Pi, niederließ, um mein weiteres Vorgehen zu planen. Obwohl ich weiß, daß ich ein bißchen blauäugig bin, ärgerte es mich doch, so gründlich an der Nase herumgeführt worden zu sein. Es mochte ja angehen, daß Frankie Delilah zurückhaben wollte, aber mußte sie mir deswegen eine Geschichte über einen schwulen Exmann vorspinnen und mich nach Barcelona schleppen, damit ich dort die Drecksarbeit für sie machte? Sie hatte ganz offensichtlich nie vorgehabt, Ben und April direkt gegenüberzutreten, sondern wollte mich benutzen, um heimlich an die beiden heranzukommen. Und was war mit Hamilton? Wer war er, und warum wohnten April und Ben bei ihm? Warum hatte Frankie Hamilton eingeschaltet? Sie hatte sich gestern mit ihm getroffen, um sich für heute mit ihm zum Mittagessen zu verabreden. So hatte sie sichergestellt, daß er nicht bei April und Ben sein würde, wenn sie Delilah entführte.

Und nun war Frankie verschwunden. Vielleicht sollte ich sie einfach ziehen lassen, schließlich ging mich die ganze Sache im Grunde ja gar nichts an. Aber ich war stinksauer, daß sie mich benutzt und sich mit meinen zweitausend Dollar abgesetzt hatte, Geld, auf das ich ein Anrecht hatte und das meine Reise nach Bukarest im Juni finanzieren sollte.

Je länger ich darüber nachdachte, desto mehr erboste es mich. Ich trank noch eine Tasse dicke, heiße Schokolade und fühlte das Blut in meinen Adern brausen. Wie zum Teufel sollte ich Frankie jemals aufspüren? Es gab buchstäblich Hunderte von Hotels, *Hostales* und *Pensiones* in Barcelona. Selbst wenn ich die Zeit hätte, alle einzeln zu überprüfen, würde ich Wochen dafür brauchen. Da war die Wahrscheinlichkeit sehr viel größer, daß Frankie mir in einem Restaurant oder in einer Bar über den Weg lief. Ich hielt sie für eine Nachtschwärmerin. Nun war sie schon mal in Barcelona, würde sie da in ihrem Hotelzimmer sitzen, spanische Filme im Fernsehen anschauen und Patiencen legen? Bestimmt nicht, dazu war sie nicht der Typ. Das Nachtleben von Barcelona war weltberühmt. Frankie wußte das sicher auch. Ich mußte heute nacht die große Runde drehen, und dazu brauchte ich Hilfe.

Carmen beachtete mich nicht, als ich den Salon betrat. Die Frau am Empfang erklärte, meine Lieblingsfriseuse sei im Augenblick nicht frei, und bat mich, Platz zu nehmen. Aber ich stahl mich zu Carmens Arbeitsplatz, wo sie gerade mit finsterer Miene die schwarzgefärbten Haare einer stark geschminkten *Señora* auf Lockenwickler drehte, und raunte ihr ins Ohr:

»Ich weiß, warum du gestern so wütend warst.«

»Sí?« Darin lag eisige Abweisung.

»Erst dachte ich, es ging darum, daß Frankie Amerikanerin ist...«

»Sí?«

»Aber jetzt weiß ich, der Grund war, daß sie ein Er ist.«

Die *Señora* unter Carmens Händen zuckte zusammen.

»Sí?« Wie barsch dieses Wort sein konnte.

»Ich weiß, dein Neffe ist ein...« Ich hielt inne und übersprang das Wort Transvestit. »Und ich weiß, wie... du das findest. Aber er könnte uns Hinweise geben, in welchen Bars und Clubs Frankie zu finden sein wird. Ich habe ihre Spur verloren, verstehst du. Es ist wichtig, daß ich sie auftreibe.«

»Auu!« schrie die *Señora.* »Sie ziehen an meinen Haaren.«

»Überleg es dir, Carmen«, sagte ich. »Wir treffen uns um acht in der Bar an der U-Bahnstation Paral-lel.«

Es war ein schöner Abend, dunkel und warm. Ich kam etwas zu früh zur Bar an der Avinguda del Paral-lel, fand einen freien Tisch vor der Tür und bestellte mir einen Campari Soda. Auf der anderen Straßenseite war das Teatro Apollo, wo der Imitator Julio Sabala auftrat. Ein riesiges Plakat kündigte an, welche Größen des Showgeschäfts er nachahmen würde: Frank Sinatra, Prince, Julio Iglesias, Stevie Wonder, Michael Jackson. Keine Frauen dabei. Ich trank meinen Campari und betrachtete den Strom der Vorbeiziehenden. Da ich nicht sicher war, ob Carmen wirklich aufkreuzen würde, hatte ich auch noch Ana gefragt, ob sie mitkommen wollte.

Mir war nicht klar, warum Carmen eigentlich darauf bestand, so tugendhaft und schockiert zu sein. In einer Familie, wo Sex für die eine Schwester den Lebensunterhalt darstellte und für die andere einen Zeitvertreib, hätte ich doch angenommen, daß es niemanden aufregt, wenn der Sohn der Prostituierten ein Transvestit ist. Na ja, ich schätzte, irgendwo mußten sie eine Grenze ziehen. Bei meinem letzten Besuch in Barcelona war Carmen deswegen völlig aus dem Häuschen gewesen. Pablo war damals neunzehn, und seine Mutter hatte ihn in ihrer Unterwäsche und ihren hochhackigen Schuhen erwischt. Er trug eine ihrer Perücken und schminkte sich gerade. Und er war ja so schamlos gewesen. Er hatte erklärt, es schon seit fünf Jahren so zu treiben und sich regelmäßig als Frau verkleidet ins Nachtleben zu stürzen.

»Was habe ich falsch gemacht?« hatte Carmens Schwester Conchita gewehklagt. »Wie konnte ich solch einen Sohn großziehen?« Als Carmen mir davon erzählte, hatte ich eher Interesse als Entsetzen gezeigt und mich laut gefragt, wie es eigentlich kam, daß Frauen in früher Männern vorbehaltenen

Klamotten herumlaufen konnten, während es für Männer ein unerhörtes — und daher unerhört erregendes — Tabu ist, Frauenkleider zu tragen. Carmen wußte meine feinsinnigen Ausführungen überhaupt nicht zu schätzen. »Männer sollten Männer sein!« hatte sie geschrien. »Frauen sollten Frauen sein.«

»Was ist mit dir?« fragte ich sie. »Bist du eine Frau in dem konventionellen Sinn, daß Frauen nur auf Männer stehen dürfen?«

Aber solche kühnen Anspielungen hörte Carmen nicht gern. Ebenso wie ihre Schwester niemals zugegeben hätte, daß sie Prostituierte war — sie hatte lediglich *»Amigos«* —, hatte Carmen einfach *»Amigas«*.

So wie Carmen auf Frankie reagiert hatte, mußte ich annehmen, daß ihre Gefühle Pablo gegenüber unverändert waren und daß Pablo womöglich aus dem Schoß der Familie verstoßen worden war, weil er sich nicht an die Spielregeln gehalten, das heißt, über Nacht nicht zu Hause geschlafen hatte.

Dann sah ich, wie Carmen die Straße überquerte und auf mich zukam. Sie rauchte eine Zigarette, was sie in der Öffentlichkeit fast nie tat, und sah eine Spur verwegen aus mit ihrem blond gesträhnten Haar und dem schwarz-weiß gestreiften Hemd unter dem leuchtendroten Jackett. Sie trug die Schuhe mit den besonders hohen Absätzen und einen engen, kurzen, roten Rock.

»Ich komme nur mit, weil ich Angst habe, daß dir etwas zustößt, wenn du allein losziehst«, sagte sie und setzte sich zu mir. »Barcelona ist eine gefährliche Stadt. Du glaubst das ja nicht, Cassandra, aber ich sage dir, die Dinge ändern sich.«

»Ich glaube dir«, sagte ich. »Kommt Pablo auch mit?«

»Er kann heute abend nicht«, sagte sie. »Er arbeitet bis spät in die Nacht. Er ist jetzt im Computergeschäft. Wir sind sehr stolz auf ihn.«

»Aber er hat dir doch ein paar Tips gegeben?«

»Ein paar Plätze. Ein paar Straßen. Ein paar Bars.«

Ana, in einem weißen Hemd, Jeans und einem Anzugjakkett mit aufgerollten Aufschlägen, glitt auf einen Stuhl neben uns. Sie hatte ihr langes Haar unter einen weichen Filzhut gesteckt und kaute Kaugummi. Ein bißchen sah sie aus wie Warren Beatty in *Bonnie und Clyde*.

»Hola mujeres.« Sie gab jeder von uns einen Kuß. »Ich bin hier, um ein wachsames Auge auf dich zu haben, Carmen.« Ihr Ton war heiter, aber Carmen war beleidigt.

»Du solltest lieber ein Auge auf Cassandra haben. Sie hat ein zügelloses Wesen, aber sie weiß es nicht.«

Forsch wie James Dean stand ich auf und steckte großspurig die Hände in die Taschen meiner Lederjacke. »Los, Mädels, laßt uns die Straßen unsicher machen. Keine Angst, bei mir seid ihr sicher.«

Beide schnaubten verächtlich, packten mich rechts und links am Arm und entführten mich ins Bordellviertel.

8

Im Barri Xines dachte ich zum ersten Mal, ich hätte Frankie gesehen. Das war noch ganz am Anfang, als wir fast nichts getrunken hatten, und ich war ziemlich nervös von der ständigen Anstrengung, Carmen und Ana über ihre notorischen Sprachbarrieren hinwegzulocken.

Es war die Stunde, wo das *Barrio* beginnt, sein Innerstes nach außen zu kehren wie ein schlichter, etwas schäbiger Plastikregenmantel mit einem Futter aus grellbunt gefärbtem Kaninchenpelz. Es war die Stunde, wo es noch Überschneidungen gab. Noch konnte eine ernste Zwölfjährige in schlichtem Baumwollrock und Bluse, in der Hand ein Einkaufsnetz mit einer langen Baguettestange, einer Flasche Mineralwasser und ein paar sorgsam eingewickelten Eiern (erstanden im winzigen Eckladen) auf dem schmalen Bürgersteig einem untersetzten philippinischen Seemann begegnen, strahlend in seiner weißen Ausgehuniform, einen Arm beschützend um die schlaksige Nutte im Mini aus schimmernden roten Pailletten und Goldlamé geschlungen, die wahrscheinlich ein Transvestit war.

Wir drei waren in einer gewöhnlichen Straßenbar zwischen einem engen Dessousladen und einem Stundenhotel an der Carrer la Unió gelandet. Die Bar war vollgestopft mit olivhäutigen Männern in schwarzen Anzügen, die wie verrückt

Kette rauchten und auf den Fernseher an der Decke starrten, wo ein Fußballspiel lief. Wir standen an einem langen Linoleumtresen, auf dem sich unappetitliche Teller mit öligen grauen Tintenfischen und fettigen gelben 'Salaten' aus Erbsen, Möhren und Mayonnaise türmten.

»Das ist doch ganz einfach«, sagte Carmen und ließ ihren Goldzahn boshaft aufblitzen. »Ein katalanisches Wort ist ein kastilisches Wort auf die Hälfte zusammengestrichen.«

»Katalanisch ist viel älter als Kastilisch und hat wesentlich mehr Geschichte«, konterte Ana. »Es geht auf das mittelalterliche Provençal zurück. Es ist die Sprache des Liebeswerbens und der Poesie.«

»Es hat einen sehr harten Klang«, sagte Carmen. »Klingt nach gar nichts. Weder poetisch noch romantisch.«

»Es hat Kraft und Schönheit«, sagte Ana. »*Ich* weiß das. Weil ich beide Sprachen spreche und sie vergleichen kann.«

»Vielleicht sollten wir lieber zu Englisch übergehen«, schlug ich vor. »Immerhin wird es allmählich weltweit die Universalsprache.«

»Coca Cola«, sagte Ana mit Abscheu. »*Das* ist ein wirklicher Beitrag zur Kultur der Welt.«

»Hallo, ich freue mich, Sie kennenzulernen«, sagte Carmen auf Englisch. »Wie heißen Sie? Ich heiße Carmen.«

»Ich heiße Ana. Ich bin ja so entzückt, Ihre Bekanntschaft zu machen. Wie gefällt Ihnen London?«

»Es ist recht regnerisch hier.«

Sie verschaukelten mich. Ich sagte mir, das sei jedenfalls besser, als wenn sie sich gegenseitig hochschaukelten.

»Möchten Sie etwas trinken?« fragte Ana Carmen.

»Vielen Dank. Ich hätte gern eine Coca Cola.«

»Das Getränk des Yankee-Imperialismus. Sie haben eine gute Wahl getroffen.«

»Vielen Dank. Ich liebe es.«

Sie stießen sich an und lachten. Ich schaute zur offenen Tür hinaus und da, auf der anderen Straßenseite, sah ich sie.

Sie hatte weder rotbraune Locken noch einen splissigen braunen Pagenkopf. Sie war platinblond, und die Haare ihrer Perücke rannen wie ein Wasserfall ihren Rücken hinab.

»Das ist sie!« rief ich. »Ich erkenne die Schuhe, die Art, wie sie geht.«

Ich zog die beiden hoch, Ana warf einen Tausend-Peseten-Schein auf den Tresen, und wir stürzten aus der Bar. Die Gehwege draußen waren übervölkert und die Straße von dahinkriechenden Autos blockiert, Rennen war unmöglich. Sie hatte schon einen Häuserblock Vorsprung, und ich sah sie in eine Seitenstraße einbiegen. Bis wir dort ankamen, war sie verschwunden.

»Wahrscheinlich bloß eine Hure«, Carmen wankte auf ihren hohen Absätzen.

»Wahrscheinlich hat sie uns gesehen«, sagte ich.

»Natürlich ist sie weggelaufen.« Ana lehnte sich gegen eine Mauer. »Was würdest du tun, wenn drei fremde Frauen hinter dir herjagen?«

Wir gingen in die nächstgelegene Bar. Die Kundschaft bestand aus Arbeitern in abgetragenen blauen Stoffjacken, und wir waren die einzigen Frauen.

»Sí Señores?« sagte der Mann hinter der Theke zu Ana und mir. Vielleicht war Carmen die einzige Frau.

Ana und ich bestellten Bier, Carmen noch eine Cola. Dann beschrieb Carmen dem Barkeeper Frankie.

»Ein Mann in Frauenkleidern?« sagte er. »Davon gibt es viele hier im *Barrio*.«

»Sie ist kein Mann mehr«, warf ich ein. »Sie ist jetzt eine Frau.«

Als der Barkeeper meine Stimme hörte, betrachtete er mich von oben bis unten. »So wie Sie? Sie waren mal eine Frau und sind jetzt ein Mann?«

Bis jetzt war es witzig gewesen. »Ich bin eine Frau, und ich bin immer eine Frau gewesen«, sagte ich scharf. »Das einzige, was ich außer einer Frau jemals gewesen bin, war ein kleines katholisches Mädchen mit Rattenschwänzen.«

Der Kellner musterte mich neugierig. »Ach, Sie sind Amerikanerin«, sagte er, als würde das etwas erklären.

Ana und Carmen zogen mich weg an einen Tisch.

»Die Suppe hast du dir selbst eingebrockt, Cassandra«, sagte Carmen. »Bevor du an deinen Haaren herumgeschnitten hast, sahst du sehr gut aus.«

Ana zog sich den Filzhut tiefer in Stirn. »Mir macht es Spaß, heute nacht wie ein Mann auszusehen. Irgendwie fühle ich mich wesentlich sicherer auf der Straße. Und ich mag die Vorstellung, mit meiner männlichen Seite zu spielen.«

»Ich habe keine Sehnsucht danach, ein Mann zu sein.« Carmen rümpfte die Nase. »Stinkende große Kreaturen.« Sie zündete sich eine Zigarette an und schlug die seidenbestrumpften Beine übereinander, so daß ihr Rock hochrutschte.

»Als ich klein war, wäre ich gern ein Junge gewesen«, sagte ich. »Jetzt nicht mehr. Die Vorteile sind natürlich ganz hübsch. Statuen auf allen öffentlichen Plätzen, Gesetze, die für dich gemacht sind, 42 Sekunden auf dem Klo statt 76. Aber die *Schuld*. Die *Schande*. Und nicht zu vergessen die Glatze.«

»Ich verstehe das nicht«, grübelte Carmen. »Mein Neffe Pablo sagt, er will keine Frau sein, er trägt nur gern Frauenkleider. Er sagt, er findet das erotisch. Und seine Freundin auch.«

»Seine Freundin!« sagte Ana. »Was ist sie für eine?«

»Sie ist Katalanin«, sagte Carmen düster.

»Ich glaube nicht, daß Menschen ihr Geschlecht wegen der Erotik wechseln«, sagte ich. »Es muß etwas Tiefergehendes, Existentielleres sein. Warum sonst würde jemand die Operation und das alles auf sich nehmen?«

»Es gibt sexuelle Spielereien, und es gibt Nöte«, sagte Ana. »Wie können wir die Not eines anderen Menschen verstehen?«

Ich sah sie an. Für mich sah sie kein bißchen wie ein Mann aus. Eine Frau mit Filzhut und Anzugjackett, das war alles.

»Ich heiße Carmen«, sagte Carmen auf Englisch. »Ich bin eine Frau. Und was sind Sie, bitteschön? Frau oder Mann?«

»Weder noch«, sagte ich auf Englisch, dann auf Spanisch: »Ich bin eine Übersetzerin.«

Das zweite Mal, als ich dachte, ich hätte Frankie entdeckt, war zwei, drei Stunden später. Wir hatten die Straßen und Gassen des *Barrio* systematisch durchkämmt, mit zahlreichen Stärkungspausen. Zu fortgeschrittener Stunde, als die Nacht langsam unheimlich wurde, gerieten wir in eine finstere Gegend mit ausgestorbenen Straßen, zugemauerten Hauseingängen und leerstehenden Grundstücken. Einige der Mietshäuser waren halb abgerissen, die Fensterscheiben ganz oben sahen eingeschlagen aus wie nach einem Einbruch. Ein paar Menschen durchstöberten die leerstehenden Grundstücke, und in der Carrer de les Tàpies saßen einige ältere Prostituierte auf Stühlen vor einer verlassenen Bar und einem namenlosen Hotel.

»Seht mal«, zischte ich, packte Carmen und Ana bei den Armen und zog sie dicht an eine Wand. Vor uns ging eine Frau mit roten Locken über die Straße.

»Hast du nicht gesagt, sie ist blond?« murrte Ana.

»Ich muß mich vorhin geirrt haben. Das muß sie sein. Die Perücke ist dieselbe, und dieser Gang. Nicht zu verwechseln.«

»Alle Prostituierten gehen so«, murrte Carmen.

»Die breiten Schultern, die schmalen Hüften«, sagte ich. »Ich bin sicher, das ist Frankie. Der Minirock, diese großen Füße.«

Wir drückten uns geduckt an der Wand entlang. Die rothaarige Gestalt war in eine Straße eingebogen, in der Nutten und Freier mitten auf dem Gehweg standen und über Praktiken und Preise diskutierten. Sie schlenderte lässig an ihnen vorbei, hielt ihre große Handtasche an sich gedrückt und sah mit offenkundigem Interesse um sich.

»Kommt!« sagte ich.

Ana kicherte. »Ich bin betrunken.«

»Reiß dich zusammen«, befahl ich. »Das waren doch nur ein paar Bier.«

Carmen nahm Anas Arm. »Tu, als ob du mein Kerl wärst«, sagte sie und schwenkte ihren Hintern.

»Ich dachte, ich wäre dein Mann!« protestierte ich.

»Nein. Du kannst schneller gehen. Hol sie ein und sieh nach, ob du recht hast.«

»In Ordnung.« Ich schoß los und gab mir Mühe, unauffällig auszusehen. Ich zog die Schultern hoch und ließ meinen Nacken im Kragen der Lederjacke verschwinden. Die Menschenmenge wurde dichter. An der nächsten Straßenecke standen ein Polizeiauto und ein Krankenwagen. Sanitäter trugen einen Mann auf einer Bahre aus einem Hauseingang. Sein Gesicht war mit einem weißen Tuch bedeckt, er hatte einen Schuh verloren. Das Licht der Neonreklame fiel auf uns wie blutiger Regen. Die Rinnsteine erstickten an Müll, ein scharfer Schweißgeruch hing in der Luft. Die Polizei forderte zum Weitergehen auf, aber die Menge schwoll weiter an und war nicht zu handhaben. Ich wurde gegen eine Hauswand gedrückt. Eine Nutte fragte: »Wie wär's mit uns beiden«, dann sah sie meine Augen und wich zurück. Ich sah Ana und Carmen mit sorgenvollen Gesichtern am Rand der Menge stehen. Die rothaarige Frau war nirgends zu sehen.

Das letzte Mal, als ich dachte, ich sähe Frankie, war sehr viel später in einer scheunengroßen Schwulenbar. Sie lag in einer Wohngegend und war das letzte Lokal, das wir in dieser Nacht ansteuerten. Es war so verqualmt, daß du kaum atmen konntest, draußen vor der Tür standen zwei riesige Rausschmeißer und drinnen zwei weitere, die Carmen nur durchließen, weil sie in Begleitung zweier Männer war.

Wir hatten gehört, daß es hier eine »Show« mit Frauenimitatoren geben sollte, aber an diesem Abend fand keine Vorstellung statt. Statt dessen tanzten Horden von Männern – Arbeiter, nicht die Schickeria-Typen aus den vornehmen Bars – zu Discomusik oder standen herum und rauchten.

»Die meisten wohnen bei ihren Müttern«, sagte Carmen zärtlich. »Sie kommen ein- oder zweimal die Woche her, um sich zu entspannen.«

Wir gaben die Suche nach Frankie auf und überließen uns der merkwürdigen Mischung aus Stumpfheit und Abgeklärtheit, die typisch für eine durchgemachte Nacht mit zuviel Alkohol ist. Wir tranken noch ein Bier und redeten in einer Ecke des großen verräucherten Lokals über Gott und die Welt. Carmen, voll andalusischem *Duende*, rezitierte Verse aus Lorcas Gedichten und sang *Cante Jondo*-Strophen, Ana erzählte uns mit düsterer Gefühlstiefe Geschichten aus dem Leben ihrer Mutter im französischen Exil nach dem Fall von Barcelona.

Ich ließ mich über das Thema Übersetzungen aus.

»Jeder Autor und jede Autorin hat ihr eigenes Vokabular, wenn du das raus hast, ist die halbe Arbeit schon getan. Der letzte Typ, den ich übersetzt habe, hatte eine sehr mechanische Art, seine Gedanken zu formulieren. Sein Buch wimmelte von Hebeln, Knöpfen, Bohrern, Pumpen und so weiter. Glorias Wortschatz ist romantisch: Herz, Dschungel, Lenden, flammend, fließend, Lust – ich könnte eine Liste mit hundert Wörtern zusammenstellen, und das wäre dann ihr Roman. Immer wieder dieselben Wörter.«

Ich trank einen Schluck Bier und aß einen Kartoffelchip. »Auch die Architektur hat ihr Vokabular. Und das Frisiergewerbe.«

»Toupieren, krausen, legen, schneiden, fönen«, sagte Ana heiter.

»Bogen, Stützpfeiler, Turm, Wolkenkratzer, Wasserspeier«, verkündete Carmen, die sich nicht ausstechen lassen wollte.

Die Discomusik dröhnte laut und ungestüm, bis sie mit einem Mal in die vertrauten Klänge der Sevillana überging.

Wir sahen hingerissen zu, wie sich die Männer in zwei langen Reihen Gesicht zu Gesicht aufstellten und ihre Arme zum klassischen Bogen dieses graziösen Tanzes hoben, der überall in Spanien getanzt wird. Sie drehten die Handgelenke, malten mit den Handflächen Schnörkel in die Luft, schnalzten mit den Fingern, bewegten sich vor und zurück und umeinander herum, faßten einander bei der Taille und wirbelten schnell im Kreis herum. Die, die nicht tanzten, versammelten sich am Rand der Tanzfläche und klatschten den Rhythmus mit.

Da dachte ich nochmal, ich sähe Frankie. Drüben auf der anderen Seite des verrauchten Saales, das braune Haar zu einem Pferdeschwanz zusammengebunden. Sie trug ein Kostüm, sah aber mehr wie ein Mann als wie eine Frau aus. Ich dachte, ich sähe ihr dreieckiges Gesicht, ihre strahlenden haselnußbraunen Augen, sie hatte ihre Hände erhoben und klatschte. Aber es war so vernebelt, überfüllt und turbulent im Saal, daß ich nicht sicher war. Einen Moment lang schienen sich unsere Blicke zu treffen, ich machte einen Schritt auf sie zu, dann hatte ich sie schon wieder aus den Augen verloren.

»Was ist, Cassandra?« fragte Carmen und fing mich auf, als ich stolperte. »Versuchst du zu tanzen?«

Ich war betrunkener, als ich hätte sein sollen, oder verwirrter. Für einen Augenblick verlor ich jedes Gefühl dafür, wer ich war – welches Geschlecht mein Körper, welches Geschlecht ich hatte, wie alt, aus welcher Stadt, aus welchem Land ich war. In dem Sekundenbruchteil, als ich den Mann oder die Frau sah, die Frankie sein konnte oder auch nicht, hatte ich eine jener schrägen, gewaltigen und wahrscheinlich alkoholbedingten Offenbarungen, die wie eine Leihgabe der Ewigkeit sind, die sich zurück in die Geschichte und nach vorn in die Unendlichkeit erstrecken.

Hinterher konnte ich nicht mehr sagen, was genau ich da erlebt hatte. Es war wie auf einem Maskenball, und in diesem einen Augenblick nahmen alle gleichzeitig ihre Masken ab, und ich konnte Geschlecht als das erkennen, was es war, etwas, das zwischen uns und unserem eigentlichen Selbst stand. Etwas, das wir nach unserem Willen annehmen und ablegen konnten. Etwas, das merkwürdigerweise eine Art Spiel war.

Hinter mir hörte ich Carmen und Ana in besorgter Beratung.

»Ob ihr übel ist? Muß sie vielleicht spucken?«

Ich wollte den beiden versichern, daß es mir gut ging, aber ich konnte mich nicht erinnern, welche Sprache wir gesprochen hatten und welche Sprache sie verstanden.

»Wir schaffen sie lieber nach draußen«, entschieden sie und schleppten mich weg von meiner Erscheinung und von der Person, die, wie ich später feststellte, gar nicht Frankie gewesen sein konnte.

Gegen drei Uhr früh brachte uns das Taxi nach Hause. Um diese Zeit brannte die Straßenbeleuchtung noch hell, aber es gab kaum Verkehr, und nur wenige Menschen liefen die riesigen Boulevards entlang. Auf dem Anrufbeantworter war eine Nachricht.

»Für dich«, sagte Ana. Wir spielten sie noch einmal ab.

»Das Mißverständnis tut mir leid, Cassandra«, ertönte Frankies fröhliche, kehlige Stimme. »Ich kann dir morgen alles erklären. Sagen wir, gegen eins an dieser großen Gaudí-Kathedrale.«

9

Es hatte wenig Sinn, jetzt noch schlafen zu gehen, also verbrachte ich den Morgen damit, Aspirin zu nehmen und an meiner Übersetzung zu arbeiten, als eine Art Buße für meine Sünden.

Die Handlung von *La Grande y su hija* war nicht so kompliziert, wie der Erzählstil anfangs glauben machen konnte — ein verwirrendes, zielloses Hin und Her der Zeit zwischen Marías eigenem Leben (was sie selbst erlebt hatte) und Cristobels Leben (das meiste so, wie María es sich vorstellte). Tatsächlich war die Handlung ziemlich schlicht, trotz der außerordentlich vielen Zufälle und geheimnisvollen Umstände, beginnend mit der Seuche des Verschwindens im ersten Kapitel. Marías Leben fing an, als sie erfuhr, daß ihre Mutter verschwunden war, aber Cristobels Leben hatte schon gut fünfundzwanzig Jahre vorher begonnen, und es war dieses Leben, das das eigentliche Hauptthema in *La Grande* war.

Bis jetzt hatte María die Geschichte ihrer Mutter bis zu dem Zeitpunkt zurückverfolgt, als Cristobel sechs war und zum ersten Mal in Erscheinung trat, und zwar in einem Faß, das einen breiten Fluß hinabtrieb. Der Kapitän eines Flußschiffes fischte sie auf, sie war gerettet. Es gelang ihm zwar nicht, ihr die Geschichte des Fasses zu entlocken, aber er nahm sie mit nach Hause zu seiner kinderlosen Frau. Diese Frau, Pilar, haßte die kleine Cristobel natürlich auf Anhieb und hielt sie jahrelang halbverhungert und in Unwissenheit. Pilar verheiratete sie schließlich, ein paar Wochen, nachdem der freundliche Kapitän im Fluß verschwunden war (ich vermutete, daß er irgendwann wieder auftauchen würde), mit einem fragwürdigen reisenden Händler namens Raoul. Aber hier sollte ich vielleicht María Raoul vorstellen lassen:

Niemand konnte genau sagen, was es eigentlich war, das Raoul aus seinem schäbigen schwarzen Lederbeutel verkaufte. Er hielt ihn verschlossen und trug den Schlüssel an einer Kette dicht an seinem Herzen, so daß seine junge Frau, wenn er sich ihr aufdrängte, was anfangs sehr häufig, sechs bis acht Mal am Tag, geschah, diesen Schlüssel blank wie die Klinge eines Messers über sich baumeln sah, unerreichbar wie die Freiheitsvision eines Gefangenen.

Raoul war ein reisender Händler, und von Rechts wegen hätte er Cristobel zu Hause lassen müssen, wenn er auf eine seiner Handelsfahrten ging, doch da er wußte, daß sie ihm davonlaufen würde, sobald er sie aus den Augen ließ, sah er sich gezwungen, sie mitzunehmen. So kam es, daß Cristobel jeden bewohnten Winkel ihres Landes kennenlernte, jedes Flußdorf, jeden Bergweiler, jede Bergwerkstadt, jeden einsamen Vorposten in der Pampas. Und doch wußte sie auch nach Monaten, in denen sie Raoul gefolgt war, noch nicht, was er verkaufte.

Wenn sie in ein Dorf oder auf einen Hof kamen, versammelte Raoul die Männer des Ortes in einem Raum und verriegelte die Tür. Draußen standen die besorgten Frauen des Dorfes oder des Hofes und lauschten, wie ihre Männer lachten und prusteten und nach Luft schnappten, und sie bombardierten Cristobel mit Fragen: was war in diesem Beutel, was zu verkaufen war er hergekommen, ihr Mann?

Aber Cristobel wußte es nicht.

Im übrigen wußte ich es auch nicht, da ich noch nicht bis zu Glorias Auflösung vorgedrungen war. Ich vermutete, es war etwas, das mit Sex zu tun hatte, etwas ziemlich Schmutziges und Kleines (denn er konnte weite Strecken reisen, ohne den Beutel nachfüllen zu müssen). Ein Aphrodisiakum vielleicht oder winzige Phiolen mit irgendwas, das Potenz garantierte.

Aber zurück zur Handlung, die damit weiterging, daß Raoul umgebracht wurde, vielleicht von Cristobel, vielleicht auch von Eduardo. Ich hatte allmählich den Verdacht, daß Raoul sich einer paramilitärischen rechtsextremistischen Gruppe angeschlossen hatte, die von ehemaligen deutschen Nazis geführt wurde, und daß Eduardo Cristobel zuerst nur verführt hatte, um Raoul zu bespitzeln, aber ganz sicher war ich da nicht.

María war die Tochter von Eduardo und Cristobel, aber die Seuche des Verschwindens hatte Cristobel gezwungen, María wegzugeben, als diese noch ein Baby war. María war bei einer warmherzigen Frau namens Raquel aufgewachsen, die María Geschichten von ihrer Mutter und deren beiden Männern erzählt hatte. Als María siebzehn war, starb Raquel, und María begab sich auf die Suche nach ihrer Mutter. Die Erzählung war sowohl die Geschichte dieser Suche als auch die anhand von Marías Vorstellungen rekonstruierte Geschichte ihrer Mutter, die María durch das ganze namenlose Land der Karibik führte, das sich in der Gewalt umwälzender Ereignisse befand. Cristobel jedoch, Zeugin von so viel Geschichte und Wahnsinn, war vollkommen passiv. Sie verbrachte ihre Zeit hauptsächlich damit, auf Eduardo zu warten, und wenn er dann aufkreuzte, sagte er Sachen wie: »Liebling, das wirst du nie verstehen. Laß uns nicht über Politik reden«, bevor er wieder in den Urwald flüchtete.

Und es gab viel zu viele Passagen wie diese:

> Ihre Liebe war von jener tiefen, rätselhaften Art, wie sie schon seit Jahrhunderten existierte, in den Genen jener, die

vormals gekommen waren, des spanischen Grande im Exil, der zum ersten Mal einen Blick auf das indianische Dienstmädchen wirft und in ihren Augen ein Geheimnis liest, das Geheimnis eines neuen Kontinents…

Ich arbeitete bis halb eins, schluckte noch ein paar Aspirin und ging los, um Frankie zu treffen.

Die unvollendete Kathedrale Sagrada Família war Gaudís Meisterwerk, der Bau, dem er den größten Teil seines Lebens gewidmet hatte. Aber ihr Anblick löste jedesmal ein unbehagliches Gefühl in mir aus. Manchmal sah sie aus, als habe eine riesige Hand am Strand gespielt und nassen Sand Schicht um Schicht fallen lassen, bis sich eine Reihe von Türmen ergab, die unten klobig begannen und sich nach oben hin zu filigraner Eleganz verjüngten. Manchmal sah sie aus wie eine schlammbraune Wucherung, die sich lindwurmartig aus der Erde schob und zu allen nur denkbaren gotischen Ungeheuerlichkeiten emporwuchs.

Die Sagrada Família war Sankt Joseph und der Heiligen Familie geweiht und sollte die Stabilität und Ordnung des Familienlebens symbolisieren. Vielleicht wurde mir deshalb so mulmig, wenn ich die Kathedrale ansah. Sie war eine monumentale, bizarre Erscheinung, genau wie die christliche Vorstellung von Familie, eine Mischung aus organischer und gefolterter Form.

Ich fand Frankie an einem der Portale an der Weihnachtsfassade, die mit Figuren von Engeln, Tieren und natürlich der Heiligen Familie selbst überladen war. Frankie trug heute weiß und rosa, frisch und jungfräulich — ein langes Hemd, gestreift wie eine Zuckerstange, über einem Minirock, dazu passend weiße Sandalen, ein Dutzend Armreifen und ihre übliche Handtasche in der Größe eines kleinen Kühlschranks. Sie hatte ihre rostroten Locken wieder, die heute besonders übermütig aussahen, ihre Haut glänzte und sie hatte lustigen rosa Lippenstift aufgelegt. Sie sah viel zu gesund und ausgeruht aus für den Morgen nach einer Nacht im Barri Xines. Ganz im Gegensatz zu mir – ein wandelndes Trauerspiel der Quittung für zügellosen Genuß.

Ich stellte fest, daß ich nicht wußte, ob ich sie mir nun als »sie« oder als »er« denken sollte. Sie sah nicht anders aus als bei unserem letzten Treffen, aber jetzt, wo ich 'wußte', daß sie männlich zur Welt gekommen war, konnte ich sehen, daß sie immer noch entfernt männliche Züge hatte. Eine gewisse Knochigkeit um das Kinn herum, größere Hände und Füße, vielleicht auch die muskulöse Form ihrer Beine. Trotzdem, ich hatte schon viele Frauen getroffen, die größer, stärker, knochiger und weit muskulöser waren als Frankie.

Worin lag dann ihre Männlichkeit? Ihre Stimme war tief, aber ich hatte gedacht, das käme vom Rauchen. Sie hatte Brüste und Hüften, ihre Gesten und Bewegungen waren die einer Frau. Sie war weiblicher als ich oder viele meiner Freundinnen. Es war nicht nur die Operation, die ihr Geschlecht verwandelt hatte, auch nicht die Hormone, sondern vor allem die bewußte Entscheidung, mit ausgebreiteten Armen jede Form von Weiblichkeit anzunehmen – was auch immer Weiblichkeit ist.

Frankies Reaktion auf mein Zögern bestand darin, daß sie mich stürmisch umarmte, in eine Parfümwolke aus L'Air du Temps hüllte und mir einen Kuß auf die Wange drückte. »Ich werde nie vergessen, was du für mich getan hast, Cassandra. Du hast mich zu meiner kleinen Tochter geführt, die ich so wahnsinnig vermißt habe.« Sie hielt mir einen Scheck über zweitausendfünfhundert Dollar hin. »Du darfst diesen Bonus nicht ablehnen. Eine kleine Entschädigung dafür, daß ich dich ein ganz klein bißchen irregeführt habe.«

Ich schob den Verdacht beiseite, daß der Scheck sich als gesperrt oder geplatzt erweisen würde, wenn ich ihn bei meiner Londoner Bank einreichte. Von Bargeld war schließlich nie die Rede gewesen. »Ich würde es mehr als ein bißchen irregeführt nennen«, sagte ich ruhig. »Zum einen hast du nie ein Kind erwähnt, und außerdem ist 'Bernadette' wohl kaum dein Ex, und schon gar nicht dein Mann.«

Frankie zuckte zusammen. »Ach, du hast also mit Ben gesprochen?«

»Ich bin mit Hamilton um die Wette zum Park gerannt und mußte feststellen, daß du gerade versucht hattest, Delilah zu entführen.«

Sie überging das. »Na, wenn du Ben kennengelernt hast, wirst du ja verstehen, warum ich sie so sehe, als Exmann.« Sie machte eine lässige Handbewegung. »Sie ist sowas von *kesser Vater*. Sie war schon immer viel mehr Mann als ich. Hätte ich dir die wahre Geschichte erzählen sollen, von meiner kleinen Delilah? Du wärst nie im Leben mitgekommen.«

»Stimmt«, gab ich zu. »Trotzdem ist mir nicht klar, warum du unbedingt nach Barcelona kommen mußtest. Laut Ben wollen sie hier bloß Urlaub machen.«

»Man kündigt seinen Job nicht, wenn man in Urlaub fährt«, sagte Frankie. »Oder? Man vermietet auch seine Wohnung in San Francisco nicht für ein Jahr, oder? Man kauft sich kein Ticket mit offenem Rückflugtermin, oder etwa doch?«

Frankie starrte mich anklagend an, als hätte ich persönlich Bens Flug gebucht.

»Weißt du das alles genau?«

»Natürlich weiß ich es genau. Als Ben am Samstag morgen vor zwei Wochen Delilah nicht zu mir brachte, habe ich mir noch keine großen Sorgen gemacht. Sowas hat sie schon öfter gemacht, plötzlich die Stadt verlassen, ohne die Liebenswürdigkeit, mich etwa vorher anzurufen. Aber als ich am Montag bei Federal Express anrief, sagten sie, Ben würde dort nicht mehr arbeiten. Ihr Telefon war abgemeldet, und als ich hinging und klingelte, machte niemand auf. Ich habe Tage gebraucht, um rauszukriegen, daß sie an die Freundin einer Freundin untervermietet hatte, die mir nichts, aber auch gar nichts sagen wollte. Ich habe alle Reisebüros in der Bay Area angerufen, um herauszufinden, wohin die Tickets ausgestellt waren, und als ich dann wußte, daß es Barcelona war, fing ich wirklich an, mir Sorgen zu machen. Also rief ich die Telefongesellschaft an und sagte, auf meiner Rechnung seien ein paar Gespräche nach Barcelona und ob sie mir die Nummer geben könnten. Das taten sie, und an dem Punkt entschied ich, daß ich herkommen mußte. Und daß ich Hilfe brauchte.«

»Und Lucy?«

»Was ich über Lucy gesagt habe, stimmt – mehr oder weniger. Ich traf sie zufällig auf der Straße und erzählte ihr, daß ich nach Spanien fliegen wollte. Ich fragte sie, ob sie wen kennt, der dort lebt. Sie sagte nein, aber nachdem wir uns eine Weile unterhalten hatten, kam sie auf dich, in London, und ich sagte, ich würde dich bei meiner Zwischenlandung in London gern anrufen. Sie läßt dich übrigens grüßen.«

»Oh, danke.«

Wir gingen langsam um die Kathedrale herum, sie ragte über uns in den Himmel wie ein gefrorener Traum.

»Nun sei doch nicht so zu mir, Cassandra. Ich bin ganz allein hier. Ich mußte all meinen Mut zusammennehmen, um herzukommen.«

Gegen meinen Willen taute ich etwas auf. »Kannst du denn nicht mit Ben über das alles reden?«

»Wenn ich sie allein erwischen würde, würde ich sehr gern mit ihr reden. Aber sie ist immer mit April zusammen, und ich kann April nicht ausstehen. Eigentlich kenne ich sie ja gar nicht richtig, aber sie wirkt auf mich wie eine von diesen selbstgefälligen *Spiri*-Typen, die denken, nur weil sie als Frau geboren wurden, hätten sie einen direkten Draht zum Kosmos. Als ob es nicht totaler *Zufall* wäre, in welchen Körper wir hineingeboren werden. Sieh dir doch Ben an! Sie hat zigmal mehr männliche Energie als ich. Es ist Ironie des Schicksals – nur weil sie eine richtige Gebärmutter hat, konnte sie unser Baby bekommen und nicht ich.«

Frankie hatte sich in Rage geredet und immer lauter gesprochen, so daß eine kleine Gruppe amerikanischer Jungtouristen, die einem Vortrag über »Gaudís freieren Umgang mit dem Design tragender Strukturen und infolgedessen mit der endgültigen Form eines Gebäudes« gelauscht hatten, uns unbehaglich anstarrte.

»Ich hörte, es ging auch darum, was du an den Wochenenden mit Delilah machst.«

»Aber ich bin eine vollkommene Mutter. Ich gehe regelmäßig mit ihr in den Zoo und zu McDonalds, ins Planetarium und zu den Hafendocks.«

»Und abends?«

»Ich verurteile Ben nicht dafür, wie sie ihr Geld verdient. Als Schauspielerin muß ich jederzeit vorsprechen können und zu den Proben erscheinen. Was erwartet sie eigentlich? Nur weil sie ihren Traum vom Theater aufgegeben hat, muß ich das doch noch längst nicht.« Sie seufzte. »Im übrigen sind Frauen ziemlich schlecht bezahlt.«

Wir gingen eine Weile schweigend nebeneinander her. Gelegentlich kreuzten wir den Weg der amerikanischen Touristen mit ihrem Führer, der Gaudís »enzyklopädischen Geschmack« pries und darauf hinwies, daß Gaudí es geliebt hatte, seine Pläne und das Voranschreiten der Bauarbeiten öffentlich zur Schau zu stellen. Nach Jahren der Vernachlässigung während des Franco-Regimes wurde an der Sagrada Família weitergebaut, überall lagen Steinhaufen, und neben den Türmen ragten hohe Kräne auf.

»Wie paßt eigentlich Hamilton ins Bild?« fragte ich.

»Er gehört nicht richtig dazu. Er ist ein Freund von April. Ich glaube, sie sind zusammen zur Schule gegangen oder sowas.«

»Ich weiß, daß du dich mit ihm getroffen hast, an dem Tag, als ich April und Ben in den Park gefolgt bin. Worüber habt ihr gesprochen?«

Frankie zögerte. »Tja, ich habe ihm mein Verhalten erklärt, so gut ich konnte. Ich habe ihm erzählt, was passiert ist, und daß ich nichts weiter wollte, als Ben und Delilah sehen und mit ihnen reden. Er sagte, er würde das mit Ben besprechen und sich am nächsten Tag zum Mittagessen mit mir treffen.«

»Und statt dich mit ihm – und mit mir – zu treffen, bist du zum Parc Güell gegangen und hast versucht, Delilah zu entführen.«

»Du legst das, was passiert ist, völlig falsch aus. Ja, ich bin in den Park gegangen. Ich gebe zu, daß ich meine Tochter sehen wollte. Ist das ein Verbrechen?« Frankie hielt inne und sah mich herausfordernd an. »*Ist* das ein Verbrechen?«

»Nein, aber...«

»Kannst du dir überhaupt vorstellen, wie es ist, wenn man ein Kind liebt und dieses Kind nicht sehen kann, außer für ein paar Stunden am Wochenende? Wenn man am Leben dieses Kindes nicht teilhaben kann, wenn man nicht hören kann, wie ihr Tag in der Schule war, wovon sie träumt, worüber sie nachdenkt? Zu wissen, daß dieses Kind in jeder Minute, die du nicht mit ihr verbringst, nichts als Lügen und Unwahrheiten über dich zu hören bekommt – über deine Arbeit, deine Sexualität, deine ganze Existenz? Und dir dann dieses Kind auch noch ganz weggenommen wird? Wenn dein Kind einfach verschwindet und du feststellen mußt, daß du sie vielleicht nie wieder sehen wirst?«

Wir hatten die Baustelle einmal umrundet und standen wieder vor der Weihnachtsfassade. Über uns posaunten die Engel.

»Ich weiß es nicht«, gab ich zu. »Ich habe ein paar Nichten und Neffen, aber...«

»Natürlich habe ich Delilah guten Tag gesagt«, fiel Frankie mir ins Wort. »Darf eine Mutter etwa nicht mit ihrem Kind reden? Und dann sah mich Ben und fing an Zeter und Mordio zu schreien. Natürlich bin ich gegangen. Ich hasse Szenen.«

»Was willst du jetzt tun?«

»Ich dachte, vielleicht könntest du mit Ben reden.«

»Vergiß es. Mein Job ist vorbei. Ich bin schon unterwegs zurück nach London, und dann fahre ich nach Bukarest.«

»Aber Cassandra, ich habe hier doch sonst niemanden.«

»Was ist mit Hamilton?«

»Hamilton ist doch gar kein Freund von mir.«

»Ich weiß nicht.« Ich schüttelte den Kopf. »Erst will Ben, daß ich mit dir rede, und nun willst du, daß ich mit Ben rede. Ich finde, ihr beide müßtet euch dringend mal unterhalten.«

»April ist immer dabei. Ben würde nichts ohne April tun.«

»Wie wär's, wenn ich April beschäftige?« fragte ich mit nur einem winzigen Hintergedanken. »Während du dich mit Ben triffst?«

»Meinst du heute?«

»Ich gehe heute abend hin«, versprach ich.

»Dann rufe ich Ben an und verabrede mich mit ihr.«

Wir gaben uns die Hand unter dem Bild der Heiligen Familie. Sie hatte einen kräftigen Händedruck.

10

Als ich später am Nachmittag in der Wohnung im La Pedrera anrief, meldete sich April. Ihre Stimme war ein warmes Gurren.

»Ja, Frankie rief an. Sie treffen sich in Kürze zu einem Drink.«

»Das ist doch ausgezeichnet«, sagte ich ermutigend. »Sie werden sich bestimmt irgendwie einigen.«

»Ich weiß nicht«, murmelte April. »Manchmal ist es schwer, zu wissen, was das richtige ist.«

»Sicher ist das alles für dich auch nicht leicht.« Ich zeigte Teilnahme und tat, als käme mir soeben die Idee. »Sag mal, was hältst du davon, wenn ich zu dir rüberkomme, solange Ben weg ist? Ich bin gerade in der Gegend. Wir könnten ein bißchen reden.«

April schien zu zögern.

»Ich bin ganz in der Nähe«, wiederholte ich und wurde dann kühner. »Weißt du, ich habe deine Fußmassage damals nie vergessen. Es war eine der sinnlichsten Erfahrungen meines Lebens.«

Kühner konnte ich nicht werden, ohne eine Demütigung zu riskieren.

Aber April schien es zu gefallen. »Nun ja«, schnurrte sie

kehlig. »Ich wüßte nicht, warum du nicht vorbeikommen solltest. So um halb acht? Ben trifft sich um sieben mit Frankie. Und wir können uns unterhalten.«

Die Bank, der das La Pedrera jetzt gehörte, experimentierte offenbar mit ganznächtiger Anstrahlung. Gewaltige Scheinwerfer beleuchteten die wogende Fassade. Das Gebäude sah aus wie eine riesige, in einem Phosphorteich gestrandete Muschel. Wie sollte nachts irgend jemand in dem Haus schlafen können?

Der *Portero* am Eingang zur Provença hatte immer noch Dienst. Ich nannte ihm meinen Namen, und er holte sich telefonisch die Erlaubnis, mich nach oben zu lassen.

»Es ist wunderbar, daß meine Freunde in einem so schönen Haus wohnen dürfen«, sagte ich, um mit ihm ins Gespräch zu kommen. »Besonders *el Señor* Kincaid. Wie lange wohnt er nun schon hier? Zwei Jahre? Drei?«

Der *Portero* schien zu nicken.

»Komisch, er wirkt gar nicht wie ein Amerikaner«, murmelte ich.

»Weil er keiner ist«, sagte der *Portero*. »Er kommt irgendwo aus Osteuropa. Er und seine Freundinnen.«

Wenn der Mann glaubte, in Krakau oder Prag gäbe es Frauen wie Ben oder April, erlag er einem bedauerlichen Irrtum. Aber warum hatte Hamilton ihm sowas erzählt?

Der *Portero* hielt die Fahrstuhltür für mich auf, und ich gab ihm ein Trinkgeld.

Die Fahrt zum zweiten Stock war kurz, aber es war eine Reise in die Vergangenheit. Der Fahrstuhl war walnußgetäfelt, hatte einen geschwungenen Sitz und einen Art deco-Spiegel. Oben angekommen, öffnete er sich auf einen kleinen Flur, von dem nur zwei Türen abgingen. Eine der beiden stand offen.

»Cassandra!« April nahm meine Hände und zog mich in die Wohnung. »Es tut gut, wirklich *gut*, dich zu sehen.«

Ich spürte ein Prickeln unter der Haut. April hielt mich

fest, wie viele Masseusen hatte sie trockene, starke und sehr lebendige Hände. Sie trug einen hauchdünnen marokkanischen Kaftan und nicht viel darunter. Er war zwar nicht durchsichtig, aber die Formen ihres großen Körpers waren hübsch deutlich zu erkennen, köstlich rund und voll. Ihr schwarzes Haar war frisch gewaschen und kräuselte sich wild um ihr volles Gesicht, es strömte einen betörenden Duft nach Seife und wohlriechenden Ölen aus. Zwischen ihren Brüsten hingen Bergkristalle und Rosenquarz.

»Ich finde es auch toll, dich zu sehen«, meinte ich schwach. »Eine schöne Wohnung hat Hamilton hier.«

Alle Apartments im La Pedrera waren um zwei Innenhöfe gruppiert, wie ein Ei mit zwei Dottern. Wenn man in die Wohnung kam, stand man in einem Korridor, der einen gefensterten Halbkreis um den Innenhof beschrieb. Von diesem Flur gingen Zimmer verschiedener Größe ab, die größeren hatten Fenster zur Straße, die kleineren einen Blick über Dächer und Höfe. Die Wohnung hatte die Sichelform einer Blätterteigtasche, im Wohnzimmer waren wir am geriffelten Außenrand.

April veranstaltete einen kleinen Besichtigungsrundgang für mich. »Ich weiß nicht, ob du dich für Architektur interessierst, aber hier gibt es vieles, was dir beim ersten Hinsehen nicht auffällt. Viele Menschen wissen nicht, daß Gaudí nicht nur ein Visionär war, sondern außerdem auch technisch außerordentlich solide gebaut hat.« April deutete auf die Wand zwischen Wohn- und Eßzimmer. »Gaudí baute das Haus auf Säulen, die das gesamte Gewicht tragen, so daß die Wände der Zimmer verschoben und unterschiedlich aufgestellt werden können. Und sieh dir den Stuck an.« Sie zeigte auf die Fenster- und Türstürze. »Die Wellenmuster sind mit den Fingern modelliert worden.« Ich schaute hoch, auch die Decken waren verziert, aber hier sahen die Muster aus wie mit einer Bürste aufgetragen, wie Sand unter Wasser oder das Watt bei Ebbe.

»Wie kann Hamilton sich so eine Wohnung leisten?«

»Oh, er ist bloß Untermieter«, meinte April vage und führte mich an einer Hintertür vorbei, um mir die Küche und die ziemlich kleinen Schlafzimmer zu zeigen. »Delilah schläft.« Sie deutete auf eine geschlossene Tür. »Es war ein langer Tag für sie. Was kann ich dir anbieten? Tee oder einen Drink?«

»Gerne Tee. Wer hat ihm die Wohnung untervermietet?«

»Das weiß ich nicht genau.« Die Frage schien April unangenehm zu sein.

Ein reicher Tscheche, der 1968 geflohen und jetzt vielleicht in die Tschechoslowakei zurückgekehrt war, seine Kapitalanlage aber behalten wollte? Die Tschechen lieben Saxophon, das war mir bekannt. Vielleicht hatte Hamilton eine Jazz-Connection.

April brühte eine Kanne geheimnisvoll duftenden Tee auf und führte mich in eines der vorderen Zimmer zurück. Wegen der grellen Beleuchtung draußen waren die Rolläden heruntergelassen. Die Inneneinrichtung bestand zum großen Teil aus Möbeln und Teppichen der Moderne. »Ich war gerade dabei, ein bißchen Spanisch zu lernen«, sagte April und zeigte auf ein paar Bücher. »Und für dich habe ich das hier rausgesucht. Vielleicht möchtest du es geliehen haben.« Sie drückte mir einen Band in die Hand, auf dem ein riesiger Fuß abgebildet war. *Geschichten, die die Füße erzählen*, von Eunice D. Ingham.

Sie zog mich hinunter, nicht aufs Sofa, sondern auf den Boden. April gehörte zu den kalifornischen Typen, die den Schneidersitz bevorzugen. Meine Knochen ächzten, als ich es ihr nachmachte, aber in der Wärme ihrer wunderbar vollen Gegenwart fiel es mir leicht, meine steifen Glieder zu vergessen. Aus der Nähe konnte ich die feingesprenkelten Sommersprossen in ihrem Ausschnitt sehen. Es würde mir schwerfallen, bei der Sache zu bleiben, wenn wir reden wollten.

Ganz selbstverständlich und ungezwungen begann sie, mir

die Sandalen auszuziehen, während sie fragte: »Hat Frankie dir irgendeine Erklärung gegeben, warum sie hergekommen ist?«

»Sie hat offenbar gefürchtet, du und Ben, ihr hättet mehr als Ferien im Sinn. Sie sagt, sie hat herausgefunden, daß Ben ihren Job gekündigt hat und daß der Rückflugtermin auf dem Tikket offen ist.«

Mit einem geübten Handgriff zog April meine nackten Füße in ihren Schoß. Ich spürte die Wärme ihrer großen, weichen Schenkel und ihrer festen Hände. »Einatmen!« befahl sie, packte beide Fußsohlen und preßte ihren Daumen auf einen Punkt direkt unter dem Ballen. »Jetzt ausatmen. Das ist dein Solarplexus.« Sie kniff mich in den weichen Teil erst des einen, dann des anderen großen Zehs. »Der schleimlösende Reflexpunkt... Ben wollte sowieso kündigen. Sie hatte nur noch eine Woche Resturlaub. Es sind trotzdem bloß Ferien.«

»Aber sie hat ihre Wohnung untervermietet, sagt Frankie. Für ein Jahr.«

»Hat sie das?« April runzelte die Stirn, dann lachte sie. »Ach ja, das hatte ich vergessen. Sie sagte, sie würde nicht mehr viel Geld haben, wenn sie nach San Francisco zurückkommt. Sie wollte ihre Wohnung untervermieten und eine Weile bei einer Freundin wohnen, um wieder Geld aufs Sparbuch zu kriegen.«

Ziemlich aufwendige Vorbereitungen für einen kurzen Urlaub. Mir fiel auch auf, daß April nicht erwähnt hatte, selbst nach San Francisco zurückzuwollen. Nicht zum ersten Mal ging mir der Gedanke durch den Kopf, daß irgendwas zwischen April und Ben nicht ganz klar war. Vielleicht, ganz vielleicht, hatte Frankie doch gut daran getan, Ben nach Barcelona zu verfolgen.

April strich an meiner rechten Wade entlang bis zur Fußsohle und nahm meinen Fuß in ihre hohlen Hände. Dann hielt sie die Ferse in der einen Hand und bewegte mit der anderen meine Zehen in sanften Kreisbewegungen. Sie drückte mit einer Drehung ihre Faust in meine Fußsohle, dann wrang sie den ganzen Fuß mehrmals.

Ich konnte fühlen, wie der Druck ihrer Finger weit nach oben, über mein Hinterteil bis in den Rücken hochwanderte.

»Alle deine Organe haben Reflexpunkte unter deinen Fußsohlen«, erklärte sie feierlich. »Deswegen nennt man das Reflexologie.« Das hatte sie mir, fast im gleichen Tonfall, verträumt und wissend, auch schon erklärt, als sie mir nach der Demonstration in San Francisco die Füße massierte, aber ich hatte es vergessen. »Deine Füße sind der Teil deines Körpers, der vom Herzen am weitesten entfernt ist, daher lagern sich, den natürlichen Gesetzen der Schwerkraft folgend, Unreinheiten in deinen Füßen ab und verkalken, direkt neben winzigen Nervenenden. Wir versuchen, diese Ablagerungen zu stimulieren, damit sie sich auflösen und weggeschwemmt werden.«

»Fühlst du, ob meine Organe in Ordnung sind?« fragte ich.

Sie lächelte mich an. »Dies ist eine Massage, keine Diagnose. Wir senden gerade eine kleine Botschaft von deinen Füßen zu den Organen. Wenn irgendwas nicht in Ordnung ist, dann brauchen sie einen Anstoß, um sich selbst zu heilen. Wir öffnen lediglich die Bahnen.«

Die Leitungen mußten vertauscht sein, denn die Hauptbotschaft, die durchkam, ging direkt an eine Stelle zwischen meinen Beinen.

Ich versuchte, meine Gedanken beim Thema Frankie zu halten. »Frankies Version ist, daß sie sich nie die Mühe gemacht hätte, nach Barcelona zu fliegen und Delilah zu suchen, wenn sie nicht außer sich gewesen wäre vor Angst, sie zu verlieren. Sie liebt sie wirklich und wünscht sich, daß Delilah einen festen Platz in ihrem Leben hat.«

»Es ist oft so schwierig zu wissen, was richtig ist«, murmelte April. »In der besten aller denkbaren Welten hätte jedes Kind Eltern, die sie und/oder ihn lieben und umsorgen.«

»Soviel ich sehe, hat Delilah zwei Eltern. Und natürlich noch dich.« Ich fragte mich, ob zwischen April und Frankie eine gewisse Rivalität bestand und April deswegen Ben dazu überredet hatte, Delilah nach Barcelona zu bringen.

April antwortete nicht, anscheinend hatte sie mir gar nicht richtig zugehört. Sie hatte meinen rechten Fuß fest im Griff und rieb ihren Daumen sanft in meine Organe, ich meine Reflexpunkte, und das mit wohlbedachter Hemmungslosigkeit. »Atme ganz natürlich«, sagte sie, und unter ihren lila Lidern hervor traf mich ein verführerischer Blick. »Du hörst dich etwas verschleimt an. Ich werde ein bißchen an deinen Bronchien arbeiten.«

Es war schon richtig, daß mein Atem etwas stoßweise kam, aber an verschleimten Bronchien lag das nicht. »Nicht aufhören«, sagte ich. »Die Stelle, die du eben hattest... das war sehr gut... wie du die berührt hast...«

»Hier?« gurrte sie leise und schob meine Ferse fester in ihren Schoß, während sie mit gleichmäßigen, rhythmischen Bewegungen diese verflixten kleinen Verkalkungen aus meinem Ballen preßte. Ich stöhnte laut.

»Gut!« sagte April. »Halt nichts zurück, laß sie raus, deine Stimme.«

Ich stöhnte wieder. Lauter. Und wieder.

Füße werden enorm unterschätzt, dachte ich.

»Hallo, ihr«, sagte Hamilton und kam ins Zimmer. Wir hatten nicht gehört, wie er die Wohnungstür aufgeschlossen hatte.

»Hallo«, sagte April und schob meinen Fuß unauffällig aus ihrem Schoß. Ihre Wangen waren leicht gerötet. »Cassandra ist vorbeigekommen, um über Frankie zu reden. Ich habe ihr gerade die Füße massiert.« Sie gab meinem Fuß einen kräftigen, professionellen Klaps.

»Stimmt«, sagte ich. »Meine Organe haben eine Botschaft erhalten, ich glaube, es war eine gute.«

Hamilton stand da, in seinen blauen Straußenlederstiefeln, und sah mich nicht sonderlich freundlich an. Ich hatte das unbestimmte Gefühl, daß er mir noch nicht verziehen hatte, daß ich mich gestern als Brigid ausgegeben hatte.

»Möchtest du einen Tee, Hamilton?« fragte April eine Spur nervös.

Er antwortete ihr nicht. »Wo ist Delilah? Ist alles in Ordnung mit ihr?«

»Natürlich«, sagte April. »Ich habe sie ins Bett gebracht, nachdem Ben gegangen ist, so gegen sieben. Das arme Ding war völlig erschöpft.«

»Ich sehe mal eben nach ihr«, sagte Hamilton.

April seufzte, und als er gegangen war, flüsterte sie: »Weißt du, er ist hoffnungslos in Delilah verliebt. Sie hat alle seine väterlichen Instinkte zum Vorschein gebracht.«

»Wer ist er eigentlich?« Ich wollte endlich ein paar Fragen anbringen, da kam Hamilton schon zurück. Er sank in einen ledernen Hängesessel, der knapp über dem Boden schwebte. Seine blauen Augen musterten mich mißtrauisch.

»In welcher Branche arbeitest du, Cassandra? Wenn du nicht tatsächlich Journalistin bist.«

Ich glaubte nicht, daß Hamilton von Haus aus aggressiv war, aber es mangelte ihm an Humor, und Menschen, die keinen Humor haben, schätzen es gar nicht, wenn du ihnen einen Bären aufbindest.

»Ich bin Übersetzerin. Tatsächlich übersetze ich zur Zeit an *La Grande y su hija*. Gregory Rabassa hatte zu viel zu tun, da sind sie auf mich gekommen.«

Er war gegen seinen Willen beeindruckt. »Da hast du ja einen ziemlichen Coup gelandet, was?«

»Ehrlich gesagt, im Augenblick glaube ich, Sachbücher sind mir lieber.«

Er nickte. »Aber ein Roman ist bestimmt eine größere Herausforderung. Ich meine, Sachtexte erzählen uns etwas über die Welt, in der wir leben, aber die Dichtung schenkt uns unsere Träume und Visionen.«

»Manche Romane schon. Manche aber auch nicht, Hamilton. Um offen zu sein.«

»Ich muß sagen, daß *La Grande y su hija* mich total gefesselt hat. Ich meinte, Anklänge an García Márquez und Allende zu finden, auch an Valenzuela und Donoso, und doch hat de los Angeles ihren eigenen, einzigartigen Stil entwickelt. Wenn sie mich überhaupt an jemanden erinnert, dann an Nélida Piñon aus Brasilien. Eine ähnliche Fabeldichterin, ein ähnlich erstaunlicher Phantasiereichtum.«

»Hamilton hat seinen Doktor an der Columbia University gemacht, in Spanisch und Lateinamerikakunde«, sagte April, und in ihre tintenschwarzen Augen schlich sich eine gewisse Härte. Wollte sie mich warnen, mich nicht über ihn lustig zu machen?

»Und wo hast du studiert, Cassandra?« fragte Hamilton.

»Ach, ich hab' hier und dort mal ein bißchen was aufgeschnappt.«

»Aber wo hast du deinen Abschluß gemacht?«

»La experiencia es la escuela de la vida. Oder anders gesagt, ich habe an der Akademie des schonungslosen Lebens ein Intensivstudium absolviert.«

»Ich habe mit meinen Studienabschlüssen nie etwas angefangen«, sagte Hamilton traurig. »Ich hätte ja am liebsten nur Musik gemacht, aber meine Eltern...«

Diesmal war das Aufblitzen in Aprils Augen eine unmißverständliche Warnung. Nur war es jetzt an Hamilton gerichtet. Weshalb?

Aber alles, was sie sagte, war: »Worum geht es denn in diesem *La Grande*-Buch, Cassandra?«

»Du willst die Handlung hören?« fragte ich. »Hast du zwei Stunden Zeit?«

Hamilton lachte. Vielleicht war er ja doch kein hoffnungsloser Fall. »Der Roman ist wirklich ziemlich verwickelt,

April. Man kann ihn nicht so einfach wiedergeben.« Aber er versuchte, ihr ein paar der Höhepunkte zu vermitteln: Urwald, Liebe, Fluß, Revolution, Mutterschaft. Dann wandte er sich an mich. »Ich habe *La Grande* auch als politische Allegorie verstanden, nicht nur als fesselnde Suche nach der eigenen Vergangenheit. Ich habe gehört, daß der Roman bei Feministinnen sehr gut angekommen ist.«

»Das ist er«, sagte ich düster. »Ich glaube, sie sehen Marías zwanghafte Suche nach ihrer Mutter als Paradigma für die Lebensbedingungen zeitgenössischer Frauen.«

»Oh ja, durchaus möglich, Cassandra, darauf war ich noch gar nicht gekommen.« Er lehnte sich in seinem Sessel zurück und betrachtete mich mit Respekt.

Aber mehr literarische Klischees hatte ich nicht auf Lager, so daß ich erleichtert war, als die Vordertür mit einem eindeutigen Rumms aufflog und die muskulöse Ben in Levis, schwarzen Stiefeln und einer Motorradjacke ins Wohnzimmer marschierte und sich in eins der wunderschön bezogenen kleinen Sofas warf.

»Tja, Frankie ist nicht aufgetaucht«, sagte sie. »Ich weiß nicht, ob mich das wundert oder nicht.«

»Was!« sagte ich. »Sie war so versessen darauf, mit dir zu reden.«

»Du kennst Frankie nicht so gut wie ich«, sagte Ben. Sie fuhr sich mit ihren dicken Fingern durch das streichholzkurze Haar, so daß es sich wütend aufrichtete. »So ist die ganze Geschichte meiner Beziehung mit Frankie. Ich warte. Sie kreuzt nicht auf. Deswegen hat ja die Sache mit dem gemeinsamen Sorgerecht nicht funktioniert und wird auch nie funktionieren.«

»Vielleicht ist ihr was dazwischengekommen«, sagte ich.

»Du bist der einzige Mensch, den sie in Barcelona kennt, also wie hätte ihr irgendwas dazwischenkommen können?«

»Hast du sie angerufen?«

»Ich weiß nicht, wo sie wohnt.«

Schlagartig wurde mir klar, daß ich es auch nicht wußte. Ich hatte schon wieder vergessen, sie zu fragen.

Ben sah mich mißtrauisch an. »Worüber hast du denn heute mit ihr gesprochen?«

»Oh, ich weiß nicht, das Übliche. Geschlechterrollen. Mutterschaft. Architektur. Du wirst ja wohl nicht mich verantwortlich machen, daß Frankie nicht aufgetaucht ist?«

»Ich weiß nur«, fuhr Hamilton dazwischen, der respektvolle Blick von eben war schon wieder vergessen, »daß du auf irgendeine merkwürdige Art in der Sache drinsteckst.«

Das kränkte mich. »Was soll das heißen? Ich bin unschuldige Zuschauerin. Eigentlich sollte ich zu Hause sitzen und ein bedeutendes Werk der lateinamerikanischen Literatur übersetzen.«

»Du hast Geld von Frankie angenommen«, sagte Hamilton.

»Sie hat mich gegen Bezahlung für die Suche nach ihrem Mann engagiert, aus dem dann ihr Ex-Mann wurde und schließlich ihre Ex-Frau. Ich habe Ben gefunden, warum hätte ich das Geld nicht bekommen sollen? Der einzige Grund, daß ich noch hier bin, ist mein gutes Herz.« Und meine Füße. »Und was ist mit dir?« schoß ich zurück. »Du hast dich allein mit Frankie getroffen. Worüber habt *ihr* denn geredet? Und warum hält der *Portero* unten euch alle für Bulgaren oder Ungarn? Und wo ist eigentlich dein Saxophon, Hamilton?«

Es entstand eine Pause. Ich sah, wie Hamilton und April einen Blick wechselten. Und dann war deutlich zu hören, wie irgendwo in der Wohnung eine Tür ins Schloß fiel.

11

Das war nicht die Vordertür gewesen, die zum Fahrstuhl führte, sondern die Hintertür neben Delilahs Zimmer.

»Delilah!« schrie Ben und stürzte den Flur entlang, wir andern hinterher.

Delilah lag tief schlafend in ihrem kleinen Bett, sehr schutzlos in ihrem Schlafanzug, den Stoffhasen immer noch fest an sich gedrückt.

Auf dem Fußboden neben ihrem Bett lag jedoch ein silbernes Feuerzeug, das wir alle wiedererkannten.

»Er war hier, er hat schon wieder versucht, sie zu kriegen.« Ben stürzte zur Hintertür.

Dahinter lag die Treppe, die ich vor ein paar Tagen mit den anderen Touristen hinaufgekeucht war.

»Ich gehe runter auf die Straße«, sagte April. »Ihr könnt das Dach übernehmen.« Offenbar hielt sie genauso wenig vom Treppensteigen wie ich, selbst in einem Notfall.

Hamilton zögerte. »Ich komme mit dir, April.«

Ben und ich stürmten schon die Treppe zum Dach hoch, während ich mich fragte, wer von den beiden eigentlich wem nicht traute.

Bens muskulöse Beine nahmen immer zwei Treppenstufen auf einmal. Obwohl sich meine Lungen schmerzhaft beschwerten, war ich zumindest nicht peinlich weit hinter ihr, als wir durch den gewölbten Korridor des Dachbodens hetzten und aufs Dach hinausstürzten.

Das Dach war sensationell, und ich wünschte, ich hätte die Zeit gehabt, es richtig zu betrachten. Die statuenhaften Kamine und Luftschächte nahmen gegen den leicht nebligen Nachthimmel noch phantastischere Formen an. Der Mond lugte als schmale Sichel zwischen den vorbeiziehenden Wolken hervor.

»Ich sehe jemanden«, flüsterte Ben.

Ich sah nichts. Das Dach war nicht wie die Spitze eines Hauses, eher wie eine Landschaft aus Traumgestalten, die sich bewegten oder tanzten. Das Licht der Scheinwerfer kam nicht bis in die Ecken, die Beleuchtung machte die Schatten der Kamine und Luftschächte nur noch tiefer und verschlungener.

»Geh du nach links, ich gehe nach rechts«, bestimmte Ben mit einer Handbewegung.

Damals in Michigan als Kinder spielten wir in den schwülen, moskitoschwirrenden Sommernächten unten am See ein Spiel, das wir »Ditchum« nannten. Das war eine besonders harte Variante von Verstecken, du mußtest ganze Häuserblocks weit laufen und durftest dich dann stundenlang nicht vom Fleck rühren. Es gab nicht nur eine Person zum Suchen, eine ganze Horde Kinder durchkämmte systematisch alle Hinterhöfe, Holzstöße, Garagen und Unterseiten der Bootsanleger. Ich war besser im Verstecken als im Suchen. Mitten in der Verfolgungsjagd verlor ich oft das Interesse, setzte mich ab und schaute in den Mond, saß auf einer Bank und fragte mich, wie viele Tage es wohl dauern würde, ins Weltall zu fliegen. Irgendwann fand mich dann eine aus meinem Team oder sogar eins der versteckten Kinder. »Cathie! (Damals war ich Catherine Frances Reilly.) Du sollst doch *suchen!*«

Verstohlen schlich ich mich über die breiten, flachen Stufen, die in Wellen über das Dach liefen. Hier gab es viele Plätze, um sich zu verstecken, hinter den Schornsteinen, in Winkeln... Bewegte sich da etwas? Nein, doch nicht.

Ich konnte nicht einmal Ben sehen, sie war drüben auf der anderen Seite, hinter dem zweiten Innenhof.

Ich strich weiter. Was genau war es eigentlich, das mir an Hamilton aufstieß? In der Wohnung gab es nicht ein einziges Teil, was auf einen Musiker hinwies. Nicht mal ein Dampfradio. Woher kannte April ihn? Warum war sie meinen Fragen über ihn ausgewichen?

Hinter einem der Kamine trat langsam und leise eine Gestalt hervor. Sie trug einen weiten Pullover und hatte Locken. Frankie. Ich blieb stehen, das Herz schlug mir bis zum Hals. Wenn sie mich nicht sah, wenn sie hier vorbeikam... Verzweifelt versuchte ich, mich an ein paar Karatetricks zu erinnern. Ich könnte ihr zumindest ein Bein stellen, mich auf sie draufsetzen...

Sie sah mich und verschwand wieder. Verdammt. Ich gab das Schleichen auf und stürzte Hals über Kopf hinter ihr her. Ich nahm eine Kurve mit Höchstgeschwindigkeit und prallte mit Ben zusammen, die ebenfalls spurtete. In gelungener Imitation einer Polizistenklamotte hatten wir uns gegenseitig über den Haufen gerannt. Nur daß sie jünger und elastischer war.

»Ich hab' sie gesehen. Hast du sie gesehen?« Sie stand auf und zeigte in die Richtung, aus der ich gekommen war.

Ich nickte schwach und versuchte mich aufzurappeln.

Ben rannte los, während ich Betrachtungen über mein abenteuerliches Leben und den Mond anstellte. Es ging doch nichts über ein nächtliches Rennen, um das Blut in Wallung zu bringen.

Von irgendwo rechts von mir hörte ich Kampfgeräusche und Geschrei.

»Wo willst du hin?« Das war Ben.

»Nimm deine Pfoten von mir!«

»Erst wenn du mir gesagt hast, was du in unserer Wohnung bei Delilah wolltest.«

Ächzen und Stöhnen.

Ich näherte mich vorsichtig.

Ben hielt Frankie in einem gemäßigten Schwitzkasten. Ich schätze, bei Federal Express arbeiten bringt ganz hübsch Kraft. All diese Pakete...

»Cassandra, hier sind wir«, sagte Ben.

Im selben Moment riß Frankie sich los und schoß zur Treppe.

»Laß ihn laufen«, sagte Ben. »Hamilton und April werden ihn abfangen.«

Aber als wir unten im Foyer ankamen, war von beiden nichts zu sehen. Der *Portero* hatte Feierabend, und die kleine Tür neben dem Eisentor stand sperrangelweit offen.

»Wenn sie ihn haben entwischen lassen...« knurrte Ben.

Wir traten auf die hellerleuchtete Straße. Hinter uns bäumte sich La Pedrera auf seinen Elefantensäulen auf.

Ich hatte vergessen, wie früh am Abend es noch war, wahrscheinlich erst gegen neun. Die Straßen waren voller Menschen, und auf der Passeig de Gràcia toste der Verkehr in beide Richtungen.

»Vielleicht sitzen sie in der Bar da und trinken alle zusammen Espresso«, sagte ich. »Vielleicht sind sie auch drüben in dem Musikladen und kaufen sich Kassetten mit Saxophonmusik.«

Ben funkelte mich an. »Das ist überhaupt nicht komisch, Cassandra.«

Wir liefen ein Weilchen auf und ab und lugten in die Fenster der Bar. Endlich sahen wir April die Straße überqueren und auf uns zukommen. Sie sah besorgt aus.

»Wo ist Frankie?« wollte Ben wissen. »Ist Hamilton hinter ihm her?«

»Ich glaube«, antwortete April. »Wir hatten uns auf die beiden Türen verteilt. Ich stand am Haupteingang und es passierte gar nichts, deshalb bin ich rüber zur Tür an der Provença, aber Hamilton war nicht mehr da. Ich nehme an, Frankie ist da rausgekommen und Hamilton ist ihr nach. War sie denn nicht auf dem Dach?«

»Doch, war er«, sagte Ben. »Aber er ist uns entwischt.«

Wir sahen Hamilton um die Ecke kommen.

»Hast du ihn nicht gekriegt?« fragte Ben ungeduldig.

»Meinst du Frankie? Ich habe April gesucht. Sie war nicht am Haupteingang, als ich nachsehen kam.«

»Und ob ich da war«, widersprach April empört. »Du warst derjenige, der verschwunden war. Ich dachte, du wärst hinter Frankie her.«

Ihre Version von Polizeiklamotte war genauso peinlich wie Bens und meine auf dem Dach.

»Hauptsache, Delilah ist in Sicherheit«, bemerkte ich, um die feindseligen Gemüter zu besänftigen.

Alle drei starrten sich an, dann stürzte Ben zurück ins Haus, dicht gefolgt von Hamilton und April. Ich folgte ihnen langsamer. Diese wilden Jagden konnten nicht gut für mein Herz sein, soviel war sicher.

Als ich über die Hintertreppe wieder in die Wohnung kam, waren sie damit beschäftigt, sich gegenseitig anzubrüllen.

Wie sich herausstellte, lag Delilah nicht mehr schlafend in ihrem Bett.

Es folgten zehn Minuten heilloser Verwirrung. Es gab ein großes Geschrei, wüste Beschimpfungen und allgemeine Beschuldigungen und Gegenbeschuldigungen.

Warum war niemand in der Wohnung geblieben?

Warum bist du nicht an deiner Tür geblieben?

Das mußt du gerade sagen!

Wieso hat Ben Frankie auf dem Dach entwischen lassen?

Wie war Frankie überhaupt ins Haus gekommen?

Welche Rolle spielt eigentlich Cassandra?

An dieser Stelle entschied ich, daß es mir reichte.

»Ich gehe nach Hause«, verkündete ich. »Im Fernsehen läuft eine ganz prima Sendung über die Finanzpolitik der EG, auf die ich wirklich scharf bin.«

»Nein!« Ben geriet in Panik. »Du bist unsere einzige Verbindung zu ihm. Wohin kann Frankie Delilah gebracht haben?«

»Keine Ahnung«, sagte ich. »Zum Flughafen?«

Die drei waren so eifrig beim Anklagen und Verteidigen gewesen, daß sie noch nicht weiter gekommen waren.

»Der Flughafen?« Ben war entsetzt. »Hat er dir gesagt, daß er Delilah mit zurück nach Kalifornien nehmen will?«

»Natürlich nicht«, erwiderte ich. »Frankie hat mir noch nie die Wahrheit gesagt, wenn es sich vermeiden ließ. Aber es ist eine Möglichkeit. Warum sollte Frankie in Barcelona bleiben und Delilah verstecken?«

Ben war eine Frau, die sich schnell bewegen konnte. Bei Federal Express vermißten sie sie wahrscheinlich schon. Sie packte meinen Arm und war schon unterwegs zur Hintertür. »Mein Gott, hoffentlich kommen wir nicht zu spät.«

»Ich bleibe hier«, sagte April. »Falls Frankie anruft oder sowas.«

Hamilton warf ihr einen merkwürdigen Blick zu. »Ich bleibe auch. Du brauchst uns am Flughafen nicht, wenn du Cassandra zum Dolmetschen hast.«

Was ging zwischen April und Hamilton vor?

Aber Ben hatte mich schon halb die Treppe runtergeschleift, bevor ich protestieren konnte. Ich hatte kaum noch Zeit, meine Ledertasche mit Gloria de los Angeles' verschwenderischem Phantasiewerk zu schnappen.

Im Taxi ballte und öffnete Ben die Fäuste, während wir ohne Rücksicht auf Verluste durch die hellerleuchteten Ausfallstraßen der Stadt rasten. Zuerst war alles, was sie herausbrachte, »Ich bring' ihn um!«, aber offensichtlich bewegten sie noch andere Gefühle und auch Zweifel.

»Ich bin keine schlechte Mutter«, sagte sie.

»Das hat niemand gesagt.«

»Ich mußte unbedingt weg von Frankie. Vielleicht hätte ich nach Eugene oder nach Portland ziehen sollen, irgendwohin, wo wir zwar in der Umgebung geblieben wären, aber diese Wochenendregelung für Delilah ein Ende gehabt hätte.«

»Barcelona war vielleicht ein wenig drastisch.«

»Woher sollte ich denn wissen, daß er uns gleich hierher folgen würde? Woher sollte ich denn wissen, daß er den... Mumm haben würde, Delilah zu entführen?« Ben ballte die Fäuste und ließ den Kopf hängen. Das Taxi schleuderte sie hart gegen die Tür und mich hart gegen sie.

»*Cuidado!*« empfahl ich dem Fahrer, löste mich von Ben und richtete mich wieder auf. Sie roch nach einer Mischung aus neuem Leder und saurem Schweiß.

»Warum gerade Barcelona?« fragte ich.

»April hatte einen Freund hier. Hamilton ist ein alter Freund von ihr.«

»Er verdient sich sein Geld als Musiker, ja?«

»Ich bin nicht sicher, ob er davon lebt«, sagte Ben. »Er hat Geld, von seiner Familie.« Halb stolz, halb neidisch fügte sie hinzu: »April auch.«

»April?« Hamilton konnte ich mir als reichen Jungen vorstellen. Aber April?

»Von irgendwoher bekommt sie jedenfalls Geld«, verbesserte sich Ben. »Eine Bank schickt es ihr.«

Ich hätte auch nichts gegen eine Bank, die mir Geld schickt.

»April ist eine sehr... spirituelle Frau«, sagte ich.

»Oh ja«, seufzte Ben. »Als ich sie zum ersten Mal sah, ist irgendwas in mir einfach geschmolzen. Diese großen dunklen Augen, diese Hände... Himmel, diese Hände.«

Ein Weilchen hing jede von uns ihren Erinnerungen nach. In Bens Worten lag hoffnungslose Sehnsucht.

»Ich liebe April so sehr. Ich fühle einfach, daß ich ohne sie nicht leben könnte. Ich hab sie im New Age Bodywork Center getroffen, als ich wegen einer Muskelzerrung im Bein dort war. Ich sah sie und wußte sofort, daß sie die Richtige für mich ist.« Bens Stimme wurde weich. »Sie war zuerst nicht besonders interessiert an mir, aber ich habe ihr nachgestellt und nicht lockergelassen. Ich schickte ihr Blumen, ich schrieb Kärtchen, ich fand ihre Telefonnummer raus und rief sie an. Ich habe ihr richtig den Hof gemacht. Schließlich hat sie nachgegeben.«

Ich dachte an die Ambivalenz in Aprils Stimme, wenn sie über Ben sprach. Vielleicht hatte April ja nicht ganz nachgegeben.

»Sie muß dich sehr gern haben, wenn sie mit dir nach Barcelona gegangen ist.«

Ben starrte mich an, während das Taxi mit kreischenden Bremsen vor dem Flughafen anhielt. »Ja«, sagte sie grimmig und warf sich aus dem Wagen. »Sie liebt mich wirklich.«

Der Fahrer nahm mein Trinkgeld dankend an. »Er hat es wohl sehr eilig, *Señora?*«

»Ja.« Ich nickte. Ich war also wieder eine Frau, aber nur, weil die Welt in Paaren denkt und Ben einfach männlicher war als ich.

Ich fand sie vor der Anzeigetafel für die Abflüge. »Um neun ging eine Maschine nach New York, aber die hätte er nicht geschafft. Sonst geht heute abend nichts mehr in die Staaten.«

Jetzt, wo wir das Taxi verlassen hatten, arbeitete mein Verstand wieder, und ein Dutzend weiterer Möglichkeiten meldeten sich. Es gab keinen Grund für Frankie, direkt nach San Francisco zurückzufliegen. Sie konnte überallhin geflogen sein oder sich gerade einchecken. Flüge nach Rom, Athen, London und Paris waren aufgerufen. Es bestand auch die Möglichkeit, daß sie nicht flog, sondern den Zug oder den Bus nahm, um das Land zu verlassen. Es war nicht mal auszuschließen, daß sie einfach in einen anderen Teil Spaniens fuhr.

Einige dieser Möglichkeiten fielen auch Ben ein. Sie pirschte zwanzig Minuten nervös um sämtliche Flugsteige herum und suchte die Toiletten und die Wartehalle ab. Schließlich sackte sie in einem Plastikstuhl zu einem muskulösen Häufchen Elend aus schwarzem Leder und Verzweiflung zusammen.

»Ich bin keine schlechte Mutter«, sagte sie. »Ich habe Delilah nie vernachlässigt. Nicht wirklich. Ich verdiene das nicht.«

Es klang, als machte sie sich mehr Sorgen darum, für nachlässig gehalten zu werden, als um Delilah selbst.

»Wenn Delilah bei Frankie ist«, versuchte ich sie zu beruhigen, »ist sie jedenfalls in keiner unmittelbaren Gefahr. Frankie wird sich bestimmt bei dir melden.«

»Du kennst Frankie nicht. Er ist absolut unzuverlässig. Er könnte jetzt sonstwo sein mit meiner Tochter.« Sie stand plötzlich auf und zog mich mit hoch. »Warum sind wir zum Flughafen gefahren? Wahrscheinlich sind sie am Bahnhof. Da hätten wir hingehen sollen.«

Bisher hatte ich Ben eigentlich immerzu in Bewegung erlebt, herumstapfend, zappelig oder hin- und herschießend. Aber als wir im nächsten Taxi saßen, verfiel sie ins Grübeln, saß reglos da und starrte hinaus auf die hellen Lichter einer Stadt, die sie kaum kannte.

»Manchmal denke ich an meine eigene Kindheit«, sagte sie, als wir durch die Außenbezirke von Barcelona zurückfuhren, »wie ich aufgewachsen bin und an meine Eltern und so, und ob ich ihnen jemals irgendwas von alldem hier erklären könnte. Ich meine, meine Eltern sind aufs College gegangen, aber es war ein Landwirtschaftscollege. Ich bin auf der Farm aufgewachsen, bis sie es einfach nicht mehr geschafft haben. Wenn wir nicht in die Stadt gezogen wären, würde ich wahrscheinlich immer noch in Iowa leben und die Farm bewirtschaften. Der Umzug nach Cedar Rapids hat mein Leben verändert – ich weiß, dir wird das nicht wie eine große Stadt vorkommen…«

»Stimmt, sie *ist* kleiner als Kalamazoo.«

»...aber es gab dort Kinos und Einkaufscenter und eine Universität mit einem Schauspiel-Fachbereich.«

»Du wolltest also wirklich zum Theater?«

»Das wollten wir beide, Frankie nur noch mehr als ich. Mein Ding war Bühnenbau.« Ben starrte auf ihre Hände. »Es ist schon komisch, wenn ich so zurückdenke, war eine der Sachen, die mir damals an Frankie am besten gefielen, seine Phantasie. Er hat mir beigebracht, daß du nicht das Leben führen mußt, das deine Eltern für dich vorgesehen haben, daß du nicht die Person sein mußt, die sie erwarten, daß du dich ändern kannst...«

Sie hielt verlegen inne.

»Ich nehme an, du findest, daß Frankie sich zu sehr verändert hat.«

Eine Minute lang sagte Ben gar nichts. »Kann sein, daß es irgendwie heuchlerisch ist. Vielleicht ist es heuchlerisch, wenn ich sage, ich trage gern Jeans und ich laufe gern mit Bürstenschnitt und Bizeps herum und hab' nichts dagegen, wenn man mich für einen Mann hält und 'Sir' zu mir sagt. Aber ich will kein Mann *sein*. Ich bin eine Frau. Und Mutter.«

»Hast du mal daran gedacht, daß es für Männer keinen Mittelweg gibt? Sie können nicht morgens aufwachen und sagen, 'Ach, heute ist mir irgendwie danach, mein rotes Satinkleid und die Pumps mit den zehn Zentimeter hohen Absätzen anzuziehen'.«

»Bei Transsexualität geht es nicht um einen Mittelweg. Transsexuelle denken, daß sie im falschen Körper zur Welt gekommen sind. Sie wollen gar nicht, daß die Welt anders wird, sie wollen nur ihren Körper eintauschen.«

»Warum haßt du sie so?«

»Ich *hasse* Frankie nicht«, brummte Ben. Wir näherten uns Estació de Sants, dem Hauptbahnhof. »Ich meine, vielleicht hasse ich Frankie schon. Aber nicht aus den Gründen, die du annimmst.«

»Bist du eifersüchtig auf sie?«

Ihre herabgezogenen Mundwinkel verrieten Grimm, zugleich wirkte sie den Tränen nahe. »Das verstehst du nicht. Niemand versteht das. Ich habe keinen Mann verloren und auch keinen Vater, als Frankie das tat, was er getan hat. Ich habe, ich habe... ich habe einen Kumpel verloren.«

Das Taxi hielt, und diesmal verhinderte ich, daß Ben einfach raussprang. »Du zahlst.«

Wir standen in der riesigen Bahnhofshalle, wo zehnmal mehr Gedränge und Durcheinander herrschte als am Flughafen, und jetzt fing Ben wirklich an zu weinen.

»Komm, komm«, sagte ich. »So ein großes, starkes Mädel wie du. Na komm schon.« Ich führte sie in eine Bar und bestellte Kaffee und Cognac für uns beide.

»Ich trinke keinen Alkohol«, sagte sie. »Und auch kein Koffein.«

»Heiliger Strohsack«, sagte ich. »Wir sind hier nicht in Kalifornien.« Trotzdem bestellte ich ein Mineralwasser für sie.

»Paß auf«, sagte ich. »Es ist spät, sehr spät sogar. Wir können hier die ganze Nacht rumhängen und Daumen drücken, daß Frankie mit Delilah irgendwann aufkreuzt und daß es uns gelingt, sie irgendwie, ich weiß nicht wie, in diesen Menschenmassen zu entdecken. Falls sie hier nicht schon längst durch sind und in einem Zug nach Timbuktu sitzen. Falls Frankie überhaupt vorhat, Delilah aus Spanien rauszubringen. Oder wir können ganz vernünftig nach Hause gehen und warten, bis wir etwas von Frankie hören.«

»Du bist nie Mutter gewesen«, sagte sie. »Du kannst gar nicht wissen, wie sich das anfühlt.«

»Dafür danke ich Gott jeden Tag.«

»Ich möchte dir ja vertrauen, Cassandra. Aber ich kann nicht. Ich weiß nicht, wie du in all das verwickelt bist.«

Das traf mich. »Frag dich lieber mal, wie April und Hamilton darin verwickelt sind.«

»April? Hamilton?«

»Eine von beiden hat Frankie entwischen lassen.«

»Das ist nicht wahr!«

Ich kippte meinen Cognac runter und hüllte mich in hartnäckiges Schweigen.

»Du versuchst bloß, mir April abspenstig zu machen, Cassandra! Glaub ja nicht, ich hätte nicht gemerkt, daß du ein Auge auf sie geworfen hast. Gott sei Dank bin ich kein eifersüchtiger Typ. Wenn ich aber den Eindruck hätte, daß du versuchst mir meine Freundin auszuspannen, würde ich etwas dagegen unternehmen.«

»Du siehst Gespenster.« Ich war mir ihrer wohlentwickelten stählernen Armmuskeln nur zu bewußt.

Ben stellte ihr Glas auf den Tisch, stand auf und wandte sich von mir weg. »Ich vergesse immer wieder, daß Frankie dich dafür *bezahlt* hat, mich zu finden.«

Ich zog Frankies Scheck aus der Tasche und zerknüllte ihn bedächtig. Ich hätte ihn sowieso nie einlösen können.

»So«, sagte ich. »Und jetzt gehe ich wirklich nach Hause. Schlafen.«

12

Wer würde sie sein [fragte sich María], diese Frau, in deren Schoß ich empfangen wurde, deren Lenden ich durchquerte auf meinem Weg ans Licht des Tages? Seit der Seuche des Verschwindens hatte ich nach dieser geheimnisvollen Frau gesucht, hatte das Gesicht einer jeden, die auf der Straße an mir vorüberging, forschend betrachtet, hatte mir bei jeder Berührung durch frauliche Hände die Hände meiner Mutter vorgestellt. Ich hatte Cristobel übernatürliche Kräfte gegeben, ein Gesicht wie Rita Hayworth und einen Körper, der süß wie ein warmer Brotlaib duftete.

Ich malte mir aus, daß meine Mutter ebenso an mich dachte, daß sie, wenn ihr Kinder auf der Straße begegneten, zu sich sagte: »Jetzt ist sie sechs, jetzt ist sie acht, jetzt blutet sie, jetzt ist sie verliebt, jetzt ist sie verheiratet, jetzt hat sie eigene Kinder.«

Meine Geschichte ist zwei Geschichten, die meines eigenen Lebens und die meiner Mutter Cristobel, von der ich oftmals denke, daß ich sie erfunden habe. Ich habe sie groß sein lassen, weil ich klein bin, ich habe sie zu Eduardos Geliebter gemacht, weil ich keinen Geliebten habe, ich machte sie stark, wo ich schwach bin, weise, wo ich töricht bin. Sie verließ mich, und ich konnte sie nicht finden, auch wenn ich wieder und wieder ihre Spuren entdeckte. Ich stellte mir vor, daß auch sie nach mir suchen würde, aber wann auch immer ich an einen Ort kam, an dem sie gewesen war, war sie verschwunden. Manchmal waren da Fragmente, Überbleibsel, Zeichen: der Duft von Jasmin, eine verwelkte Orchidee, ein Stein, der von einem Ring gefallen war. Es gab Geschichten über ihre Jugend, ihre Liebschaften, ihre Krankheiten und ihre Triumphe. Aber sie wurden von Leuten erzählt, die Cristobel auch nicht gekannt hatten, die, wie ich, nur von ihr gehört und den größten Teil der Geschichte vergessen hatten.

Ich näherte mich dem Ende von *La Grande*, und Gloria fing an, die Fäden aufzurollen. Raoul hatte sich als Nazi-Sympathisant entpuppt, und Eduardo war nach einer verzweifelten Guerilla-Aktion in Cristobels Armen gestorben. María arbeitete sich an den Aufenthaltsort ihrer Mutter heran. Aber noch wußte niemand, was in Raouls schwarzem Beutel war.

Es war der Morgen nach meinen letzten Eskapaden mit der Ben-und-Frankie-Familie, und ich war in Glorias Romanze versunken, als Ana hereinkam und mir eine Tasse schaumigheißen *Café con leche* brachte. Sie setzte sich auf das Bett neben meinen Schreibtisch.

Sie trug ihr übliches weißes Hemd und Jeans, ihr Haar floß in einem ordentlichen Zopf ihren Rücken hinab.

»Du bist gestern abend früher als sonst nach Hause gekommen«, sagte sie. »Hält Carmen dich wieder mal hin?«

»Das tut sie doch immer«, sagte ich. »Nein, ich war bei meinen Amerikanerinnen. Eine Fußmassage-Sitzung bei April, der Zigeunerin, dann eine kurze, schnelle Besichtigungstour über das Dach von La Pedrera, belebt durch Ringkampfeinlagen, anschließend eine wilde Jagd erst zum Flughafen, dann zum Bahnhof, wo ich eine weitere Version der klassischen amerikanischen Geschichte von der verlorenen Unschuld zu hören bekam: Erst das Aufgeben der Farm, dann die Verlockungen der Großstadt, die zu einer Verwischung der Geschlechterrollen führen. Kurz, wer die Scholle verläßt, stürzt sich ins Unglück.«

»Was?«

Ich erklärte es ihr ausführlicher.

»Aber natürlich macht Ben sich Sorgen. Ihr kleines Mädchen auf so eine Art und Weise zu verlieren.«

»Zumindest wissen wir, daß Frankie sie hat.«

Ana schüttelte den Kopf. »Wie bist du bloß an diese Leute geraten? Ich meine, wieso läßt du dich immer weiter auf sie ein?«

»Ich kann nicht anders«, sagte ich. »Ich fühle mich ein bißchen verantwortlich, in mehrerlei Hinsicht. Zum einen habe ich für Frankie rausgefunden, wo Ben und April und Delilah wohnen, dann habe ich dafür gesorgt, daß Delilah im Parc Güell fast entführt wurde, indem ich Frankie erzählte, daß sie dort sein würden, und schließlich habe ich mir von April die Füße massieren lassen, als Frankie das erste Mal reinkam, um sich Delilah zu schnappen.«

»Das muß ja eine gewaltige Massage gewesen sein«, meinte Ana.

»War es auch.« Ich seufzte. »Offenbar war sogar mein Gehör davon beeinträchtigt.«

Ana dachte nach. »Hast du einen Hinweis, wie Frankie in die Wohnung gekommen ist?«

»Es gibt zwei Türen, eine Vorder- und eine Hintertür. Mindestens eine davon war nicht abgeschlossen. Möglicherweise Aprils Verdienst, oder Hamiltons. Oder sie haben Frankie einen Schlüssel gegeben. Oder Hamilton und Frankie sind zusammen reingekommen. Hamilton tauchte plötzlich im Wohnzimmer auf – und fing sofort an, sich über Gloria de los Angeles auszulassen, wahrscheinlich, um mich abzulenken. Oder nein – das hatte ich vergessen – als er kam, ging er zuallererst in Delilahs Zimmer. Da könnte er die Tür aufgeschlossen haben.«

»Warum sollte Hamilton Frankie helfen, Delilah zu rauben? Geld?«

»Da liegt auch für mich der Haken. Ben sagt, Hamilton ist reich. Sie sagt auch, daß April regelmäßig Schecks von einer Bank bekommt.«

»Reiche sind da eigenartig«, sagte Ana. »Ein paar von den Leuten, mit denen ich zu tun habe, schwimmen im Geld, aber sie versuchen immer wieder, mich zu betrügen. Sie sind felsenfest davon überzeugt, daß sie arm sind.«

»Also ich verdächtige Hamilton«, sagte ich. »Weil er keinen Sinn für Humor hat.«

Ich half Ana, das Gebärhaus für den Transport fertigzumachen. Morgen sollte es aus der Wohnung geschafft und an seinen Bestimmungsort in einem Vorort von Barcelona gebracht werden. Es loszuwerden würde eine mit Trauer gemischte Erleichterung sein. »Tja, ich schätze, dann bin ich bald wieder die alte«, meinte Ana ein bißchen niedergeschlagen.

»Kinder kann jede haben«, sagte ich, um sie aufzumuntern. »Nur wenige von uns können Kunstwerke schaffen. Außerdem, Babys werden älter, das ist das Problem. Niemand würde je sagen ‘ach, ich wünsche mir nichts sehnlicher als einen drogengeilen Teenager, der laut Musik hört, halbwüchsige Scheusale ins Haus bringt und mich für schwachsinnig hält’. Aber genau das bekommen die meisten.«

Ana fing an zu lachen. »Trotzdem, erstmal kommen die schönen Jahre. Und im übrigen würde mein Kind nicht rebellisch werden.«

»Das hat meine Mutter auch gesagt«, erinnerte ich mich. »Sie kann immer noch nicht fassen, was aus ihrem kleinen Mädchen geworden ist.«

* * *

Seit unserem nächtlichen Streifzug hatte ich Carmen nicht mehr gesehen. Ich rief sie an und fragte, ob sie Lust auf etwas Jazz hätte, irgendwann später am Abend. Ben hatte mir erzählt, daß Hamilton dreimal pro Woche mit einem katalanischen Trio in einem gewissen Jazzclub im Barri Gòtic spielte. Ich dachte, wir könnten das mal überprüfen.

Bei sowas war es nicht angebracht, früh hinzugehen, und in Spanien bedeutet früh vor Mitternacht. Also führten Carmen und ich uns ein langes, romantisches Abendessen zu Gemüte und klapperten anschließend in den gewundenen Sträßchen des Barri Gòtic noch verschiedene Bars ab, bevor wir den Hightech-Club ansteuerten, der das verräucherte Kellerloch aus meiner Erinnerung ersetzt hatte. Der Club war cool und avantgardistisch mit unbequemen Stühlen, hingekleckstell abstrakten Gemälden an den Wänden und einem topmodischen jungen Kellner mit mageren Schultern und blond gefärbtem Andy Warhol-Schopf. Carmen und ich waren zwischen all den jungen Frauen und Männern in ihren schwarzen Rollkragenpullovern und überweiten Jacketts etwas fehl am Platz. Carmen hatte sich in Schale geworfen, in ein tief ausgeschnittenes Kleid, das eine gewagte Menge Busen freigab, und ich begleitete sie als Katherine Hepburn in Gabardinehosen mit Gürtel und einem Hemd aus Rohseide. Wir entdeckten einen freien Tisch und bestellten Champagner. Carmen rauchte und sah sich mißtrauisch um.

»Ist das eine Beerdigung? Warum tragen diese Leute alle Schwarz?«

»Weil sie Katalanen sind«, sagte ich.

»*Claro.* Das wird's sein.«

»Sie sind *Modernos.*«

»Hmm.« Sie war sich offensichtlich bewußt, daß ihr Ausschnitt gemustert wurde. Sie rückte die Spaghettiträger zurecht. »Ich werde nur ein einziges Mal Schwarz tragen: Wenn du stirbst, *Querida.*«

»Carmen, ich bin gerührt.«

Die Jazzmusik, die bisher vom Bandgerät gekommen war, verstummte, und drei Männer gingen nach vorn auf die Bühne. Ein Altsaxophon, eine Klarinette und ein Klavier. Am

Saxophon war Hamilton, der mich eine Sekunde lang anstarrte, bevor er lächelte. Ich winkte fröhlich.

Niemand konnte sagen, er sei kein hübscher Kerl. Ich persönlich würde ungern Geheimratsecken und einen Bierbauch tragen, aber ich hätte nichts dagegen, seine gerade Nase und wohlgeformten Lippen zu haben. Er trug Jeans und ein weißes Hemd mit offenem Kragen und aufgerollten Ärmeln, und eine Goldkette um den Hals.

Sie spielten. Ich war überrascht, wie gut Hamilton war, er konnte mit diesem Saxophon richtig singen. Geld im Rücken und obendrein auch noch Talent. Das war nicht fair.

In der Pause kam Hamilton an unseren Tisch. Er sagte, wir sähen beide reizend aus, und Carmen schenkte ihm ein strahlendes Lächeln, obwohl er Englisch sprach.

»Wie ich hörte, habt ihr am Flughafen kein Glück gehabt, Ben und du«, sagte er zu mir.

»Stimmt. Uns kamen Zweifel, ob Frankie Delilah überhaupt zum Flughafen gebracht hat.«

»Der Gedanke kam April, als ihr gerade weg wart«, sagte Hamilton. »Frankie kann Delilah überhaupt nicht aus dem Land geschafft haben.«

»Wieso nicht?«

»Delilah ist in Bens Paß eingetragen, nicht in Frankies. Delilah hat keinen eigenen Paß. Sie wäre nie durch die Paßkontrolle gekommen. Ben hat auch nicht daran gedacht. Das heißt also, daß Frankie mit Delilah irgendwo in Barcelona sein muß.«

»Warum seid ihr nicht zum Flughafen gekommen und habt uns Bescheid gesagt?«

»Wir dachten, es wäre gut, Frankie abzupassen, falls sie noch irgendwo im Haus sein sollte.« Hamilton nippte an einem Bier. Der blonde Kellner hatte es ihm gebracht, dabei hatte ich bemerkt, wie sich ihre Hände kurz berührten. »Außerdem, wenn du die Wahrheit hören willst, ich wollte April nicht allein lassen.«

Wohl eher umgekehrt, dachte ich, sie wollte dich nicht unbeobachtet lassen. »Warum das?«

»Ich halte es für möglich, daß April etwas mit Delilahs Entführung zu tun hat.«

»Aber sie ist jetzt wie ein Elternteil für Delilah. Weshalb sollte April Frankie helfen wollen?«

Hamilton schüttelte den Kopf. »Das ist mir noch nicht so ganz klar. Aber Ben, April und Delilah wohnen schon seit zwei Wochen bei mir. Ich hatte also Gelegenheit, dies und das mitzukriegen. April spricht so gut wie nie direkt mit Delilah, und sie scheint mit beiden nicht besonders glücklich zu sein. Ich glaube, daß sie Kinder nicht so wahnsinnig gern hat, und Delilah spürt das auch.«

»Ach, das ist bestimmt nur eine stressige Phase«, sagte ich. »Weder Ben noch April arbeiten, Delilah geht nicht zur Schule, da entstehen natürlich auch mal Spannungen.«

»Das weiß ich ja alles«, sagte Hamilton geduldig. »Aber das heißt doch nicht, daß ich mir keine Gedanken machen darf. Zum Beispiel darüber, ob April vielleicht Gründe hat, Delilah weit weg zu wünschen.«

»April ist nicht so«, widersprach ich kategorisch. »Sie ist warmherzig, liebevoll, sehr freundlich...«

Hamilton sah mich aufmerksam an. »Ich wüßte gern, warum keine von euch Frankie in der Wohnung gehört hat.«

»Es war nichts zu hören, bis die Tür zufiel.«

»Wie lange warst du da?«

Er dachte offenbar, *er* würde *mich* verhören. »Hör zu, wenn du glaubst, ich hätte irgendwas mit der Sache zu tun, bist du auf dem Holzweg. Frankie hat mich in London engagiert, um jemanden zu finden, vom dem sie behauptete, er sei ihr Ehemann Ben. Später sagte sie, Ben sei ihr Ex-Mann. Sie hat mir nie erzählt, daß Ben eine Frau ist, Frankie selbst eine Transsexuelle, und daß sie beide gerade einen alten Dauerstreit um das Sorgerecht für Delilah ausfechten.«

»Aber Frankie hat dich engagiert, nicht wahr? Und wenn

sie dir darüber hinaus Geld geboten hätte, ihr zu helfen, Delilah zurückzubekommen, hättest du wahrscheinlich auch da mitgemacht. Du sagst, du hast dich mit Frankie am frühen Nachmittag vor der Sagrada Família getroffen. Für dich wäre es die einfachste Sache der Welt gewesen, unser Haus zu beobachten, mich und Ben herauskommen zu sehen, April abzulenken und dafür zu sorgen, daß die Tür nicht abgeschlossen war.«

Ich war tief gekränkt. »Ich bin Spanisch-Übersetzerin«, sagte ich heftig. »Keine gedungene Kidnapperin.«

»Beruhige dich«, sagte Hamilton. »Ich verdächtige dich ja nicht wirklich. Du hattest die Gelegenheit, aber kein Motiv. Es sei denn, du hältst Geld für ein Motiv, was ich nicht tue.«

Oh, diese reichen Männer. Sie leben in einer eigenen Welt.

»Ich habe April im Verdacht«, fuhr er fort. »Ich weiß nicht, wann und warum sie Kontakt zu Frankie aufgenommen hat, aber ich würde das gern rausfinden.«

»Eine Frage«, sagte ich. »Warum bezeichnet Ben Frankie als Er, und du nennst sie Sie?«

»Ich nenne Menschen so, wie sie genannt werden wollen«, sagte Hamilton. »Und wenn Ben nicht so dickköpfig wäre, würde sie das auch tun.«

»Wie denkst du über Frankie?«

Hamilton seufzte. »Man muß sie gern haben. Was nicht heißt, daß man ihr trauen muß.«

Der blondierte Kellner war wieder da und fragte Hamilton, ob er noch etwas wolle. Mit einem Lächeln, das sein Gesicht verwandelte, sagte Hamilton: »Nur dich, *Chico.*« Dann schüttelte er mir die Hand, sagte: »Wir sehen uns noch«, und ging wieder auf die Bühne.

Carmen hatte sich verzogen, sie unterhielt sich mit dem Barkeeper. Wie sich herausstellte, kam er ebenfalls aus Andalusien. Die beiden tauschten abfällige Bemerkungen über die Katalanen aus. Ich holte sie an unseren Tisch zurück und zeigte ihr das Buch, das April mir geliehen hatte: *Geschichten, die die Füße erzählen.*

»Carmen«, raunte ich, »hättest du nicht Lust auf eine Fußmassage? Deine Füße müssen doch furchtbar müde sein, sie haben den ganzen Tag in hochhackigen Schuhen gesteckt.«

Ich zeigte ihr ein paar Abbildungen. »Schau mal, in dieser Grafik kannst du sehen, wo der Magen ist, und die Schilddrüse, die Lungen, das Herz, einfach alles. Und durch die Berührung der Fußsohlen kannst du Dinge heilen, die nicht in Ordnung sind.« Ich übersetzte: »Hier, wenn du auf diesen Punkt drückst, werden Schulterschmerzen und Probleme mit der Speichelabsonderung behandelt. Hier haben wir Blutvergiftung, Streß, Ödeme, Nierenerkrankungen, und hier, gleich unter deinem rechten großen Zeh, Gewichtsprobleme, Angst und Haarausfall.«

»Haarausfall?« Sie schnappte sich das Buch. »Das ist gut, den Punkt sollte ich kennen. Wo sitzt der?«

»Komm mit mir zu Ana, da zeig' ich ihn dir.« Ich nahm ihr das Buch wieder weg. »Es ist am besten, es direkt vorzuführen.«

Sie willigte ein, sich von mir aus dem Club auf die Straße locken zu lassen, und so machten wir uns auf den Rückweg durch das Viertel zur Ramblas hinüber, die Arme so liebevoll untergehakt, wie es Frauen untereinander in Spanien dürfen. Bald hielt sie an und drehte sich zu mir. »Cassandra«, sagte sie. »Ich würde sehr gern mit zu dir gehen. Aber heute abend geht es nicht. Meine Mutter wartet auf mich.«

Ich schob sie in einen dunklen Hauseingang. Im Grunde hatte ich es nicht anders erwartet. Carmen küßte mich leidenschaftlich und stöhnte. Sanft rieb sie ihr Knie in meinen Schritt. Wie diese Frau mich hinhielt! »Carmen, Carmen, *Querida*...«

»Nein, Cassandra.« Sie war hart, aber freundlich. *»No es posible.«*

Wir gingen weiter. Ein kleiner Dieb sprang aus einem Hausschatten hervor und versuchte, sich mit Carmens Handtasche aus dem Staub zu machen. Aber sie knallte ihm eine mit dem Handrücken und schrie irgendeinen rachelüsternen andalusischen Fluch von Messern und empfindlichen Teilen der männlichen Anatomie.

Am Hafenende der Ramblas sitzen die Tarotkartenleserinnen, jede an einem eigenen kleinen Tisch, mit je einem Windlicht und einem Schild, das die Zukunft aus Händen und Karten verspricht.

Dunkelhäutige junge Zigeunerinnen riefen uns auffordernd an, als wir vorbeischlenderten: »Kommen Sie, lassen Sie mich Ihr Schicksal weissagen.« Carmen ignorierte sie, aber mich packte die Neugier.

Ich setzte mich an einen der kleinen Tische, und eine Frau mit glitzernden Augen und einem Turban griff sich meine Hand und starrte sie an.

»Erfolg, aber kein Geld, Reisen, viele Reisen, Abenteuer. Hüte dich vor einer Frau mit schwarzem Haar.«

»Wer ist sie?« fragte ich. »Können Sie sie deutlicher sehen?«

Carmen schüttelte den Kopf.

»Ist sie groß und üppig? Hat sie Locken?«

»Sie ist draußen, sie ist nackt.«

»Wer ist das, Cassandra?« fragte Carmen gebieterisch.

»Sie ist sehr, sehr fett.« Die Zigeunerin beugte sich dichter über meine Hand. »Ich sehe Vögel. Papageien.«

»Ach du lieber Himmel!« sagte ich.

»Sie ist in einem Urwald. Ja. Nackt in einem Urwald. Mit Papageien. Hüte dich vor ihr.«

Ich brachte Carmen zum Taxi und ging dann wieder los Richtung Jazzclub. Es war spät, und es gab keinen Grund, noch einmal mit Hamilton zu reden. Ich wollte auch gar nicht mit ihm reden. Aber ich wollte wissen, wohin er nach der Vorstellung ging.

Ich hatte kurze Haare und meine kurze Lederjacke an. Ich war in den letzten Tagen dauernd für einen Mann gehalten worden. Ich brauchte also keine Angst zu haben. Aber als ich von der Ramblas in die engen, gewundenen Sträßchen des unteren Barri Gòtic bog, beschlich mich das Gefühl, daß mir jemand folgte.

War es nur das Echo meiner eigenen Schritte? Mehrmals drehte ich mich um und sah niemanden, dann wieder sah ich ein Pärchen oder eine Gruppe von Menschen. Ich ging schneller und versuchte, in den besser ausgeleuchteten Straßen zu bleiben.

Nein, es war keine Einbildung. Ich wurde verfolgt. Ein Mann in Schwarz, sein Gesicht unter einer tief heruntergezogenen Hutkrempe verborgen, war hinter mir her, an seiner Schulter hing unheilkündend ein dicker Sack. Ich hörte seinen Atem bedrohlich nah, hörte die leisen Sohlen seiner Lederschuhe über das Kopfsteinpflaster gleiten. »Warten Sie!« sagte er in gebrochenem Kastilisch.

Ich rannte wie der Teufel. Als ich in die Straße einbog, in der der Jazzclub lag, sah ich gerade noch Hamilton hinter dem blondierten Kellner auf einen Motorroller steigen und davonbrausen. Er warf nicht einen Blick in meine Richtung.

Ich hatte doch nicht wirklich geglaubt, Hamilton sei hinter mir her, oder? Ein Pulk lachender *Modernos* strömte aus dem Club, und ich schloß mich ihnen an, bis wir zu einer Straße kamen, wo ich ein Taxi heranwinken konnte.

Meinen Verfolger war ich los — aber auch die Gelegenheit, herauszubekommen, wohin Hamilton fuhr.

Das Telefon klingelte viel zu früh am nächsten Morgen. Ich stolperte aus dem Gästezimmer durch den Flur voller Gerümpel und Antiquitäten, verfluchte Anas Sammelfimmel und griff mir den Hörer.

»Cassandra«, jammerte eine vertraute Altstimme. »Sie haben mir mein Kind gestohlen.«

13

Das Hotel, in dem Frankie sich verkrochen hatte, lag im Barri Xines. Es war nicht weit vom Palau Güell entfernt, dem Stadthaus, das Gaudí seinem Lieblingsmäzen zu einer Zeit gebaut hatte, als dies ein aufstrebendes und noch kein heruntergekommenes Viertel war. Eingezwängt zwischen schäbigen Gebäuden, in deren Schaufenstern Objekte ausgebreitet lagen, die nützlich und schlüpfrig zugleich waren, hatte der Palast sein Geheimnis bewahrt. Gaudís architektonisches Wunder präsentierte sich innen mit Räumen, in denen man sich vorkam wie in einem riesigen mittelalterlichen Schloß. Hohe Decken mit einer durchbrochenen Täfelung aus bemaltem Holz, lange Flure, die das Auge mit ihren großartigen Perspektiven zum Narren hielten, wunderschöne Bogenfenster, durch die der Blick völlig überraschend auf trostlose Straßen und Mietshäuser statt auf bewaldete Landsitze und in Nebel gehüllte Seen fiel.

Ich erinnerte mich an eine Geschichte, die Ana mir einmal in ihrer distanzierten, leicht ironischen Art erzählt hatte. Eines Tages war sie zu einem Empfang im Palau Güell gegangen. Der Empfang hatte zu Ehren eines bekannten Architekten stattgefunden, alle hatten mit Gläsern in den Händen herumgestanden und in der förmlichen und verhaltenen Art geplaudert, die bei solchen Anlässen üblich ist. Bis irgend jemand zufällig bemerkte, daß auf der anderen Straßenseite in einem hell erleuchteten Zimmer eine Bande Taschendiebe zu sehen war, die auf einem schäbigen Bett zahllose Uhren, Goldketten, Ringe und Brieftaschen ausbreiteten. Die Architekten hatten sich einer nach dem anderen am Fenster eingefunden, bis die ganze Gruppe dort stand und schweigend und sehr fasziniert zusah, wie die Diebe ihre Beute aufteilten.

Frankies Hotel, das Kein-Sterne-Hotel Palacio, war nicht das schlechteste, in dem ich je gewesen war — diese Ehre gebührte einer Spelunke in Kalkutta, je weniger darüber gesagt wird, desto besser —, aber es war wahrscheinlich auch nicht das, was Ben unter einem passenden Aufenthaltsort für Delilah verstand. Eine schmutzige Holztreppe führte zu einer kleinen Eingangshalle im ersten Stock, wo ein abgehärmtes Schwesternpaar mich durchdringend anstarrte, bevor es mir den Weg einen trübe beleuchteten Korridor entlang zu Frankies Zimmer wies.

Frankie erwartete mich in Leggins und einem modischen, königsblauen Pullover, aber irgendwie gelang es ihr trotzdem, an eine Tennessee Williams-Heldin im fortgeschrittenen Negligé-Stadium zu erinnern. Sie rauchte Kette, ihre Nägel waren abgebrochen und zerkaut. Als sie mich sah, brach sie in Tränen aus.

»Du bist die einzige, die mir helfen kann«, schluchzte sie und warf sich auf das durchgelegene Bett, über dem ein Bildnis der Jungfrau Maria in Blau hing.

»Bevor wir uns über die Frage des Helfens unterhalten, müssen wir ein paar Dinge klären, Frankie.«

»Ich bin unschuldig«, sagte sie. »Schreib es der Liebe einer Mutter zu. Ich war verzweifelt, daß man mir Delilah weggenommen hat, einfach so, ohne ein Wort der Erklärung oder einen Abschiedsgruß. Ich dachte, also gut, wenn die sich so benehmen wollen, kann ich das auch. Ich habe sie nicht mit Gewalt entführt, ich bin einfach reingeschlichen, um sie zu sehen, habe sie sanft in meine Arme genommen und bin mit ihr weggegangen.«

»Ohne daß dir irgendwer geholfen hat?«

»Cassandra, würden Ben oder April mir vielleicht helfen? Nachdem sie sich wie Diebe nach Barcelona gestohlen haben?«

»Was ist mit Hamilton?«

»Hamilton hat keinen Grund, mir zu helfen.«

Das war mir rätselhaft. Wenn von den dreien irgendwer bei der Entführung assistiert hatte, dann wäre doch jetzt der Zeitpunkt gekommen, die betreffende Person zu verraten. Konnte es jemand anders sein, hier in Barcelona? Jemand, von dem ich nichts wußte? Vielleicht lag es daran, daß ich zu wenig geschlafen hatte. Ich bekam Kopfschmerzen.

»Bitte einmal ganz von vorn«, sagte ich. »Du bist irgendwann ins La Pedrera gegangen, als April allein war, bevor ich vorbeikam. Du hattest das Haus schon vorher ausgekundschaftet, und da wir annehmen, daß du keinerlei Komplizen hattest, um dich reinzulassen, hast du den *Portero* bestochen, dir einen Wohnungsschlüssel nachzumachen. Du bist in die Wohnung gegangen, aber bevor du Delilah holen konntest, kamen Hamilton und Ben nach Hause, und du bist in Panik geraten. Du bist aufs Dach geflüchtet, wo dich Ben in die Mangel nahm, bist dann wieder nach unten gelaufen, hast es geschafft, dir Delilah zu schnappen, sie raus auf die Straße zu bringen und ein Taxi aufzutreiben. Alles ohne Hilfe. Dann bist du also in dieses Hotel gegangen, wo dich deiner Einschätzung nach niemand finden würde, und welches in einer ziemlich finsteren Gegend liegt, falls du das nicht bemerkt haben solltest... und was passierte weiter?«

»Das versuche ich dir seit einer Viertelstunde zu erzählen, Cassandra. Du hast mit deinen Anschuldigungen wertvolle Zeit vergeudet.«

»Ich habe nur versucht, den Gang der Ereignisse festzuhalten«, sagte ich. »Ich sehe nicht den geringsten Grund, warum ich dir helfen sollte, vor allem nachdem du mich nach Strich und Faden belogen hast.« Ich tat, als wollte ich gehen.

»Geh nicht«, jammerte Frankie und packte meinen Arm. »Ich weiß, daß ich dich belogen habe. Aber ich hatte keine andere Wahl. Die Wahrheit hättest du doch nicht geglaubt.«

»Stimmt.« Ich setzte mich neben sie. »Hätte ich nicht, und vielleicht glaube ich sie immer noch nicht. Wie auch immer diese Wahrheit lauten mag.«

»Das einzig wichtige ist, daß Delilah verschwunden ist. Schon seit über zwei Stunden!«

»Wann hast du bemerkt, daß sie nicht mehr da war?«

»Heute morgen. Du weißt, in diesen Hotels sind die Toiletten nicht im Zimmer, sondern auf dem Flur. So um sieben heute morgen stand Delilah auf und sagte, sie müßte zur Toilette. Ich schlief noch halb, ich habe sie kaum gehört und muß wieder eingeschlafen sein. Als ich aufwachte, war es halb neun und sie war nicht in ihrem Bett. Ich dachte, sie hätte sich vielleicht im Hotel verirrt oder wäre unten in der Eingangshalle, also bin ich rumgerannt und habe sie gesucht. Sie war nirgends. Dann habe ich dich angerufen.«

Ich warf einen Blick auf meine Uhr. Es war halb zehn. »Meinst du, sie kann nach draußen auf die Straße gegangen sein?« Wenn sie das getan hatte, konnte ihr alles mögliche zugestoßen sein.

Aber Frankie weigerte sich, das zu glauben, vielleicht war die Vorstellung zu grauenvoll, Delilah könnte von Verbrechern aufgelesen worden sein, die auf Lösegeld aus sein oder sie verkaufen mochten. »Ich bin sicher, es war Ben«, sagte sie.

»Aber Ben hat doch keine Ahnung, wohin du Delilah gebracht hast«, argumentierte ich. »Sie dachte, du wärst mit ihr zum Flughafen und zurück nach San Francisco. Wir haben die halbe Nacht dort verbracht, und auf dem Bahnhof.«

»Wäre ich doch nur nach San Francisco zurückgeflogen«, stöhnte Frankie.

»Wie hätte Ben also ahnen sollen, daß du noch in Barcelona bist?«

»Ich habe es ihr gesagt.«

»Du hast es ihr gesagt?«

»Selbstverständlich«, sagte Frankie. »Ich bin nicht so wie sie und April. Ich wollte nicht, daß sie sich Sorgen machen.«

»Na, wenn du es ihnen gesagt hast, warum wunderst du dich dann, daß sie dich finden? Und daß sie Delilah zurückgeholt haben?«

»Weil ich ihnen nicht gesagt habe, wo ich bin. Es gibt Hunderte von Hotels in Barcelona. Woher hätten sie wissen sollen, daß ich in diesem bin?«

Eine gute Frage. Wenn ich Frankie in den besten Hotels nicht finden konnte, wie sollten Ben und April, die kaum Spanisch sprachen, sie in einem der schlechtesten finden?

»Ich habe auch nicht angerufen«, sagte Frankie. »Ich habe einen Taxifahrer mit einer Nachricht in die Wohnung geschickt. Da stand nichts weiter drauf als: 'Delilah ist sicher bei mir. Ich werde mich bald bei euch melden, um neue Sorgerechtsregelungen zu besprechen.'«

Ich wußte nicht, was ich denken sollte. Mir war der Gedanke, daß es Ben und April irgendwie gelungen war, die Adresse des Hotels aus dem Taxifahrer herauszubekommen, weitaus angenehmer als die Vorstellung, Delilah sei auf offener Straße von Profikidnappern aufgegriffen worden. Trotzdem paßte das alles nicht zusammen. Wenn April und Ben wußten, wo Delilah war, warum hatten sie mir nicht Bescheid gegeben? Als ich Hamilton gestern abend ausfragte, hatte er kein Wort gesagt. Vielleicht hatten sie es ihm nicht erzählt?

»Frankie«, sagte ich. »Wenn du meinst, daß Ben und April Delilah haben, und wenn du weißt, wo sie wohnen, warum gehst du nicht einfach hin und redest mit ihnen über alles? Wozu brauchst du mich?«

Frankies schmale Lippen zitterten. »Du mußt mitkommen.«

»Aber warum denn?«

»Darum. Weil ich Angst vor ihnen habe.« Frankie brach wieder in Tränen aus.

* * *

So hatte ich mir meinen Aufenthalt in Barcelona nicht vorgestellt: rasende Taxifahrten mit Müttern, die gerade ihr Kind verloren hatten. Bislang hatte ich diese Stadt immer in gemütlichem Tempo erobert. Lange Vormittage in Cafés, wo ich Zeitschriften und Bücher las, nahtlos übergehend in ernsthafte Mittagessen mit Ana oder anderen Freundinnen. Nachmittage waren für ein Nickerchen oder einen Bummel durch die Straßen gut, unterbrochen von Aufenthalten in Buchläden und wieder in Cafés. Dann schillernde Abende, angefüllt mit gutem Essen, heißer Musik und Gesprächen.

Jetzt hatte ich das Gefühl, daß sogar Gaudís Architektur, die immer einen wunderschönen Hintergrund für meine Streifzüge abgegeben hatte, nie mehr die alte für mich sein würde.

Mit quietschenden Reifen hielten wir vor der Tür von La Pedrera, gingen hinein und fuhren mit dem Fahrstuhl nach oben. Frankie klammerte sich an meinen Arm und rauchte ununterbrochen. Meinem Kopf ging es überhaupt nicht besser.

Wir klopften, und April kam zur Tür. Sie ließ ihre weit aufgerissenen, dunklen Augen von mir zu Frankie wandern — mit einem Ausdruck, den ich nicht lesen konnte. »Ben!« rief sie leicht verunsichert. »Ben, sie haben Delilah zurückgebracht.«

Dann bemerkte sie, daß Delilah nicht dabei war. Aber nicht rechtzeitig genug, um Ben zu warnen, die mit nichts als einem Handtuch um ihre Taille aus der Dusche gestürzt kam. Was hat sie eigentlich, das ich nicht habe, dachte ich. Abgesehen von fünfzehn Jahren oder so und einer tätowierten tanzenden Frau auf der rechten Schulter.

»Wo ist sie? Wo ist Delilah?«

»Ich dachte, du hättest sie!« kreischte Frankie.

»Oh mein Gott!« sagte April. Und fiel in Ohnmacht.

Weder Ben noch Frankie schienen Aprils Bewußtlosigkeit zu bemerken, so daß es mir überlassen blieb, sie mit etwas Wasser aus einer Blumenvase wieder zu sich zu bringen, derweil Ben und Frankie sich anbrüllten. Vielleicht war es ja auch das Geschrei, das sie wieder zur Besinnung brachte.

»Was hast du mit Delilah gemacht?«

»Warum tust du so, als hättest du sie nicht?« Frankie packte Bens Arm, das Handtuch verrutschte und enthüllte steinharte Schenkel und eine Bauchdecke wie eine knotige Ahornholzplatte.

»April, April, mein Schatz«, murmelte ich. »Komm zu dir, April, ist alles in Ordnung? Soll ich dir die Füße reiben?«

»Du hast sie glatt unter meinen Augen weggestohlen, und jetzt denkst du, ich habe sie?«

»Du bist diejenige, die sie hat. Heute morgen hast du sie mitgenommen, als das arme kleine Ding zur Toilette mußte.«

»Wovon redest du überhaupt? Ich wußte ja gar nicht, wo ihr wart. Wie hätte ich sie also holen können?«

»Ich habe dir eine Nachricht geschickt. Deshalb hast du mich finden können. Tu also bloß nicht so, als hättest du sie nicht gekriegt.«

April stöhnte, ihre Wimpern flatterten. Ich mußte das heftige Verlangen unterdrücken, sie zu küssen. April, hätte ich am liebsten gesagt, was machen wir noch hier bei diesen beiden Verrückten? Laß uns zusammen fortgehen, nur du und ich, ich weiß, wir sind füreinander bestimmt. Sie schlug ihre schwarzen Augen auf und starrte mich an. »Liebling, ich wußte von Anfang an, daß du es bist«, hätte sie laut Drehbuch murmeln müssen. Statt dessen krächzte sie: »Wo bin ich?«

»Du warst schon immer so«, schrie Ben. »Eine Lüge nach der anderen, eine Ausrede nach der anderen. Mir wäre es scheißegal, wenn du dich per Operation in einen Elefanten verwandelt hättest, wenn du nur endlich einmal ehrlich wärst.«

»Du verstehst doch überhaupt nichts von Ehrlichkeit. Oder von menschlicher Freundlichkeit. Wenn du ehrlich wärst, oder freundlich, hättest du San Francisco nie verlassen, ohne mir Bescheid zu sagen. Meinst du, es war einfach, dich zu finden? Ich mußte meinen Job aufgeben, alles, um dir folgen zu können.«

Ich half April, aufzustehen, aber sie schien nicht an der Debatte teilnehmen zu wollen.

Frankie fuhr fort: »Ich habe Delilah ja nur mitgenommen, um dich dazu zu bringen, einer anderen Sorgerechtsregelung zuzustimmen.«

»Mit Kindesentführung bringst du mich bestimmt nicht dazu, in irgend etwas einzuwilligen.«

»Jedenfalls sind wir jetzt quitt. Ich habe Delilah nicht, und du auch nicht«, sagte Frankie selbstgefällig. Aber dann kapierte sie, was das bedeutete. »Dann ist sie tatsächlich von Menschenhändlern entführt worden.«

Beide brachen erschüttert in Tränen aus und fingen dann sofort wieder an, sich gegenseitig Vorwürfe zu machen.

April sagte: »Ich glaube, ich brauche etwas frische Luft.«

* * *

Ich führte April sanft wie eine Kranke durch die winzige Passage de la Concepción, die von der Gràcia zur Rambla de Catalunya geht, und setzte sie an einen der schattigen Tische, die auf einem verkehrsumtosten grünen Mittelstreifen standen und zu einem Straßencafé gehörten. Die Autos rasten auf beiden Seiten an uns vorbei, es war nicht gerade der ruhigste Ort für ein Gespräch. Aber in Barcelona gibt es nicht viele ruhige Plätzchen. Ich saß oft in diesem Café, denn es lag direkt gegenüber dem Haus, in dem Ana wohnte.

»Arme April«, sagte ich mehrmals ermutigend, aber sie nickte nur mit ihrem schwarzen Krauskopf. Sie sah ein bißchen älter aus an diesem Morgen, mit einem goldenen Kaftan, der ein Bademantel hätte sein können, dunkel behaarten Beinen und Birkenstock-Sandalen. Ich betete sie trotzdem an.

Ich bestellte Tee und *Ensaimadas*, die katalanische Version süßer Pasteten.

»Ich fühle mich so schuldig«, sagte sie endlich mit leiser, tonloser Stimme. »Frauen sollen Kinder lieben, Frauen sollen sich Kinder wünschen, Frauen sollen verrückt nach Babys und Kindern sein. Also gut, ich mag keine Kinder, ich meine, an sich, als Spezies. Und ich kann es nicht ertragen, wie Kinder der absolute *Mittelpunkt* im Leben sein können, wie Eltern sich solche *Kämpfe* um ein Kind liefern können.«

»Eine Sache, die für große katholische Familien spricht, ist die Tatsache, daß niemand besonders beachtet wird. Als ich Kind war, spielten sich die Kämpfe alle gegen alle ab.« Ich hielt inne. »Sag mal, heißt das, daß du Delilah nicht leiden kannst?«

»Ich hab' mich *bemüht,* Delilah gern zu haben...«

»Aber sie war von Anfang an der umknurrte Knochen?«

April schüttelte den Kopf. »Zuerst wußte ich ja nicht mal, daß Ben eine Tochter hat. Ich hätte wahrscheinlich gar nicht erst was mit ihr angefangen, wenn ich das gewußt hätte. Aber sieht sie vielleicht wie eine Mutter aus?«

Ich mußte den Kopf schütteln. Aus dem Augenwinkel sah ich, wie die Tür von Anas Haus aufging und ein großer, leuchtend bunt bemalter Pappmaché-Arm herauskam. Heute brachte Ana ihr mütterliches Bauwerk zum Heim der werdenden Mutter.

»Natürlich nicht, kein bißchen.« April kaute an ihrem klebrigen Backwerk. »Sie sieht aus wie ein Muskelprotz, wie ein kerlig-kesser Vater, wie...«

»Ein Junge.«

»Woher sollte ich wissen, daß sie eine Tochter hat? Sie hat sie nie erwähnt. Nichts als: 'April, du bist die einzige für mich. April, ich werde dich lieben bis ans Ende meiner Tage.'

Immerzu Blumen und Kärtchen und Anrufe, bis ich nachgab.«

»Dann hast du das mit Delilah erfahren. Und Frankie.«

»Sie war nicht nur Mutter, sondern auch noch eine Mutter mitten in einem Sorgerechtsstreit. Nicht nur in einem Sorgerechtsstreit, sondern auch noch in einem Streit über Geschlechterrollen. Darüber, wer die richtige Frau ist, wer das Recht hat, die Mutter zu sein.«

Ana hatte ihren langen Zopf unter eine Baskenmütze gesteckt, wie Arbeiter sie tragen. Sie lud gerade Arme und Beine auf den Rücksitz eines Autos, das sie sich geliehen hatte. Die Schenkel hatte sie nicht ganz verstauen können und eins der Rücksitzfenster runtergekurbelt. Das rot-gelbe Paar Beine ragte wild verdreht heraus.

»Vielleicht hätte ich ihnen helfen können«, sagte April, als führte sie ein Selbstgespräch. »Vielleicht hätte ich sie dazu bringen können, sich zu versöhnen. Aber das hätte bedeutet, mich auf die Beziehung festzulegen.«

»Und das konntest du nicht, weil Delilah da war.«

»Genau.«

»Aber warum seid ihr dann alle drei nach Barcelona gefahren, um von Frankie wegzukommen?«

April hatte ihre *Ensaimada* aufgegessen und stippte die Krümel genüßlich mit dem Finger vom Teller. »Das denken alle«, sagte sie. »Aber ich bin allein hergekommen. Ben ist mir gefolgt. Ich kann dir sagen, es war sehr schwierig. Seit einer Woche habe ich keine ruhige Minute mehr gehabt.«

Ana mühte sich ab, den Kopf des Körpers auf dem Beifahrersitz zu verstauen, wo er dann milde lächelnd thronte wie eine Totemgöttin. Plötzlich fiel bei mir der Groschen. Ich starrte April an, die in ihrem ziemlich müden Bademantel-Kaftan dasaß, und zum ersten Mal war ich nicht überwältigt von ihrem Moschusduft und ihrem sommersprossigen Busen.

»Du hast Delilah mit irgendwelchen K.O.-Kräutertropfen betäubt, hab' ich recht? Dann hast du Frankie in die Wohnung gelassen, damit sie sie entführen kann, so war's doch? Und als ich dann um halb acht aufkreuzte, hast du dich mit mir beschäftigt, um ein Alibi zu haben, stimmt's?«

April starrte mich traurig an. Ihr schwarzes Haar sah im Sonnenlicht grau aus, ihre kräftige Stimme zitterte. »Ich bin kein schlechter Mensch. Ich möchte auf keinen Fall, daß du mich für einen schlechten Menschen hältst.«

»Hast du denn gar nicht daran gedacht, daß Ben einen furchtbaren Schreck bekommen würde?«

»Es sollte ja nur für die eine Nacht sein, hat Frankie gesagt. Sie wollte Delilah nicht aus der Stadt bringen. Es sollte ein Mittel sein, um Verhandlungen führen zu können. Ich dachte — ich glaube, ich dachte, es wäre notwendig, Ben Angst einzujagen. Ich glaube, ich dachte, sie würden dann alle wieder nach San Francisco gehen.«

»Wie hat Frankie dich überredet? Ich denke, du kannst Frankie nicht leiden.«

»Ich weiß nicht, ob ich Frankie mag«, sagte April unglücklich. »Aber es hat nichts damit zu tun, wer sie ist oder was sie geworden ist.« Sie fing an zu weinen. »Das ist alles so kompliziert. Du würdest es nie verstehen. Und jetzt ist Delilah wirklich weg.«

»Also ist es ausgeschlossen, daß Ben Delilah heute morgen aus dem Hotel geklaut hat?«

»Ben und ich haben bis halb zehn geschlafen. Wir waren erschöpft, wir waren die halbe Nacht auf.«

»Aber Frankie hat doch eine Nachricht geschickt, daß Delilah in Sicherheit ist.«

»So eine Nachricht haben wir nie bekommen.«

»Warum mißtraut Hamilton dir eigentlich?«

Das schreckte sie auf. »Wie kommst du darauf, daß er mir mißtraut?«

»Gestern hat er dich den ganzen Abend nicht aus den Augen gelassen.«

»Er mißtraut mir nicht. Wir sind alte Freunde.«

»Seit wann?«

»Seit der Schule. Wir... haben zusammen im Orchester gespielt.«

»Wo war das?«

»Worauf willst du eigentlich hinaus, Cassandra?« Aprils Stimme klang hart, so hatte ich sie noch nicht erlebt. Sie stellte ihre Teetasse mit einem lauten Scheppern auf den Tisch.

»Ich will darauf hinaus, daß zwischen dir und Hamilton irgend etwas Merkwürdiges vor sich geht.«

»Du bist diejenige, die verdächtig ist.« Jetzt drehte sie den Spieß um. »Für Frankie arbeiten, und uns nach Barcelona hinterherhetzen. Höchstwahrscheinlich bist du diejenige, die sich Delilah heute morgen geschnappt hat. Frankie hat das alles eingefädelt, da bin ich sicher. Du tust so, als ob Delilah entführt wurde, während Frankie sie irgendwo versteckt hält.«

Einen Augenblick hörte sich ihr Verdacht richtig an. Mein Gott, genau so etwas wäre Frankie zuzutrauen. Aber dann erinnerte ich mich, wie verzweifelt sie im Hotel gewesen war. Das konnte sie nicht gespielt haben, oder doch?

Ohne mich darauf einzulassen, fragte ich: »Bist du bereit, wieder zum La Pedrera zu gehen und vernünftig darüber zu reden?«

»Geh du.« Sie rang um ihre Gelassenheit. »Ich muß eine Weile allein sein. Diese Auseinandersetzungen zwischen Frankie und Ben sind für dich vielleicht kein Kreuz, aber für mich. Ich kann das jetzt nicht ertragen.«

»Du kannst nicht so tun, als würde das alles nicht wirklich passieren, April. Delilah ist verschwunden, natürlich sind Frankie und Ben völlig durcheinander. Sie sind schließlich die Eltern.«

»Ich weiß«, sagte sie. Nach einer Weile fügte sie hinzu: »Ich möchte dir noch etwas sagen, aber nicht gerade jetzt. Läßt du mir ein paar Stunden Zeit, mich darauf vorzubereiten? Wir können uns zum Mittagessen treffen, im Markt bei der Ramblas, dem Mercat Sant Josep. Da gibt es ein Restaurant, Hamilton hat mich einmal zum Essen eingeladen.«

»Ich bin nicht sicher, ob ich dich aus den Augen lassen sollte«, sagte ich. »Warum kannst du es mir nicht jetzt sagen?«

»Weil…« Auf einmal klang ihre Stimme anders. »Was ist das denn? Da rennt jemand die Straße runter, mit einem… einem Kopf.«

Meine Augen folgten ihrem Zeigefinger. Ana hatte offenbar den Wagen nicht abgeschlossen, als sie nach oben ging, um weitere Körperteile zu holen, und tatsächlich, da stürmte jemand, ein junger Mann, mit dem friedlich lächelnden rot-gelben Pappmachékopf von Anas Gebärhaus über die Rambla de Catalunya.

Ich sprang von meinem Stuhl hoch und fegte hinter ihm her, aber er war zu schnell für mich. Ich verfolgte ihn den Mittelstreifen entlang, verlor ihn aber schließlich aus den Augen, als er in eine Seitenstraße eintauchte.

Ana stand am Auto, als ich mit leeren Händen zurückkehrte. Eine kleine Gruppe Nachbarn und Passanten hatte sich um sie geschart, um ihr zu berichten, was geschehen war. Sie diskutierten lautstark darüber, wie doch alles in Barcelona vor die Hunde ging. Jetzt stahlen sie schon Kunstwerke, gleich aus Autos!

»Der Kopf ist nicht so wichtig«, versuchte ich Ana zu trösten. »Viele Frauen werden Mutter, ohne ihren Kopf zu benutzen.«

»Ich bin spät dran«, fauchte Ana mich an, knallte die Autotür zu und fuhr wütend davon.

Ich wandte mich um zum Café und zur Fußmasseuse meiner Träume. Eigentlich hätte ich mich nicht wundern sollen.

April war verschwunden.

14

Auf dem Weg zurück durch die Pasage de la Concepción zum La Pedrera sah ich Ben und Frankie mir entgegenkommen. Ben hatte sich Jeans übergezogen und ein Sweatshirt mit dem Schriftzug eines Sportzentrums in San Francisco drauf. Sie marschierte vor Frankie durch die kleine Fußgängerstraße. Die beiden stritten noch immer.

»Ich verstehe einfach nicht, wieso du mich früher mit all meinen Macken und Verrücktheiten akzeptieren konntest, und mich jetzt so verurteilst«, sagte Frankie gerade. Im Gegensatz zu Ben, die ihre baseballbeschuhten Füße abwechselnd zu Boden setzte, als wären es Hanteln, glitt Frankie federnd in ihren spitzen Schuhen über das Pflaster.

»In Iowa hatten wir nur uns«, sagte Ben düster. »Wir mußten uns akzeptieren.«

»Ich bin nicht anders, als ich vor zehn Jahren war.«

Ben drehte sich zu ihr um. »Du bist total anders, Frankie. Wie kannst du nur sagen, du bist nicht anders?«

Frankie blieb ebenfalls stehen. »Wirst du das denn nie verstehen? Ich war nie ein Mann. Habe mich nie wie ein Mann gefühlt, nie wie einer ausgesehen, war nie einer innen. Ich war immer eine Frau.«

»Für mich hast du dich nicht wie eine Frau angefühlt.«

»Was weißt du denn schon, und was spielt das für eine Rolle?« Frankie verzog traurig ihr dreieckiges Gesicht. »Ich dachte, du würdest mich als die Person lieben, die ich war und bin. Meine Eigenschaften haben sich nie verändert, auch wenn ich einen anderen Körper habe.«

»Ich hab' dich doch gern, Frankie«, sagte Ben nach einer kurzen Pause. »Aber ich weiß nicht mehr, wie ich mit dir umgehen soll.«

»Manchmal denke ich, meine Fürsorglichkeit für Delilah bringt dein ganzes Selbstverständnis von Mutterschaft ins Schleudern. Wenn auch ich Mutter sein kann, was bedeutet dein Muttersein dann eigentlich?«

»Es gibt immer nur eine biologische Mutter«, sagte Ben. »So ist das nun einmal. Und die biologische Mutter hat immer andere Gefühle als der zweite Elternteil.«

»Das glaube ich nicht«, sagte Frankie. »Beim Muttersein geht es nicht um Biologie, es geht um Liebe.«

»Erzähl du mir jetzt nicht, daß die Biologie keine Rolle spielt«, schnauzte Ben sie an und ging wieder voraus. »Wir sind unsere Körper, unsere Körper machen uns zu dem, was wir sind. Mit der Biologie kann man nicht einfach Schindluder treiben.«

»Sagt die große Bodybuilderin«, meinte Frankie höhnisch.

Die beiden sahen mich.

»Wo ist April?« fragte Ben drohend.

»Ich... äh, also... ich weiß nicht genau.«

Frankie sah mich scharf an und verdrehte dann nervös die Augen.

»Was ist los, wo ist April?« wiederholte Ben und kam bedrohlich näher. »Ich weiß, daß du eben mit ihr zusammen warst. Was läuft zwischen euch ab?«

Es ist hart, einer Frau zu sagen, daß ihre Geliebte sie betrogen hat, ganz gleich, worin der Betrug besteht.

Zum Glück ergriff Frankie die Initiative. »Ben, hör zu, du mußtest es früher oder später doch erfahren. April hat mir gestern abend geholfen.«

»Das glaube ich dir nicht!«

»Es ist wahr, Ben«, sagte ich. »Frankie hatte das mit April zusammen geplant. April sollte sie in die Wohnung lassen, während ich da war, damit April ein Alibi hatte. Aber dann kam Hamilton nach Hause, und dann du, und... den Rest kennst du ja.«

»Ich glaube euch nicht«, sagte Ben wieder, ihr derbes Gesicht war schmerzverzerrt. »Warum hätte April mir das antun sollen? Sie liebt mich, sie liebt Delilah, sie war diejenige, die diese ganze Reise nach Barcelona geplant hat... Cassandra, du steckst mit Frankie unter einer Decke, ihr habt euch das ausgedacht.«

Frankies Stimme zitterte: »Kannst du es nicht in deinen Schädel reinkriegen, daß April keine Kinder mag?«

»Ich fürchte, das stimmt, Ben«, sagte ich. »April hat mir sowas gesagt, als wir draußen im Café saßen. Sie fühlt sich nicht wohl, wenn sie Kinder um sich hat. Übrigens sagt sie, du wärst ihr nach Barcelona gefolgt.«

»Das würde April nie sagen!«

»Stimmt das oder stimmt das nicht?« sagte Frankie mahnend. »Hast du deswegen Delilah aus der Schule genommen, deinen Job gekündigt und uns alle auseinandergerissen? Wegen irgendeiner kindischen Schwärmerei für eine Fußmasseuse?«

»Das ist doch jetzt egal«, jammerte Ben. »Delilah ist weg.« Sie fiel über Frankie her. »Es ist alles deine Schuld. Wenn du nicht gekommen wärst und den ganzen Ärger angefangen hättest, wäre überhaupt nichts passiert. April und ich machten gerade Fortschritte mit unserer Beziehung. Und jetzt ist sie weg.«

»Sie ist weg und hat Delilah mitgenommen«, meinte Frankie unheilverkündend. »Sie hat unsere Tochter heute morgen aus dem Hotel gestohlen.«

»Woher weißt du das, Frankie?«

»Wer hätte es sonst tun sollen?«

Ich versuchte, die Sache wieder auf eine halbwegs vernünftige Ebene zu bringen. »Warum hätte April Delilah entführen sollen, Frankie?«

»Du denkst doch auch, daß sie es war, gib es doch zu!«

»Na ja, jedenfalls hat sie gesagt, daß sie mir unbedingt etwas erzählen muß. Wir sind in einer Stunde im Restaurant am Mercat Sant Josep verabredet. Vielleicht hat sie ein schlechtes Gewissen, weil sie dir gestern abend geholfen hat.«

»Aber heute morgen, als ihr beide ohne Delilah aufgetaucht seid, ist sie in Ohnmacht gefallen«, sagte Ben. »Beweist das nicht, daß sie unschuldig ist?«

»Vielleicht ist sie nur übersensibel«, sagte Frankie. »Das ist bei diesen spirituellen Typen oft so.«

»April hat mir erzählt, daß ihr bis halb zehn geschlafen habt, Ben. Hättest du nicht gemerkt, wenn sie rausgegangen wäre?«

»Sie schläft in einem anderen Zimmer«, sagte Ben gequält. »Wir schlafen nicht in einem Bett.«

Aber dieses Eingeständnis war offensichtlich zuviel für sie. Kaum daß sie es ausgesprochen hatte, drehte sie sich auf dem Absatz um, rannte den Weg, den sie gekommen war, zur Passeig de Gràcia zurück und verschwand in einem vorbeifahrenden Taxi.

»Komm«, sagte Frankie und nahm meinen Arm. »Rede mit mir.«

* * *

Wir ließen uns auf dieselben Stühle nieder, auf denen April und ich eben gesessen hatten, und bestellten *Cafés con leche*.

»Glaubst du wirklich, daß April Delilah hat?« fragte Frankie besorgt und zündete sich eine Camel an.

»Ich hoffe es.«

Frankie seufzte. »Ben und ihre Frauen! Und da behauptet sie, *ich* sei unbeständig.« Sie schlug die Beine übereinander und warf sich in die Pose der Gekränkten. »Sie nennt mich eine Lügnerin! Verglichen mit ihr bin ich eine Amateurin. Findest du es vielleicht normal, daß wir alle hier in Barcelona rumhocken müssen, nur weil Ben sich in sonstwen vergafft hat.«

Ich mußte lächeln. »Also, was hast du April gestern nachmittag erzählt, um sie zu überreden, dir zu helfen?«

Frankie legte einen Finger auf ihre roten Lippen. »Ich habe meine Mittel und Wege.«

»Hast du ihr Geld angeboten? Hast du sie erpreßt?«

»Du meinst, ob ich gedroht habe, öffentlich zu machen, daß sie ihre Reflexzonenmassage unter Vorspiegelung falscher Tatsachen betreibt? Nein, ich habe einfach nur vorgeschlagen, ihr Delilah mal eine Weile abzunehmen. Weißt du, mir war schon in San Francisco aufgefallen, daß April nie besonders erfreut war, Delilah wiederzusehen, wenn ich sie nach dem Wochenende zurückbrachte.«

Der Kellner kam aus dem Café an der Ecke und überquerte die Straße mit unseren Kaffees.

Frankie war jetzt richtig in Fahrt gekommen und zürnte weiter: »Wenn man Ben so reden hört, könnte man meinen, es sei ihre Idee gewesen, ein Kind zu bekommen, und sie würde die ganze Verantwortung für Delilah allein tragen. Dabei war es *meine* Idee. Ich war diejenige, die ein Kind wollte.«

»Ben sagte, ihr hättet euch auf dem College kennengelernt.«

»So war es. Wir waren unzertrennlich. Wir haben zwei Jahre lang zusammengewohnt, und dann haben wir geheiratet. Wir hingen wie die Kletten aneinander.«

»Wie kommt es dann, daß sie nicht wußte, was mit dir los war? Warum habt ihr euch nicht wirklich gekannt?«

»Ich habe gesagt, unsere Beziehung war eng, ich habe nicht gesagt, daß wir auch nur einmal richtig miteinander geredet hätten. Herrgott nochmal, wir waren achtzehn, als wir uns kennenlernten, einundzwanzig, als wir Delilah bekamen. Ich hatte noch keinen Schimmer, wer ich war. Gut, ich hatte dieses Gefühl, aber ich dachte, das würde sich geben. Tat es aber nicht, und ich bin froh darüber. In mancher Hinsicht fange ich mein Leben gerade erst an, und das ist sehr aufregend. Endlich lebe ich mein Leben so, wie ich es will. Aber das heißt doch nicht, daß ich kein Recht darauf habe, Mutter zu sein. Ich bin ein Elternteil, ich habe ein Kind. Und niemand darf sie mir wegnehmen.«

»Frankie, du und Ben, ihr müßt diese Geschichte auf die Reihe kriegen. So ist das nicht gut für Delilah.«

»Ben und ihre Frauen sind nicht gut für Delilah«, sagte sie störrisch. »Delilah und ich kommen prima klar.«

»Was ist mit dir, hast du keine Beziehung?«

»Zur Zeit nicht«, sagte sie. »Eines Tages werde ich den richtigen Mann finden. Ich bin nicht wie Ben. Wenn ich an jemandem hänge, dann bleibt das auch so.«

Wo wir gerade von Anhänglichkeit sprachen...

Der Kopf kam die Straße herunter, auf zwei jeansblauen Beinen. Sie lächelte immer noch unerbittlich.

»Entschuldige mich einen Moment«, sagte ich und flitzte über die Straße. Es war nicht mein durchtrainierter Körper, sondern Glück und Koffein machten es möglich, daß ich den Jungen schnappte. Plus die Tatsache, daß er nicht rannte.

»Na, wo willst du denn hin, *Ladrón?*« rief ich.

Aber er war kein richtiger Dieb, sondern nur ein Student, der sich die Sache nochmal überlegt hatte.

»Ich dachte, er würde sich in meinem Zimmer gut machen«, entschuldigte er sich. »Es tut mir wirklich sehr leid. Ich wollte ihn dahin zurückbringen, wo ich ihn her hatte.«

Mit treuherzigem Blick übergab er mir den Kopf. Ich brachte es nicht fertig, ihm eine Standpauke zu halten.

»Mutti ist wieder hier!« rief ich und drehte mich zu Frankie um. Aber sie war nicht mehr da.

Der Mercat Sant Josep war eine Markthalle aus dem neunzehnten Jahrhundert, eine Konstruktion aus Glas und Schmiedeeisen in der Tradition der Bahnhofsarchitektur. Eine kleine Stadt aus Lebensmitteln: Häuser aus Apfelsinen und Bananen, Denkmäler aus getrockneten Aprikosen und Pfirsichen, Parks aus grünen und braunen Blättern. Die Käseverkäufer standen hinter Kisten mit frischem weißen *Queso de Burgos* und harten gelblichen Käsestücken aus den Pyrenäen. Wenn du sie fragtest, schnitten sie dir hundert Gramm salzigen Serrano-Schinken in hauchdünnen Scheiben ab, teilten ein fingerhutgroßes Stückchen Wurst auf oder verkauften dir eine ganze Kette fettiger, rostroter *Chorizo*. Um die Fleischstände, wo die gerupften Hühner am Balken baumelten wie Verräter am Galgen, machte ich immer einen Bogen, statt dessen zog es mich meist wie eine Unterwasserströmung zu den eisigen Fischständen, wo die Fischhändler nach all den sonnenlosen Jahren des Filetierens und Einwickelns so blaß aussahen wie ihr Fang.

Im Restaurant in der Markthalle setzte ich mich an einen Fenstertisch und bestellte mir als Mittagessen einen zünftigen Dreigänger, bestehend aus Salat, geschmortem Lamm mit Bratkartoffeln und *Crema Catalana* zum Nachtisch. Von April keine Spur.

Ich nahm mir viel Zeit fürs Essen. Ich trank eine kleine Karaffe Wein, anschließend Kaffee. Ich sah den Gemüsehändlern draußen vorm Restaurant zu, wie sie die welken äußeren Blätter einer ganzen Kiste voller Salat abzupften, aus Kartoffeln eine Barrikade gegen die Übergriffe raketenförmiger Hammelmöhren errichteten, ausgerückte Karotten mit grünen Schöpfen wie Seetang zurück in die Kiste warfen. Nach einer Weile fiel mir auf, daß jemand vor dem Restaurant stand und hereinstarrte. Er trug einen Rollkragenpullover und eine Wildlederjacke, einen Pferdeschwanz und eine sehr dunkle italienische Sonnenbrille. Er rauchte eine Zigarette, die er zwischen Daumen und Zeigefinger hielt.

Ich hatte ihn irgendwo schon mal gesehen... mir lief es kalt den Rücken runter. Vielleicht war das der Mann, der mir durch das Barri Gòtic gefolgt war. Ein professioneller Dieb —

oder jemand, den Frankie oder Ben oder vielleicht sogar April gekauft hatte, um mich zu beschatten und umzubringen.

Denn er beschattete ganz eindeutig irgendwen. Ich sah mich unauffällig im Restaurant um. Gab es jemanden, der mir bisher nicht aufgefallen war? Der kleine Raum war gedrängt voll, und die Kellner flitzten fachmännisch mit beladenen Tellern und Weinflaschen zwischen Küche und Tischen hin und her.

Dann sah ich, daß der Kerl nicht mich im Visier hatte, sondern eine ältere Frau, die vorn im Restaurant an der Bar saß. Kein Wunder, daß sie mir nicht aufgefallen war. Mit ihrem schwarzen Kopftuch, dem schwarzen Kleid und dem schwarzen Umhängetuch sah sie aus wie eine Witwe, die vom Land in die große Stadt gekommen war, um Verwandte zu besuchen. Sie saß auf einem Barhocker, aß ein Sandwich und trank Mineralwasser. Sie hielt den Kopf gesenkt und ließ ihre Augen unablässig herumwandern.

Etwas an diesem Augen war eigenartig.

Sie waren blau.

Ich war so verblüfft, daß ich meine Wasserkaraffe umwarf, und als ich wieder hochschaute, war sie verschwunden. Ebenso der Kerl in der Wildlederjacke. Hastig zahlte ich die Rechnung und rannte aus dem Restaurant, um die beiden zu suchen.

Es war zwei Uhr, *Siesta*. Einige Stände waren geschlossen, andere waren der Obhut eines Sohnes oder einer Tochter überlassen. Ein paar Männer schoben mit Besen herum, nur wenige Kunden waren unterwegs.

Da war sie, die kleine alte Dame in Schwarz. Aber sie ging so komisch, überhaupt nicht wie eine alte Frau und schon gar nicht wie eine Dame. Ob das Hamilton in Frauenkleidern war? Ich preßte mich flach gegen den heruntergelassenen Metallrolladen eines Stands und ließ die *Señora* durch den Gang passieren, der meinen kreuzte. Ein paar Sekunden später schlich der Mann mit der Sonnenbrille vorbei, aalglatt und geräuschlos wie ein Fisch im Aquarium. An einer Schulter trug er eine Ledertasche. Ja, das *war* er — der Mann mit dem bedrohlichen Sack, der mich von der Ramblas durch das Barri Gòtic verfolgt und zu Tode erschreckt hatte.

Ich quetschte mich in einen winzigen Spalt zwischen zwei Ständen und wartete, bis er vorbeigegangen war.

Das Nachmittagslicht sickerte oben durch die staubigen Fenster, eine unheimliche Stille schien sich über die große Halle zu senken. Ein Schauer des Grauens lief mir durch die Glieder, und mein Herz klopfte zum Zerspringen. Ich hatte das bestimmte Gefühl, gleich Zeugin von etwas Schrecklichem zu werden.

Ein Schrei zerriß die Luft.

Mit einem Satz war ich um die Ecke und sah die Witwe und den Kerl in tödlicher Umklammerung. Sie wälzten sich auf dem Boden, auf einem rasch platter werdenden Polster aus Bananen, die sie wohl zu Beginn des Handgemenges umgeworfen hatten.

»Aufhören! Aufhören!« schrie ein junges Mädchen in einer grünen Schürze. Sie erklärte mir und den anderen Leuten, die am Stand zusammengelaufen waren: »Sie fingen einfach an zu kämpfen, ich weiß nicht, warum.«

»Mira, das sind zwei Männer!« sagte jemand und versuchte, die beiden auseinander zu bringen.

»No, son dos mujeres«, sagte jemand anders.

Das schwarze Kopftuch der Witwe war heruntergefallen und hatte einen blonden Stoppelhaarschnitt entblößt, die Sonnenbrille des Schurken lag in Scherben. Die kämpfenden Körper waren mit Bananenmus beschmiert, die Wildlederjacke würde nie wieder die alte sein.

»Son maridos«, erklärte ich. Eheleute. Zumindest ein paar Menschen aus der Menge schienen mich zu verstehen. »Na ja, eigentlich«, gab ich dann zu, »sind sie geschieden.«

Ben erholte sich als erste. »Du hast gesagt, April wäre hier, mit Delilah«, beschuldigte sie mich.

»Ich schätze, das war ein Irrtum.«

Frankie löste ihren Pferdeschwanz und steckte sich eine Zigarette an. »Du siehst so lächerlich aus, Ben. Selbst vor meiner Operation habe ich es besser hingekriegt, als Frau durchzugehen.«

Ärgerlich riß sich Ben das Umhängetuch herunter. Ihre Muskeln drohten den dünnen Stoff über ihren Schultern zu sprengen.

»Was hab' ich dir getan, Frankie, daß du mich auf diese Weise verfolgst?«

»Du hast gedacht, du könntest einfach zum Restaurant kommen und Delilah mitnehmen.«

»Das hast wohl eher du gedacht!«

»Frankie, Ben«, warf ich ein. »Eure Tochter ist verschwunden. Was muß denn noch passieren, damit ihr euch ernsthaft Sorgen macht?«

»Du hältst den Mund, Cassandra«, sagte Ben, warf sich das Umschlagtuch über die Schulter und stampfte den Gang hinunter. »Was verstehst du schon davon? Du warst nie selber Mutter.«

Was für eine Entgegnung. Es verschlug mir die Sprache.

»Warte, Ben«, rief Frankie. »Ich komme mit, ob du willst oder nicht.«

»Heißt das, daß ich endgültig gefeuert bin?« rief ich Frankie hinterher.

Aber keine von beiden machte sich die Mühe zu antworten.

15

Es konnte natürlich sein, daß April tief in Gedanken versunken von einem Auto überfahren worden war wie weiland der arme Herr Gaudí von einer Straßenbahn, und daß sie jetzt irgendwo in einem Krankenhaus lag, ohne Papiere und Bewußtsein. Es war auch möglich, daß sie auf einer Parkbank eingeschlafen war, oder sie hatte das Gesetz übertreten und war im Gefängnis gelandet. Vielleicht hatte sogar jemand aus unserem kleinen Kreis sie um die Ecke gebracht.

Aber höchstwahrscheinlich, dachte ich, hatte April mich schlicht und ergreifend ausgetrickst, und ich war darauf hereingefallen. Warum sich die Mühe machen, etwas zu verbergen, wenn man einfach sich selbst verbergen kann?

Ich fand den Weg zum Hotel Palacio wieder und ging die schmutzigen Stufen zur Halle hoch. Eine der Schwestern saß reglos hinter dem Empfang. Zuerst dachte ich, sie sei eingeschlafen und hätte nur vergessen, die Augen zu schließen, aber dann schnaubte sie ein feinseliges *»Señor?«*, um mir zu verstehen zu geben, daß ich hier mit nichts durchkommen würde.

Ich überhörte den *Señor* und fragte höflich, ob sie heute morgen hier gearbeitet hatte, als das kleine Mädchen verschwand.

»Ich habe nichts gesehen«, sagte sie. Sie gehörte zu den alten Frauen, die ausdörren statt sanft in die Breite zu gehen. Auf einer Wange hatte sie ein großes, schwarzes Muttermal mit langen grauen Haaren.

Ich klappte meine Brieftasche auf und zeigte ihr meine Dauerkarte für die Londoner U-Bahn. »INTERPOL«, sagte ich knapp. »Wir gehen einem Hinweis der Guardia Civil nach. Ein sechsjähriges irisches Mädchen ist gestern aus seinem Elternhaus in Dublin entführt worden, entweder von der IRA oder von der UDA. Sie ist die Tochter des Premierministers. Wir haben ihre Spur bis zu diesem Hotel verfolgt.«

Die *Señora* zuckte nicht mit der Wimper. »Ich habe nichts gesehen.«

»Ist Ihnen bekannt, welche Strafe darauf steht, einen Agenten von INTERPOL zu belügen?«

»No vi nada«, wiederholte sie.

Hier mußten stärkere Geschütze aufgefahren werden. Wieder zückte ich meine Brieftasche und legte einen Tausend-Peseten-Schein auf den Tisch. Sie betrachtete ihn. Ich legte noch einen obendrauf. Sie griff zu.

»Nicht so schnell, *Señora.* Ist Ihnen bekannt, welche Strafe darauf steht, Bestechungsgelder anzunehmen?«

Sie legte eine senile Miene auf und fing an, unverständliches Zeug zu brabbeln – irgendwas über Mütter glaubte ich herauszuhören, aber da sie Katalanisch sprach, konnte ich es nicht mit Sicherheit sagen. Aus einem Hinterzimmer kam die Schwester, die das gleiche Muttermal hatte, nur auf der Stirn, und wollte wissen, was hier vor sich ging.

Ich verzichtete auf die INTERPOL-Geschichte und zeigte einfach auf die Peseten auf dem Tisch. »Wer hat das kleine Mädchen heute morgen mitgenommen?«

»Eine Frau, die sagte, sie sei die Mutter«, sagte die Schwester.

Wenn das Ben gewesen war, würde ich sie umbringen. Aber wir wußten ja schon, daß es Ben nicht leicht fiel, als Frau durchzugehen.

»War die Frau stattlich?«

Die Schwestern sahen sich an und nickten.

Gut, wenigstens wußte ich jetzt, daß es April war.

»Hat sie gesagt, wohin sie das kleine Mädchen bringt?«

Wie eine Frau schüttelten sie die kleinen, runzligen Köpfe.

Angesichts der Tatsache, daß mich die erste Schwester als *Señor* angesprochen hatte, maß ich der Antwort auf meine nächste Frage wenig Bedeutung bei, stellte sie aber trotzdem: »Sind Sie sicher, daß die Dame eine Frau war?«

»Sí, sí, las madres son mujeres, claro«, sagte die zweite Schwester bestimmt, als wäre ich ein Schwachsinniger.

In dem Punkt hatte sie wohl recht. Mütter waren Frauen. Früher zumindest war das wohl mal so.

Im hintersten Winkel hatte ich ja insgeheim Hamilton verdächtigt. Wie viel angenehmer wäre es, wenn er etwas damit zu tun hätte. Aber die Antwort der *Señoras* ließ keinen Zweifel. Es war April, die heute morgen zum Hotel gegangen war und Delilah mitgenommen hatte.

Die Frage war nur, was hatte sie mit ihr gemacht? Ein anderes Hotel wahrscheinlich. Aber wo?

Die heiße Frühlingssonne brannte mir auf den Pelz, und auf einmal fühlte ich mich ziemlich schlaff. Leute suchen ist harte Arbeit, deshalb war ich auch beim Ditchum nie gut gewesen. Ich hasse harte Arbeit.

Ich sah einen Schuhputzstand direkt neben dem Hotel Palacio und ging hin.

»Señor.« Mit einer ausholenden Geste forderte er mich auf, Platz zu nehmen.

Ich seufzte und bat ihn, meine Stiefel schön blank zu putzen. Ich fragte mich, ob Frankie wohl ähnlich zumute gewesen war, als Junge, der fest daran glaubte, ein Mädchen zu sein, während alle ihn wie einen Jungen behandelt hatten.

Der *Limpiabotas* war ein alter Kerl, bestimmt schon siebzig, der von seinem Schuhputzladen aus im Laufe der Jahre sicher schon viel gesehen hatte. Den Bürgerkrieg, die Franco-Zeit, den Übergang zur Sozialdemokratie. Ich fragte mich, ob er April und Delilah heute morgen gesehen hatte.

»Wann machen Sie morgens auf?«

»*Temprano*. Frühmorgens ist die beste Zeit für mich, wenn die Leute zur Arbeit gehen.«

»Haben Sie zufällig eine dicke Frau und ein kleines Mädchen, ein blondes, ungefähr sechs Jahre altes Mädchen, heute morgen aus dem Hotel kommen sehen?«

Er dachte nach. »Ich habe einen kleinen Jungen gesehen, der mit seiner Mutter aus dem Hotel kam, aber die *Señora* war nicht dick.«

»Sind Sie sicher, daß es ein kleiner Junge war?«

»*Sí, sí.*«

Es war eine Sache, mich mit Herr anzureden, aber Delilah mit ihren Rattenschwänzen und dem Kleid für einen Jungen zu halten, nein, das war unmöglich. Außerdem war April eine kräftige Frau. Die Schwestern hatten das bemerkt.

»Trotzdem danke.« Ich gab ihm ein Trinkgeld und ging zurück zur Ramblas.

Es war gegen drei, die *Siesta* war halb vorbei, und ich fühlte mich plötzlich zu müde, um weiter nachzudenken. Ich fuhr mit der U-Bahn von Liceu zur Diagonal, ging in Anas Wohnung sofort in mein Zimmer, legte mich ins Bett und fiel in tiefen Schlaf.

Ich träumte, ich würde auf einem kleinen Floß einen Fluß im Urwald entlangtreiben, über mir umschlangen sich Lianen und sperrten fast alles Sonnenlicht aus. Es war kühl und dunkelsmaragdgrün. Blutrote Papageien unterhielten sich über meinem Kopf in einer Sprache, die ich fast verstehen konnte — Katalanisch vielleicht. Zuerst war es angenehm, dort zu liegen und mich treiben zu lassen, aber nach einer Weile wurde ich unruhig. Mir fiel ein, daß ich nach jemandem suchen sollte. Von Zeit zu Zeit trieb ich an einer Hütte vorbei oder an etwas, das wie eine Hütte aussah, aber der Urwald war dicht und der Fluß trug mich schnell vorbei. Als ich rief, antwortete niemand.

Endlich, als der düstere Urwald in der Abenddämmerung immer dunkler wurde, als ich gerade anfing, mir wirklich Sorgen zu machen, kam eine Siedlung in Sicht. Als ich vorbeitrieb, schrie ich auf Spanisch »Ich bin Cristobels Tochter«, und sofort kamen Menschen aus den Hütten und stiegen in ihre Kanus. Fünf oder sechs paddelten auf mich zu. Ich sagte immer wieder »Ich bin Cristobels lange verschollene Tochter«, bis mir klar wurde, daß sie mich nicht verstehen konnten und daß sie mich, in der Tat, wahrscheinlich zum Abendessen verspeisen würden, wenn nicht Schlimmeres.

Sie waren weder Frau noch Mann, diese Dorfbewohner. Als sie mein Floß packten und es mit Tauen an ihren Kanus festmachten, fragte ich blöde (wenn man bedenkt, daß ich um mein Leben fürchtete): »Wurde Ihr Dorf schon mal im *National Geographic* beschrieben? Irgendwie kann ich mich nicht daran erinnern.«

»Uga-muga«, sagten sie.

Sie hatten Brüste, aber sie hatten auch einen Penis. Ihr glattes braunes Haar war lang, und sie trugen Knochen in ihren flachen Nasen. Ihre Augen waren unzivilisiert und feindselig. Hoffentlich stellen sie keinen Hokuspokus mit mir an, dachte ich besorgt, als sie mich in ihr Lager schleppten.

Die Siedlung war von Freudenfeuern hell erleuchtet, und eine gewaltige alte Person wartete auf mich, mit einem Ausdruck völligen Unglaubens im Gesicht. Diese Person befahl den Dorfbewohnern, mich auszuziehen. Ich wehrte mich, weniger aus Schamgefühl, sondern weil ich ahnte, daß sie mich wahrscheinlich irgendwann im Laufe des Abends verspeisen würden, aber sie setzten sich durch. Sie zwangen mich, vor diesem riesigen Zwitterwesen Platz zu nehmen, während die übrigen Dorfbewohner unverschämte Geräusche machten und auf die Stelle deuteten, wo mir ein Anhängsel fehlte.

Ich versuchte, ihnen zu erklären, daß María mich dazu gebracht hatte, diese Reise zu unternehmen, und daß ich meine Mutter – ich wollte sagen, meine Tochter – suche, aber dann wurde mir klar, daß diese Leute, die beide Geschlechter waren, die intensive Eigentumsbeziehung zwischen Müttern und Töchtern vielleicht nicht verstehen würden. Tatsächlich, es war kein einziges Kind zu sehen. Das Zwitterwesen brachte mich mit dem Schwenken einer Fackel, die jemand ihm/ihr gereicht hatte, zum Schweigen. Oh Gott, jetzt würden sie anfangen mich zu foltern, ich hatte es doch geahnt. Das große Wesen nahm einen meiner Füße in ihre/seine Hand und strich mit der Flamme über meine Fußsohle.

»Komisch«, sagte ich. »Das fühlt sich gar nicht schlecht an.« Aber das Feuer wurde heißer und heißer, die Augen des Hermaphroditen bohrten sich brennend in meine, irgend etwas stimmte hier nicht...

»Cassandra«, sagte Ana. »Telefon.«

»Gott sei Dank, daß du mich geweckt hast.« Ich schüttelte benommen den Kopf. »Ich war in einem Urwald, sie wollten mich verspeisen, sie haben kein Spanisch verstanden und wollten irgendwas mit meinen Füßen anstellen.«

Ana rüttelte an meiner Schulter. »Wach auf, Cassandra, Ben ist am Telefon.«

Ich taumelte rüber ins Wohnzimmer. Nie wieder würde ich so viel zu Mittag essen und danach *Siesta* halten. Wer waren diese Leute, worum ging es überhaupt?

Als hätte sie mich nicht vor zwei Stunden gerade wütend davonstampfend stehenlassen, fragte Ben: »Hast du April gefunden?«

Ich war noch nicht wieder ganz raus aus dem Urwald und zurück in Barcelona. »April?«

»Ist April mit Delilah in der Markthalle aufgekreuzt?«

»Ach so, April. Ach so, Delilah. Ja. Nein.«

»Cassandra – was ist los?«

»April hat sich nicht blicken lassen, also bin ich wieder zu dem Hotel gegangen, in dem Frankie gewohnt hat, und habe die Frauen am Empfang ausgefragt. Die haben dann schließlich gesagt, daß Delilah heute früh von einer Frau abgeholt wurde, die behauptet hat, sie sei Delilahs Mutter.«

Ben ließ den Hörer fallen und fing an zu schreien: »Frankie, du hast mich schon wieder angeschissen! Du hast dir die Geschichte bloß ausgedacht, sagt Cassandra. Du hast dir Delilah selbst gestohlen.«

Vergeblich versuchte ich, mit dem baumelnden Hörer zu reden: »Nein, Ben, hör doch mal zu! Es war April. April hat Delilah entführt. Und April ist verschwunden.«

Frankie kam ans Telefon. »Cassandra, du lügst!« schrie sie. »Du warst heute morgen bei mir, du hast gesehen, wie verzweifelt ich war. Warum erfindest du jetzt diese Geschichte?«

»Frankie, warte«, sagte ich, aber auch sie hatte den Hörer fallen lassen. Ich konnte hören, wie die beiden sich anbrüllten.

Mir blieb nichts anderes übrig, als aufzulegen und zu warten, bis sie wieder anrufen würden.

Ana hatte alles mit angehört.

»Heißt das, sie haben ihr kleines Mädchen schon wieder verloren?« fragte sie.

»Ja, ich glaube, April hat sie jetzt. April ist die Fußmasseuse, von der ich dir erzählt habe.«

Ana schüttelte den Kopf. »Alle Frauen wollen Kinder«, meinte sie betrübt.

»Außer mir und April«, sagte ich. »Darum mache ich mir ja Sorgen.«

»Das brauchst du nicht«, sagte Ana. »Wenn du meinen Kopf finden konntest, kannst du mit Sicherheit auch ein kleines Mädchen finden.« Sie nahm meinen Arm. »Komm. Du mußt dir das neue Haus ansehen, das ich gerade baue.«

Sie führte mich in ihr Arbeitszimmer, wo ein Haufen amöbenartiger Formen herumlag.

»Was ist das?« fragte ich.

»Ich weiß noch nicht«, gab Ana zu. »Aber du warst doch jetzt so oft im La Pedrera, da habe ich wieder angefangen, über Gaudí nachzudenken. Alles, was ich bisher gemacht habe, war so gegenständlich – ich dachte, es würde mir Spaß machen, wieder mal mit organischen Formen zu arbeiten. Um von dieser ewig gleichen Schachtelei wegzukommen.«

Sie hob eins der Teile auf. »Die sind aus Fiberglas. Ich habe die Vorstellung, daß sie mit irgendeinem weichen Material umsäumt und die einzelnen Teile dann irgendwie miteinander verbunden werden können, vielleicht durch einen Klettverschluß, so daß sich das Kind ihr Haus selbst entwerfen kann. Ein Haus, das mal klein und eng, mal sehr groß und offen sein kann. Das viele Zimmer haben kann oder wenige. Wenn sie verreist, kann sie einen Teil mitnehmen, wenn sie möchte. Oder aus Einzelteilen ein Puppenhaus bauen oder eine kleine Höhle, in der sie sich zusammenrollen und lesen kann.«

Sie warf ihren langen Zopf über die Schulter. »Ich bin total begeistert von all den Formen, die so ein Haus annehmen kann. Und von der Vorstellung, was ein Kind damit alles anfangen könnte.«

Das Telefon klingelte wieder.

Ich meldete mich reserviert. Es war Frankie. »Cassandra, ich verlange eine Entschuldigung!«

»Hör zu, ich habe nie *gesagt*, daß du heute morgen gelogen hast. Ich habe lediglich gesagt, daß die beiden Frauen am Empfang behaupteten, eine Frau habe Delilah abgeholt, die vorgab, ihre Mutter zu sein. Es muß jemand gewesen sein, die Delilah kennt, darum vermute ich, daß es April war. Aber den Verdacht hatte ich schon vorher.«

»Aber warum hat April Delilah nicht zurückgebracht? Warum hat sie sich nicht bei uns gemeldet?«

»Ich weiß es nicht«, sagte ich. »Habt ihr Hamilton gefragt?«

»Was hat denn Hamilton damit zu tun?«

»Vielleicht weiß er etwas über April, was wir nicht wissen.«

Ben nahm den Hörer. »Was hast du da über Hamilton gesagt?«

»Ich sagte, meiner Meinung nach weiß Hamilton mehr, als er sagt.«

»Cassandra, das ist doch lächerlich. Er war dir gegenüber mißtrauisch, weiter hat er sich um die Sache nicht gekümmert.«

»Ich weiß«, sagte ich. »Und genau das macht *mich* mißtrauisch.«

»Hör mal, du mußt Delilah finden.«

»Vielleicht wird es auch langsam Zeit, zur Polizei gehen.«

»Wie zum Teufel sollen wir das alles auf Katalanisch erklären?«

Da hatte sie recht. »Ruft das amerikanische Konsulat an. Die können euch helfen.«

»Glaubst du, die haben für Leute wie uns besonders viel Verständnis?«

»Zahlt ihr etwa keine Steuern, wie alle anderen auch?«

»Na ja, ich zahle Steuern. Frankie nicht.«

»Ihr seid amerikanische Staatsbürger, die ihre Tochter verloren haben. Ihr habt ein Recht auf Hilfe.«

»Cassandra...«

»Hör mal, ich bin nicht deine Mutter.« Das verhängnisvolle Wort war mir so rausgerutscht.

»Du kannst dir doch gar nicht vorstellen, was es heißt, Mutter zu sein.«

Frankie riß den Hörer an sich. »Und das, nachdem ich dir so viel Geld gegeben habe.«

»Ich melde mich«, sagte ich kühl und legte auf.

»Gut gemacht, Cassandra«, sagte Ana. »Es ist ihr Problem. Sollen sie selber damit klarkommen.«

»Hm, ja.« Ich fragte mich, warum ich ihnen nicht wirklich zutraute, mit irgendwas klarzukommen, geschweige denn etwas zu unternehmen. Wahrscheinlich waren sie jetzt schon wieder dabei, sich anzuschreien und gegenseitig die Schuld in die Schuhe zu schieben.

»Ana, was hältst du davon?« sagte ich. »Hättest du Lust auf eine kleine Motorroller-Spritztour zum Barri Gòtic?«

16

Es war fast sieben. Um diese Zeit wird der späte Nachmittag schon von den schärferen Konturen des einsetzenden Abends aufpoliert. Es ist noch nicht Dämmerung mit der violetten Düsternis, die dieses Wort heraufbeschwört, auch nicht Sonnenuntergang mit seinen rot-goldenen Streifen, sondern die Tageszeit sich dunkel färbenden Grüns und fiebriger Süße. Während die abgestandene Nachmittagsluft sich geheimnisvoll auffrischt, gehen nach und nach die elektrischen Lichter an und erwecken weit über ihre bescheidene Wattleistung hinaus die Verheißung von Trubel und strahlendem Glanz.

Hinter Ana auf dem Roller zu sitzen, war immer ein erfrischendes, wenn auch haarsträubendes Erlebnis. Ihr intellektuelles Flair löste sich in Luft auf, und ein völlig neuer Mensch trat in Erscheinung: Ein hitziges, kriegerisches Wesen, das mutwillig die Kotflügel von Taxis schnitt, um Haaresbreite Fußgänger niedermähte und bei Straßenverstopfungen kurzerhand über den Bürgersteig bretterte.

Mit übermütigem Knattern preschten wir die Gràcia runter und fegten um die Springbrunnen auf der Plaça de Catalunya. Eigentlich hätten wir Helme tragen sollen, aber es fühlte sich so gut an, nichts zwischen uns und der frischen grünen Frühlingsluft zu haben. Dann ging es mitten durchs Verkehrsgewühl die Via Laietana runter, vorbei an den uralten römischen Stadtmauern mit dem dahinter aufragenden Glockenturm der Kathedrale, phantastisch angestrahlt wie etwas aus einem mittelalterlichen Traum. Und hinein ins Barri Gòtic, wie Götterboten auf eiliger Mission zischten wir über die Plaça de Sant Jaume. Während Ana im Vorbeiflitzen um ein Haar einen japanischen Touristen aufschlitzte, dachte ich, ich will nie wieder weg aus Barcelona, ich möchte für immer hierbleiben. Der alte Platz mit seinem Katzenkopfpflaster war von wuchtigen Renaissancebauten umringt, in denen die Landesregierung saß. Der von unten angestrahlte Palast schien frei über der Plaza zu schweben. Ich kam nicht dazu, Ana von meinem Entschluß zu erzählen, für immer hier zu bleiben. Schon war der romantische Platz Straßen gewichen, in denen es von Läden wimmelte und von Fußgängern, die uns geradezu herausforderten, sie umzubringen. Wir brausten die Carrer de Ferran entlang, dann die D'Avinyo und tief ins *Barrio* hinein, bis ich den Arm ausstreckte – Hier ist es! –, worauf Ana eine Vollbremsung machte und sich wieder in die Ruhe selbst verwandelte.

»Es sieht geschlossen aus.«

»Ich glaube, sie machen erst später auf.«

Steif kletterte ich vom Roller und zwang mich, auf die anliegende Aufgabe umzuschalten. Ich hämmerte gegen den Aluminiumrolladen vor der Tür. Nichts geschah.

»Laß uns mal hinten nachsehen«, schlug Ana vor.

Wir durchforsteten die enge Straße hinter dem Jazzclub und fanden einen Kücheneingang. Die Tür war nicht abgeschlossen. Wir gingen hinein. Von irgendwoher drangen die kühlen, bedächtigen Riffs eines Altsaxophons zu uns wie eine Kaskade aus perlenden Rinnsalen, feinem Sprühregen und einzelnen schweren Tropfen.

Wir standen in einem halbdunklen, vollgestellten Flur, in dem es stark nach abgestandenem Zigarettenqualm und schwach nach Urin stank. Von den Wänden blätterte der

Putz, alte Jazzposter und Zeitungsausschnitte waren darübergeklebt. Es war eine reichlich andere Szene als vorn in dem glänzenden Hightech-Clubraum. Das Sax, das wir hörten, mußte Hamilton sein, und es gab immerhin eine klitzekleine Chance, daß April ihm anvertraut hatte, was ich wissen wollte.

Ich machte Ana ein Zeichen, mir zu folgen, aber sie begutachtete fasziniert die Zeitungsausschnitte und Poster. Ich sah ihr an, wie ihr Sammlerinnenherz lachte, sie spekulierte schon, was für Schätze sie wohl in den Winkeln dieses Jazzclubs ausgraben könnte. Sie öffnete eine der Türen, die vom Flur abgingen. Dahinter lag der Aufenthaltsraum der Künstler, zahllose schmutzige Kaffeetassen standen auf dem Tisch und dreckige Handtücher lagen überall herum. Eine weitere Tür entpuppte sich als Zugang zu Toiletten und Lagerraum, hinter der dritten war eine Küche.

Dort saß ein verhutzelter alter Koch mit einem kleinen blonden Mädchen beim Kartenspiel.

»Ach. Na, wer sagt's denn«, sagte ich. »Schön, dich zu sehen.«

»Hallo«, meinte Delilah vorsichtig. In ihren Augen hinter den ernsthaften Brillengläsern stand die Frage: Was kommt jetzt?

»Erinnerst du dich an mich, Delilah?« fragte ich.

»Ja«, sagte sie. »Du warst im Park.«

»Richtig. Ich bin eine Freundin von deiner Mutter und deinem… von Frankie.«

Sie warf mir einen kurzen Blick zu. »Niemand ist mit Ben *und* mit Frankie befreundet.«

»Sagen wir mal, zuerst kannte ich Frankie und dann habe ich Ben und April kennengelernt.«

Wir machten uns reihum bekannt. Ana fragte den Koch auf Katalanisch, wie Delilah hierhergekommen war. Er nickte in Richtung Saxophon.

»Was haben sie gesagt?« fragte Delilah mich.

»Sie fragen sich, wer die Lady war, die dich heute früh aus dem Hotel geholt hat.«

Delilah lächelte und zeigte dabei ihre noch vollständigen Milchzähne. Sie trug Jeans und ein T-Shirt, auf dem *Yo ♥ Barcelona* stand. Ihre blonden Rattenschwänze steckten unter einer Baseballmütze der Giants, und auf einer Backe hatte sie einen Schokoladenfleck.

»Das war keine Lady«, sagte sie. »Das war Hamilton.«

»Hamilton? Ich dachte, es war April.«

Delilah seufzte und schüttelte wild den Kopf. »Es war Hamilton. Er hatte ein Kleid an.«

»Ein Kleid!«

»Und eine Perücke.« Delilah zog die Nase kraus. Ich wußte, von wem sie das hatte. »Und viel zu viel Make-up.«

»Delilah, hast du nicht daran gedacht, daß Frankie sich Sorgen machen würde, als du nicht ins Zimmer zurückkamst?«

»Hamilton sagte, er sagt Frankie Bescheid... hat er das nicht?«

»Nein, eigentlich nicht. Tatsache ist, daß weder Ben noch Frankie wissen, wo du steckst.«

Einen kurzen Augenblick lang hörte Delilah auf, ihre Karten zu mischen. Sie seufzte und knabberte ein bißchen an einem ihrer kleinen Fingernägel. Mit sechs hatte sie schon lernen müssen, sich der launenhaften Erwachsenenwelt zu fügen und diplomatisch vorzugehen. Das war ziemlich viel Verantwortung.

»Sagst du ihnen, wo ich bin?« fragte sie schließlich vorsichtig.

»Ja, wenn du willst. Ich glaube, sie machen sich Sorgen um dich. Ich glaube, sie würden gern wissen, daß du in Sicherheit bist.«

Ich dachte an Ben und Frankie, die sich im La Pedrera wütend stritten. Sie waren mehr damit beschäftigt, sich gegenseitig die Schuld zuzuschieben, als sich Sorgen zu machen, wo Delilah war. Ich wollte ja gern glauben, daß sie nur stritten, weil sie ihre Tochter liebten.

»Was meinst du, Delilah. Möchtest du in Barcelona bleiben oder zurück nach San Francisco?«

»Ich war in der ersten Klasse«, sagte sie. »Sie haben mich einfach rausgenommen. Die Schule hat mir gefallen, ich hatte Freunde.«

»Ich bin sicher, daß deine Eltern nur dein Bestes wollen.«

»Ich kenne drei Kinder, die KBs sind«, sagte sie. »Künstlich befruchtet heißt das. Sie haben keine Väter. Eine hat zwei Frauen als Mütter, die anderen haben nur eine Mutter. Niemand hat das, was ich habe.«

»Wie denkst du denn über das, was du hast?«

»Also...« Sie überlegte. »Ich mag meine Mama, außer wenn sie müde ist und schlechte Laune hat. Frankie hat immer gute Laune, aber ich sehe sie nicht so oft. Ich mag sie auch. Es sind eben meine Eltern, weißt du.«

»Und was ist mit April?«

Delilah seufzte wieder und widmete sich dem Kartenspiel.

Ich wiederholte: »Und was ist mit April?«

»Sie mag mich nicht, glaube ich.«

»Hast du eine Ahnung, warum?«

»Ich weiß nicht... vielleicht, weil...« Delilah sprach nicht weiter und sah an mir vorbei zur Tür.

»Ach, hallo«, sagte ich, und an Ana gewandt fügte ich hinzu: »Noch eine Mutter.«

Hamilton kam in die Küche.

»Mir war doch so, als hätte ich Stimmen gehört«, sagte er freundlich, keine Spur verlegen darüber, als Kidnapper überführt zu sein.

»Wie konntest du?« fragte ich. »Du wußtest doch, was Ben sich für Sorgen machen würde. Und Frankie. Und woher kanntest du überhaupt Frankies Hotel?«

»Ich glaube, das würde ich gern woanders besprechen«, erklärte er bedeutungsvoll.

Ana blieb in der Küche, um beim Kartenspiel mitzumachen. Hamilton ging mir voran in den großen Gastraum, wo er zwischen den schwarzlackierten Tischen, auf denen sich ineinandergestapelte Stühle türmten, geübt hatte.

»Und dann in einem Kleid«, sagte ich. »Wie bist du darauf gekommen?«

»Setz dich«, sagte Hamilton. Er selbst hockte sich auf eine Tischkante. Sein Saxophon glänzte matt in einer Ecke des dunkler werdenden Raumes. Durch die Fenster kam immer noch etwas Licht, die Deckenlampen waren noch nicht eingeschaltet. Er sah ernst und männlich aus, aber auf seinem rundlichen Gesicht lagen immer noch Spuren von Puder und an seinen Wimpern klebte ein letzter Rest von Mascara.

»Erzähl mir von deiner Kindheit, Cassandra.«

»Was?«

»Hattest du einen Vater und eine Mutter, einen Bruder oder eine Schwester, ein nettes Zuhause in irgendeinem kleinen Vorort?«

»Ich hatte eine verwitwete Mutter, eine Bande abscheulicher Geschwister, ein einstürzendes Haus in Kalamazoo, Michigan, und was zum Teufel geht dich das an?«

»Meine Familie hatte Geld«, sagte er. »Aber meine Eltern haßten sich. Sie haben mir die Kindheit zur Hölle gemacht, sich dauernd um mich gestritten und ständig versucht, mich dazu zu bringen, zu sagen, ich würde Mutter mehr lieben oder ich würde bei Vater bleiben wollen.«

»Wie ärgerlich«, sagte ich und trommelte mit den Fingern.

»Wir wohnten in Manhattan, Vater in der Oberstadt, Mutter im Village. Mein Vater fand, daß meine Mutter ein leichtlebiges Flittchen war, meine Mutter hielt meinen Vater für ein langweiliges altes Arschloch. Ich war das einzige Kind. Mutter hat irgendwann wieder geheiratet, aber Vater blieb Junggeselle. Ich habe sie seit Jahren nicht gesehen. Ich kann ihnen nicht verzeihen.«

»Was versuchst du mir zu sagen, Hamilton?«

»Ich weiß, wie es ist, das Kind geschiedener Eltern zu sein.«

Hamilton senkte den Kopf, so daß seine beginnende Glatze zart und verletzlich aussah.

»Ich habe es gehaßt, mitansehen zu müssen, wie Ben und Frankie sich um Delilah gestritten haben. Ich dachte, wenn ich Delilah mitnehme, begreifen sie vielleicht, wie albern sie sich aufgeführt haben.«

»Aber woher wußtest du, wo Frankie war?«

»Sie ist gar nicht so gerissen. Sie hat einen Taxifahrer mit der Nachricht geschickt, daß es Delilah gut geht. Ich habe dafür gesorgt, daß der *Portero* das Taxi aufhält, bis ich unten bin, dann habe ich dem Fahrer ein ordentliches Trinkgeld gegeben, und schon hatte ich den Namen des Hotels.«

»Frankie hat wenigstens daran gedacht, Ben zu sagen, daß es Delilah gut geht.«

»Touché.«

»Wann ist dieser Taxifahrer aufgetaucht?«

»Als du mit Ben am Flughafen warst.«

»Also wußte April, wo Frankie Delilah hatte?«

»Nein.« Seine Augen wichen mir aus.

»Sie wußte es. Deswegen ist sie auch untergetaucht.«

»Was meinst du damit – sie ist untergetaucht?«

»April hat sich heute morgen mit meiner Hilfe aus dem La Pedrera davongestohlen, um mir zu gestehen, daß sie Frankie bei der Entführung von Delilah geholfen hat. Dann sagte sie, sie müßte mir noch etwas erzählen, und wir haben uns zum Mittagessen verabredet. Ich war da, aber sie ist nicht gekommen. Niemand weiß, wo sie ist.«

»Sie hat gesagt, sie will dir etwas erzählen?«

»Vermutlich daß du Delilah mitgenommen hast, nicht wahr? Ihr müßt diesen Plan gestern abend zusammen ausgetüftelt haben, als Ben und ich am Flughafen waren. Sie wollte

Delilah aus dem Weg haben, und du warst bereit, ihr dabei zu helfen. Also erzähl mir nicht diesen Stuß von geschiedenen Eltern und einsamen Kindern.«

»Aber es ist wahr.« Hamilton sah niedergeschlagen aus. Er rutschte vom Tisch und lief im Gastraum umher. »Ich frage mich, was April vorhat.«

»Was soll's? Vor allem muß jetzt Delilah endlich zu Ben und Frankie zurück. Die beiden gehen die Wände hoch vor Sorge.«

»Nein«, sagte Hamilton und sah mich an. »Bitte, Cassandra, laß mich mit ihnen reden, bitte! Du weißt doch, wie es sonst ablaufen wird. Sie gehen sich gegenseitig an die Gurgel, und Delilah muß weiter leiden. Laß mich für morgen früh ein Treffen mit den beiden vereinbaren. Ein heilsames, ruhiges Treffen, wo wir alles auf den Tisch packen und wie vernünftige Erwachsene diskutieren.«

»Nur wenn du sie anrufst und ihnen sagst, daß Delilah bei dir ist. Und zwar sofort.«

Ohne weitere Widerrede ging Hamilton zum Telefon und wählte die Nummer. Im Gastraum war es mittlerweile fast völlig dunkel, und Hamilton sah schattenhaft und zerbrechlich aus, beinah mitleiderregend. Ich mußte mich daran erinnern, daß er nicht mehr das einsame, umkämpfte Kind war, sondern ein kompetenter Erwachsener, der lieben und Musik machen und durchaus auch sehr hinterhältig sein konnte.

»Ben?« sagte er. »Ich bin's, Hamilton. Paß auf, ich möchte nicht, daß du dir Sorgen machst. Delilah ist bei mir. Ja, ich weiß. Ja. Ja. Es tut mir wirklich leid. Es schien mir so das beste. Hör zu, bitte, reg dich jetzt nicht auf, Ben. Ich möchte ein Treffen, mit dir und Frankie. Ich glaube, wir müssen darüber reden, welche Auswirkungen diese ganzen Streitereien auf Delilah haben. Ich mache mir da wirklich Sorgen. Schrei mich jetzt nicht an. Ich tue nur, was ich für das Beste halte. Nein, ich werde dir noch nicht sagen, wo sie ist. Ist Frankie da? Gut. Ihr beide sollt euch zusammensetzen und ein einziges Mal wirklich miteinander reden. Und ich meine *reden*, und nicht, daß ihr euch nur wieder beschimpft. Ich rufe euch später noch mal an, und wenn ihr heute abend keine Fortschritte gemacht habt, behalte ich Delilah bis morgen. Schrei nicht so, Ben!«

Er legte auf. »Diese Frau hat eine laute Stimme.« Er schaltete die Deckenlampen ein, der Raum wurde schlagartig von Licht durchflutet.

»Hat sie zugestimmt?«

»Gefallen hat es ihr nicht, aber ja, sie hat zugestimmt. Ich glaube, sie weiß, daß sie und Frankie so nicht weitermachen können. Daß sie einen Außenstehenden als Vermittler brauchen.«

»Hat sie nicht gefragt, wo April ist?«

»Vielleicht ist April ja schon wieder im La Pedrera.«

»Aus April werde ich nicht schlau.« Ich schüttelte den Kopf.

»Was meinst du damit?«

»Weißt du, vor allen Dingen fällt es mir wirklich schwer zu glauben, daß ihr beide alte Freunde seid. Ich finde, du bist einfach nicht ihr Typ.«

Er zuckte die Achseln. »Was für ein Typ sollte das sein? Wir kannten uns wie... früher mal. Geblieben ist eine grundlegende Loyalität.«

Ich starrte ihn mit schmalen Augen an. »Ich rate dir, verarsch mich nicht, Hamilton.«

»Du bist eine knallharte Lady, weißt du.«

»Wo wir gerade von Ladys sprechen...«

»Meinst du mich? Ja, ich gehe manchmal als Frau. Das mache ich schon mein Leben lang, und es macht mir Vergnügen.« Er sah mich ein bißchen herausfordernd an. »Ich habe festgestellt, daß es mir einen Zugang zum weiblichen Teil meines Ich ermöglicht, zu den weicheren, sanfteren Aspekten meiner Persönlichkeit. Es ist schwer, ein Mann zu sein, Cassandra.«

»So sagt man.«

»Du würdest dich wundern, Cassandra, an was für Signale die Leute sich halten, um das Geschlecht festmachen zu können. Wenn du dich wie das andere Geschlecht anziehst, bringt das das starre dualistische Denken total durcheinander. Das ist sehr befreiend. Du solltest es auch mal versuchen.«

»Nenn mich einfach *Señor.*«

Wir gingen wieder in die Küche. Ana und Delilah verstanden sich bestens, sie malten Dinosaurier auf Butterbrotpapier. Hamilton setzte sich dazu und nahm einen braunen Buntstift. »Ich kann einen ziemlich guten Stegosaurus malen, wollt ihr mal sehen?«

»Ja!« sagte Delilah glücklich.

Ich schätzte, daß ich mir vorläufig keine Sorgen um sie zu machen brauchte.

»Gibt es hier ein Telefon, das ich mal eben benutzen kann?«

Der Koch zeigte zum Flur.

Ich erreichte Carmen im Salon und fragte sie die spanische Entsprechung von »Was geht ab, Baby?«

»Cassandra! Meine Mutter mußte ganz plötzlich nach Granada. Eine Verwandte ist krank.«

»Oh, das tut mir aber leid.« Ich fragte mich, warum sie mir das erzählte. »Willst du unsere Verabredung absagen?«

»Absagen?« Sie schwieg beleidigt.

Oh, warum war meine Carmen nur so eine launische, rätselhafte Frau? Auf einmal ging mir ein Kronleuchter auf.

»Heißt das, ich kann zu dir nach Hause kommen?«

»Sí.«

»Heißt das, deine Mutter ist nicht da?«

»Sí.«

»Heißt das, was ich denke, daß es heißt?«

»Wir werden sehen.«

* * *

Ich war so aufgeregt, daß ich mir nicht die Zeit nahm, Ana ordentlich zu erklären, was los war.

Später erzählte sie mir, ich sei im Zustand höchster Erregung vom Telefon zurückgekommen, irgendwas von einem Krankheitsfall in der Familie faselnd, und zur Tür hinausgefegt. Hätte ich Ana gesagt, daß ich die Nacht bei Carmen zu verbringen gedachte, dann hätte sie gewußt, wo sie mich finden konnte, als früh am nächsten Morgen die Kacke so richtig zu dampfen anfing.

Aber so blieb es wieder einmal dem Anrufbeantworter überlassen, die schlechte Nachricht zu überbringen. Wie achtlos ich ihn am Morgen anschaltete, als ich nach einer wonnetrunkenen und unerwartet ganzen Nacht mit Carmen nach Hause kam. Wie verträumt und beiläufig ich noch dachte: Es ist Hamilton...

Die Hysterie in seiner vor Angst fast tonlosen Stimme war eindeutig echt. Er sagte, jemand habe Delilah entführt.

17

Ein heißer Tag war gerade erst angebrochen, und schon war die unbekümmerte Begierde der letzten Nacht verflogen. Ich stand im sonnigen leeren Flur neben dem Anrufbeantworter, rief Anas Namen und lauschte dem Echo. Ich fühlte mich desorientiert, als hätte ich etwas ganz Grundlegendes vergessen oder wäre sehr lange fort gewesen. Dann wählte ich Hamiltons Nummer im La Pedrera.

Ich ließ das Telefon ein paar Minuten klingeln und stellte mir vor, daß das Signal wie ein Herzschlag durch die fließenden Formen der Gaudí-Räume tönte.

Das Naheliegendste war, daß Ben keine Lust gehabt hatte, die Diskussion mit Hamilton über ihr elterliches Talent abzuwarten, und statt dessen kurzerhand die Küche des Jazzclubs gestürmt und Delilah wiederum mitgenommen hatte. Immerhin hatte sie selbst ihre Tochter noch nie entführt, da mochte sie sich ausgeschlossen fühlen. Und im La Pedrera ging niemand mehr ans Telefon, weil Delilah diesmal wirklich unterwegs in die Staaten war, zusammen mit ihrer biologischen Mutter.

Es war natürlich auch möglich, daß Frankie Delilah wieder geklaut hatte. Oder vielleicht hatten April und Hamilton irgendein Komplott geschmiedet. Vielleicht war Hamiltons Nachricht auf Anas Anrufbeantworter nur ein Bluff.

Ich entschied, daß meine Spekulationen nichts brachten. Was immer passiert war, ich würde es früh genug erfahren. Im Augenblick konnte ich sowieso nichts tun.

Als Konsequenz daraus machte ich mich an meine Übersetzung.

Ich war bei einem Kapitel angelangt, wo Vergangenheit und Gegenwart ineinander übergingen. María war es schließlich gelungen, ihre Mutter ausfindig zu machen und ein Treffen mit ihr zu verabreden.

> Nun, im hohen Alter, lebte Cristobel in dem heruntergekommenen, herrschaftlichen Haus, welches ihr Raoul hinterlassen hatte. Was auch immer es gewesen war, das er in seinem schwarzen Beutel von Dorf zu Dorf getragen hatte, es hatte ihn reich gemacht, wenn auch der größte Teil dieses Vermögens in ultrarechte politische Kampagnen geflossen oder von seinen üblen Gewohnheiten verzehrt worden war. Mit dem Ableben von Raoul begann eine ganze Generation von Männern ebenfalls zu vergehen, als würde der sonderbare Trank, das Elixier, das Aphrodisiakum, mit dem er sie infiziert hatte, seine Macht einbüßen. Alle älteren Männer im ganzen Land, ob Staatsmänner, ob Bauern, begannen zum nahezu gleichen Zeitpunkt ihre Männlichkeit zu verlieren. Mit fortgeschrittenem Alter wuchsen ihnen Brüste und ihre Stimmen wurden weich, ihre Potenz baute sich in verblüffender Geschwindigkeit ab. Manche Leute meinten, es sei das übliche Schicksal alter Männer, alte Frauen zu werden, doch die Männer selbst waren der Überzeugung, sie hätten ihre Potenz Raoul und dem Inhalt seines schwarzen Beutels zu verdanken gehabt. Ohne diese geheimnisvolle Zutat (etwas aus dem Regenwald, der jetzt nicht mehr existierte?) waren sie verdammt zu schändlicher Weiblichkeit und schließlich zum Tode.

Ich kam gut voran und gab mich schon wieder der Illusion hin, die Übersetzung früher als gehofft zu beenden, bis mich gegen Mittag ein beharrliches Klingeln an der Tür unterbrach.

»Sí?« rief ich in die Gegensprechanlage.

»Cassandra, wir wissen, daß sie da ist, laß uns rein!«

Ohne Begeisterung drückte ich den Summer. Irgendwann würde ich ein Machtwort sprechen müssen.

Frankie umarmte mich herzlich. »Hallo, meine Süße! Eigentlich verdächtige ich dich ja gar nicht, es ist nur, weil wir ganz sicher gehen wollen.« Sie rauschte herein. »Meine Güte, das ist ja *hinreißend*. Was ist das, ein Museum?«

Ben war grimmig und kurz angebunden. »Ich bin sicher, daß sie hier ist.«

»Meinst du April oder Delilah?«

»Delilah. Obwohl ich dir glatt zutrauen würde, daß du dir auch April unter den Nagel gerissen hast.«

»Ben, Ben, Ben«, seufzte ich. »Du verdächtigst mich dauernd. Ich sag' dir doch, ich mag Kinder nicht mal sonderlich.«

»Du mußt ein Kind nicht mögen, um es zu stehlen«, erwiderte Ben. Sie trug wieder ihr ärmelloses T-Shirt mit der Weste und ein rotes Halstuch. Ihr kurzes blondes Haar war voller Gel und stand zu Berge wie Nadeln auf einem Nadelkissen.

»Ehrlich gesagt, dachte ich, *du* hättest Delilah.« Ich ging voraus ins Wohnzimmer. »Ich dachte, du wolltest vermutlich nicht warten, bis Hamilton sie zurückbringt, und hast dir ausgerechnet, daß sie im Jazzclub sein muß.«

»Das habe *ich* mir ausgerechnet«, sagte Frankie. »Aber um dir die Wahrheit zu sagen, ich bin zu dem Schluß gekommen, daß Hamilton gar nicht so unrecht hat. Das habe ich Ben schon vorher gesagt. Dieses ganze Gepöbel und Gezanke ist nicht gut für Delilah. Ben und ich müssen Frieden schließen, Ben muß Frieden mit mir schließen. Also habe ich Ben überredet, zu Hause zu bleiben und den Abend zu nutzen, um über alles zu reden. Obwohl ich auch glaube, daß sie geblieben ist, um da zu sein, falls die ehebrecherische April zurückkommt.«

Ben beachtete uns nicht, riß Schranktüren auf, warf sich auf den Fußboden, um unter Sofas zu spähen, und schlug Vorhänge zur Seite. Wenn sie vorhatte, diese Wohnung gründlich zu durchsuchen, würde sie ewig hier sein. Selbst Anas wöchentliche Putzfrau hatte bestimmte Zonen schon vor langer Zeit aufgegeben.

Meine ehemalige Auftraggeberin zündete sich eine Camel an und rückte die Locken ihrer Perücke zurecht.

»Und was meinst du, was mit Delilah passiert ist?« fragte ich Frankie.

»Ist doch sonnenklar. April allein oder April und Hamilton haben sie. Ich habe zwar keine Ahnung wieso, aber ich kann dir sagen, wenn ich April in die Finger bekomme, dann fliegen die Fetzen.«

Ben lief durch die Schlafzimmer und rief steinerweichend »Delilah? Delilah?«

»Warum seid ihr dann nicht unterwegs und sucht April?«

»Weil«, Frankie nahm eine resignierte theatralische Haltung an, »Ben sich weigert zu glauben, daß April irgendwas mit der Sache zu tun hat. Wir haben den ganzen Vormittag auf dem Konsulat verbracht. Du kannst dir vorstellen, wie nervenaufreibend das war.«

»Hamilton hat euch vermutlich erzählt, daß er sich als Frau verkleidet hat, um Delilah gestern früh aus dem Hotel zu schmuggeln?«

»Soll ich jetzt schockiert sein? Ja, er hat es uns erzählt.« Frankie machte eine Pause und lächelte erfreut. »Ben war schockiert.«

Wir folgten dem Klang von Bens Schritten durch die riesige Wohnung. Sie stand gerade in meinem Zimmer unter den Augen der Galionsfigur und grabbelte sich durch meine Übersetzung. »Da wirst du keine Hinweise finden, Bernadette. Nicht mal Gloria de los Angeles hätte sich dieses Rührstück ausdenken können.«

Ben ließ sich jäh auf die Kante von meinem Bett fallen und fing an zu weinen. »Oh, lach du nur«, murmelte sie. »Du und Frankie, ihr könnt euch über mich lustig machen, soviel ihr wollt. Es ist nicht *eure* Tochter.«

»Sie ist meine Tochter«, sagte Frankie geduldig. »Und ich habe dir gesagt, daß sie nicht bei Cassandra ist.«

»Ich weiß nicht. Ich weiß nicht mehr, wer mir die Wahrheit sagt«, heulte Ben.

Frankie setzte sich auf die Bettkante und legte ihren Arm um Ben. Ich war überrascht, wieviel Erfahrung in dieser Geste lag, und wieviel Zärtlichkeit.

»Hör mal, Ben«, sagte ich. »Es tut mir leid, aber ich glaube, du mußt der Tatsache ins Auge sehen, daß vermutlich April Delilah hat.«

»Das sagst du«, schluchzte sie in Frankies Pullover. Frankie sah mich an und verdrehte die Augen.

»Außerdem mußt du der Tatsache ins Auge sehen, daß April und Hamilton irgendwas vertuschen«, fuhr ich fort. »Ich weiß zwar nicht was, aber irgendwas ist da.«

»Hamilton sagt, er hätte April seit dem Abend nicht mehr gesehen, als ich Delilah mitgenommen habe«, sagte Frankie.

»Lügen, Lügen, alles Lügen.« Ben brach völlig zusammen.

Ich haßte es, mitansehen zu müssen, wie eine Frau derart fertig war, besonders eine, die aussah wie Arnold Schwarzenegger. Vielleicht war es doch an der Zeit, wieder meine Hilfe anzubieten.

Außerdem hatte ich immer noch Aprils Buch *Geschichten, die die Füße erzählen*. Vielleicht wollte sie es gern zurückhaben.

Es war ungefähr ein Uhr mittags, und die Hitze baute sich stetig auf. Ich ließ Ben und Frankie im La Pedrera, erteilte ihnen die strikte Anweisung, sich ein bißchen auszuruhen, und versprach, sie anzurufen, falls und sobald ich irgendwas herausfinden sollte. Dann ging ich zur U-Bahnstation Diagonal und nahm die grüne Linie Richtung Norden.

Wenn ich davon ausging, daß April, die Kinder nicht besonders mochte, Delilah tatsächlich letzte Nacht mitgenommen hatte, was würde sie heute mit ihr machen? Ganz gewiß nicht drinnen sitzen und Karten spielen. Es mochte sinnvoll sein, mit der Suche am naheliegendsten Ort von allen zu beginnen.

Ich fand April auf der Bank, die sich in Windungen um die erhöhte Plaza im Parc Güell schlängelte. Die leuchtend bunten Mosaiksteinchen glitzerten in der Sonne, ein Kachelkaleidoskop aus sarazenischen Sechsecken und *fleurs de lis* — Liliensymbolen der Romantik, aus diamantförmigen Mustern und Spiralen, in Blau, Gelb und Orange, alles Bruchkeramik aus der Ziegelei, die liebevoll neu zusammengefügt war. Gaudí soll die Sitzflächen der Bänke modelliert haben, indem er Arbeiter bat, sich mit ihrem nackten Hintern auf den feuchten Gips zu setzen, und in der Tat hatte die Form der Sitze etwas von einem erotischen Antrag.

April saß in blaßgelber Waschseide da wie eine üppige Narzisse. Ihr schwarzes Haar ringelte und kräuselte sich über die breiten Schultern ihrer Tunika, und der Stoff floß weich ihre stämmigen Beine hinunter bis zu den buttergelben Socken und den unvermeidlichen Birkenstock-Sandalen. Sie sah aus wie der Frühling, bis auf ihr Gesicht, das unendliche Melancholie ausdrückte. Sie war in ein Buch vertieft, auf dem Umschlag stand in fetten Buchstaben DAS RINGEN UM NÄHE.

Von Delilah keine Spur, sie spielte auch nicht mit den anderen Kindern.

Ich glitt auf einen warmen Mosaikplatz neben ihr.

»April«, sagte ich, »wo bist du gewesen? Mein ganzes Leben lang, meine ich.«

»Oh, Cassandra«, sagte sie, diesmal genau nach Drehbuch. »Ich hatte gehofft, dich noch zu sehen, bevor mein Flugzeug geht.«

»Was soll das heißen, bevor dein Flugzeug geht?«

Ihre großen, schwarzen Augen waren wie Brombeeren, feucht glänzend mit einem Hauch Purpur.

»Ich fliege heute abend nach London. Und von da aus nach San Francisco zurück.«

»Das verstehe ich nicht.«

»Nein«, seufzte sie. »Versuch es gar nicht erst. Akzeptiere es einfach nur.«

»Aber Ben? Und was ist mit Delilah?«

»Es hätte nie geklappt. Und wenn Ben es sich noch so sehr wünscht, wir würden es nicht hinkriegen. Ich muß mich vor Frauen in acht nehmen, die mich mit Haut und Haaren vereinnahmen. Ich bin ein erwachsenes Kind«, vertraute sie mir an.

Ich sah mir ihr Buch an. Es war schon ziemlich zerlesen.

»Du auch?« fragte sie.

»Wenn du meinst, ob mein Vater vor seinem Herzinfarkt ein knuddeliger alter irischer Säufer war, ja. Ich bin das ausgewachsene Kind dieses Mannes. Aber ich habe gute Erinnerungen an ihn.«

»Du hast Probleme mit Nähe, nicht wahr, Cassandra?«

Die Unterhaltung lief nicht so, wie ich es wollte. »Mein Leben besteht aus einer Folge einmaliger Gastspiele, und genau das brauche ich auch. Und nun zurück zu Ihnen, Miss Schauer. Du möchtest offensichtlich keinen beiläufigen Sex, du möchtest eine feste Beziehung. Also was ist der eigentliche Grund, warum du deine Geliebte und ihre kleine Tochter verläßt?«

»Weil Bens wirkliche Beziehung die mit Frankie ist, nicht die mit mir.«

»Sei nicht albern. Sie streiten sich ständig.«

»Sie streiten sich, weil sie einander viel bedeuten. Das haben sie schon immer.« April streichelte den Schutzumschlag ihres Buches. »Frankie und Ben haben ein Kind zusammen. Sie lieben es beide sehr.«

»Sie haben eine komische Art, das zu zeigen.«

»Ich habe versucht, was ich konnte, um einen Platz für mich in Bens Leben zu finden. Aber mit Delilah bin ich nicht zurechtgekommen. Ich mag Delilah nicht. Und ich war eifersüchtig auf die Beziehung von Frankie und Ben.«

»Hast du Delilah deswegen entführt? Um die beiden zu bestrafen?«

»Wie meinst du das?«

»Tu doch nicht so, April. Delilah ist letzte Nacht aus dem Jazzclub verschwunden. Ben und Frankie wußten nicht, daß sie da war. Du bist die einzige, die das wissen konnte.«

»Aber, aber... Nein! Ich wußte es nicht! Ich meine, ich wußte, daß Hamilton wußte, daß Frankie sie in dieses Hotel gebracht hatte, und ich habe mir schon gedacht, daß er sie am nächsten Morgen gekidnappt hat. Aber ich wußte nicht... ach du lieber Himmel. Wo könnte sie sein?«

»Zeig mir dein Flugticket.«

Sie nahm ihre Basttasche und wühlte darin herum. Es war ein einfaches Flugticket für eine Person nach San Francisco über London.

Dabei wurde mir klar, daß April das gleiche Problem hätte wie Frankie, falls sie sich heimlich mit Delilah davonmachen wollte. Delilah war in Bens Paß eingetragen, April wußte das auch.

»In Ordnung«, sagte ich. »Lassen wir Delilah mal einen Moment beiseite. Erzähl mir von Hamilton.«

Ihre dunklen Augen blinzelten. »Was soll ich dir da erzählen?«

»Wie hast du ihn kennengelernt? Die Wahrheit, bitte.«

April zögerte. »Er ist mein Stiefbruder.«

»Dein Vater war der, den seine Mutter geheiratet hat? Die Mutter im Village?«

»Ja.« April zögerte wieder. »Meine Mutter und mein Vater haben sich in den dreißiger Jahren in Barcelona kennengelernt. Meine Mutter war Tschechin, mein Vater Deutscher. Juden. Sie dachten, Spanien wäre sicher, sie haben eine Wohnung gekauft...«

»Im La Pedrera!«

April nickte. »Aber 1942 mußten sie wieder weg, und da sind sie nach New York gegangen. Ein paar Jahre später wurde ich geboren, das einzige Kind. Meine Mutter starb. Mein Vater hat Nerissa Kincaid geheiratet, Hamiltons Mutter. Sie ist Alkoholikerin. Das... das hat uns zusammengeschweißt.«

»Er sagt, ihr hättet euch auf der Highschool kennengelernt. Warum sagt er nicht einfach, daß du seine Stiefschwester bist? Warum hast du nie darüber gesprochen? Warum weiß Ben nichts davon?«

April starrte auf ihr Buch. »Hamilton und ich, wir haben beide Probleme damit, bestimmte Dinge anderen Leuten zu erzählen. Wir haben unsere dunklen Punkte.«

»Er hat mir erzählt, daß seine Eltern sich um das Sorgerecht gestritten haben. Aber dich hat er nicht erwähnt.«

»Ich... wir... ich meine, wir standen uns als Jugendliche sehr nahe, aber dann haben wir uns aus den Augen verloren. Er blieb in New York und ging zur Universität, während ich nach San Francisco zog und... mein Coming-out hatte. Zu dem Zeitpunkt haben wir den Kontakt wieder aufgenommen. Aber er wollte nach Europa ziehen. Also habe ich ihm die Wohnung untervermietet.«

»Die Wohnung gehört also in Wirklichkeit dir?«

»Ja.«

»April, ach April, du hast alles nur noch komplizierter gemacht. Gestern hast du gesagt, du müßtest mir etwas erzählen. War es das, die Sache mit Hamilton?«

Sie sah hinaus aufs Meer. »Ja und nein. Ich habe heute begriffen, daß nichts so wichtig ist, wie wir es nehmen. Vielleicht würdest du es verstehen, aber vielleicht auch nicht. Laß uns einfach die Zeit, die wir zusammen hatten, in guter Erinnerung behalten und der Göttin dafür danken, daß wir noch leben und kämpfen und uns ändern können.«

Ich nahm *Geschichten, die die Füße erzählen* aus meiner Tasche. »Gut, jedenfalls vielen Dank, daß du mir das Buch geliehen hast. Ich habe ein paar nützliche Ratschläge mitgenommen.«

Ich stand auf, ein bißchen enttäuscht, aber nicht sehr. In meinem Beruf triffst du eine Menge Leute. Du kannst sie für ein Weilchen haben, aber nicht für immer.

»Ich bin sicher, wir werden uns wieder über den Weg laufen, April«, sagte ich. »Ich meine, nicht erst in einem anderen Leben. Vielleicht irgendwann mal bei einer Demonstration.«

»Du hast eine gute Aura, Cassandra.« April drückte ihr Buch an sich. »Licht auf deinen Wegen.«

Das Ende der *Siesta* in Spanien verbinde ich immer mit dem Geräusch der Aluminiumrolläden, die vor den Ladentüren wieder hochgezogen und befestigt werden. Der Verkehr kommt auf Touren, und die Menschen, die auf Bänken am Straßenrand oder in Cafés gesessen und Zeitung gelesen haben, stehen widerstrebend auf und gehen zurück an die Arbeit.

Ich machte mich auf zu Anas Wohnung, aber sie war immer noch nicht da. Auf dem Anrufbeantworter war eine Nachricht von Ben, die sagte, sie hätten Delilah nicht gefunden, eine von Frankie, die sagte, sie hätten Delilah nicht gefunden, und eine von Hamilton, der gern mit mir reden wollte. Ich fragte mich, wann April eigentlich den anderen sagen wollte, daß sie ging. Sicherheitshalber, dachte ich, sollte wenigstens eine von uns am Flughafen sein.

Ich war müde, aber nach meinem Alptraum von gestern hatte ich einen gewissen Widerwillen dagegen, mich hinzulegen. Ich wanderte in Anas Arbeitszimmer, um einen Blick auf ihre Fortschritte beim Häuserbauen zu werfen, vor allem auf die Amöbenmodelle. Ich sah, daß sie eins mit Samt umsäumt hatte und auch schon am herumexperimentieren war, wie die Teile zusammengefügt werden könnten. Ich bückte mich, um mir das genauer anzusehen, und sah eine leuchtend blaue Socke und einen weißen Turnschuh aus dem Fiberglasgebilde hervorlugen.

In einer der eizellenartigen Formen hatte sich ein kleines Mädchen zusammengerollt wie ein Weichtier in seiner Schale. Sie hatte dünne, blonde Haare, trug eine Brille und schlief fest.

18

Ich hörte Ana zur Wohnungstür hereinkommen.

»Du schuldest mir ein paar Erklärungen«, sagte ich, als sie im Arbeitszimmer auftauchte.

»Es sollte nur für kurze Zeit sein«, sagte Ana nervös.

»Das haben sie alle gesagt.«

»Nun ja, du warst gestern so schnell verschwunden, und ich dachte an das arme Kind, das den ganzen Abend in der Küche sitzt und Karten spielt… Und ich wollte ihr so gern meine Häuser zeigen und…«

»Aber warum ist sie immer noch hier? Warum hast du ihre Mütter nicht verständigt?«

»Sie hat mich gebeten, das nicht zu tun.«

»Das soll ich dir glauben?«

Ana verteidigte sich. »Hat sie wirklich. Sie sagte, sie will nicht nach Hause, wo alle sich um sie streiten. Da habe ich ihr mal Barcelona gezeigt, wir sind auf den Poble Espanyol gegangen und mit der Seilbahn gefahren, dann waren wir auf dem kleinen See in Ciutadella Rudern. Weißt du, die hatten ihr buchstäblich absolut nichts gezeigt, diese Mütter, sie waren zu beschäftigt mit ihren eigenen Angelegenheiten. Und für mich war es so schön, so wunderbar, einmal mit einem Kind zusammen zu sein.«

Ich sah, wie sich der weiße Turnschuh leicht bewegte.

»Bist du wach, Delilah?«

»Mh-hmmm«, antwortete das Weichtier.

Ich ging hinüber und sah sie mir an. Sie war kein hübsches Kind, aber sie war sich ihrer selbst auf eine Art bewußt, die mir gefiel.

»Na, ich brauche dir wohl nicht zu sagen, daß alle wie verrückt nach dir gesucht haben.«

»Außer April.«

»Ich glaube, daß April aus dem Spiel ist«, sagte ich. »Vielleicht geht es dir besser, wenn du das weißt. Sie fliegt heute abend allein nach Amerika zurück.«

»Das ist gut.« Delilah sah zum ersten Mal glücklich aus. »Also sind wir nur noch ich und Ben und Frankie?«

»Ja, wenn sie sich auf irgendwas einigen können.«

»Das *hoffe* ich«, sagte Delilah und begann, aus ihrer Schale zu kriechen. Sie hielt inne und sah mich an. »Weißt du, warum April mich in Wirklichkeit nicht leiden konnte?«

»Äh, nein...«

»Weil ich rausgekriegt habe, daß sie ein Junge ist.«

»Was?« sagten Ana und ich wie aus einem Mund.

Delilah nickte weise. »Sie war einer, genau wie Frankie. Ein Junge, der sich in ein Mädchen verwandelt hat.«

»Das ist unmöglich, Delilah, du bist durcheinander. Ich meine, es ist verständlich, daß du durcheinander bist, so wie du aufgewachsen bist. Aber ich kann dir versichern, daß April kein Junge ist und nie einer war.«

»War sie doch.« Delilah machte Anstalten, sich wieder in ihr Schneckenhaus zurückzuziehen.

»Na schön, wenn du es sagst.« Herrje, dieses Kind brauchte unbedingt Hilfe. Und zwar schnell.

Widerstrebend kletterte Delilah heraus.

»Bist du soweit, wollen wir zu Ben und Frankie?«

»Ja, von mir aus.« Sie wandte sich an Ana. »Kommst du mit?«

Ana war gerührt. Es war ihr richtig anzusehen, wie sie gegen die Versuchung kämpfte, Delilah für immer zu kidnappen.

»Ich fahre dich auf dem Roller hin«, sagte sie.

»Und was ist mit mir?«

»Cassandra, es ist doch nur zwei Straßen weiter.«

Also folgte ich ihnen zu Fuß. Bald, sehr bald würde das alles vorbei sein und ich auf dem Weg nach London und dann nach Bukarest. Morgen vielleicht, nach einer letzten leidenschaftlichen Nacht mit Carmen. Mehr ging nicht, sie würde sonst von mir verlangen, daß ich nach Barcelona zog. Sie bestand schon darauf, daß ich meine Haare wieder wachsen ließ.

Die weißen Wogen von La Pedrera wallten um die Straßenecke, aus dem Eingang an der Provença kam mir Hamilton entgegen.

»Ich habe Ana und Delilah am Fahrstuhl getroffen«, sagte er. »Ich bin so froh, daß sie in Sicherheit ist. Es war ausgesprochen dumm von mir, sie aus Frankies Hotel zu holen. Das hat alles nur noch komplizierter gemacht.«

Eine Antwort darauf erübrigte sich. Ich zeigte auf eine der weißen Mosaikbänke, die wie gewaltige Falten aus dem Bürgersteig der Passeig de Gràcia herauszuwachsen schienen. Wir setzten uns.

»Hamilton«, sagte ich, »warum hast du mir nicht gesagt, daß April deine Stiefschwester ist?«

Er fuhr zusammen. »Du hast April getroffen?«

»Im Parc Güell. Sie hat mir die ganze Geschichte eurer Kindheit erzählt. Sie fliegt heute abend zurück nach San Francisco. Sie sagt, ihr ist klar geworden, daß es mit ihr und Ben nie etwas werden würde.«

Er saß einen Moment lang still da. »Sie hat dir die ganze Geschichte erzählt?«

»Ja, ich glaube schon. Von ihren Eltern und von deiner Mutter und daß die getrunken hat und all das.«

»Also nicht die ganze Geschichte.«

»Was ist denn daran so geheimnisvoll? Viele Leute kommen aus kaputten Familien, viele Leute haben ihr Coming-out, was ist daran so weltbewegend?«

Hamilton starrte über die Straße auf die wellige Masse von La Pedrera.

»April ist nicht meine Stiefschwester.«

»Oh nein. Sag nicht, sie hat sich das alles bloß ausgedacht.«

»Nicht ganz.«

»Was dann?«

»Sie ist mein Stiefbruder.«

»Stiefbruder – Bruder, wie Knabe?«

»Albert.«

Ich sprang auf, dann setzte ich mich wieder. »Delilah hatte also recht.«

Hamilton nickte nur.

»Himmel, Arsch und Zwirn!« fauchte ich. »Weiß Ben das? Nein, Ben hat natürlich keinen Schimmer. Frankie bestimmt auch nicht. Jesses Maria und Joseph.«

»Ich weiß es nicht genau, aber ich nehme an, April wußte nichts von Frankie, als sie was mit Ben anfing. Ben war wohl nicht besonders erpicht darauf, daß man von ihrer Ehe mit einer männlich-weiblichen Transsexuellen erfuhr. April dachte wohl zu Anfang, Delilah hätte einen Vater, den sie jedes Wochenende besucht. Irgendwann ist ihr aber klar geworden, was für enorme Probleme Ben mit Frankies Transsexualität hat. Sollte April ihr da alles erzählen? Hättest du es getan?«

»Vermutlich nicht«, gab ich zu.

»Und je länger ihre Beziehung dauerte, desto unmöglicher wurde es wahrscheinlich für sie, darüber zu sprechen. Und dann gab es da noch Delilah. Vielleicht hat Delilah irgend etwas zu ihr gesagt. Vielleicht mochte sie Delilah deswegen nicht. Ich bin ziemlich sicher, daß sie deswegen San Francisco verlassen hat und nach Barcelona gekommen ist.«

Der heiße Frühlingsnachmittag ging allmählich in den

Abend über, während Hamilton und ich auf der weißen Bank saßen und La Pedrera betrachteten. Der beginnende Sonnenuntergang tönte die poröse Oberfläche des Hauses eine Nuance rosa und pfirsichgelb. La Pedrera schien zu atmen vor wogender Vitalität, mehr wachsendes Raumgebilde als statische geometrische Struktur. Es war großartig. Obwohl mir, hätte ich es nur von außen gesehen, entgangen wäre, daß die eigentliche Schönheit des Gebäudes in den sorgfältig geschaffenen Details seines Inneren lag, in den Wirbeln des Stucks und den Windungen des dunklen Holzes, im Schnitt seiner Zimmer und in den Spiralwindungen seiner Treppen.

»Weißt du, was Gaudí über La Pedrera geschrieben hat?« sagte Hamilton. »Das hat mir immer gefallen. Er sagte: '... die Ecken werden verschwinden und das Material wird sich überströmend offenbaren in seinen astralen Rundungen; die Sonne wird von allen vier Seiten eindringen, und es wird das Ebenbild vom Paradies sein... und mein Palast wird heller leuchten als das Licht!'«

»Der Mann war seiner Zeit voraus«, sagte ich. »Weit, weit voraus... Wollen wir reingehen?«

»Es ist doch jetzt nicht nötig, Ben irgendwas über April zu erzählen, oder?« fragte Hamilton.

Ich schüttelte den Kopf, wir seufzten kameradschaftlich und standen auf.

Frankie und Ben saßen auf dem Sofa, Delilah hockte zwischen ihnen wie eine kleine Kriegsgefangene. Ana versuchte gerade unter Tränen zu erklären, auf welcher logischen Grundlage sie Delilah entführt hatte. Ihr normalerweise sehr gutes Englisch war miserabel.

»Ich wollen. Ich nur wollen machen euer Mädchen glücklich. Sie so unglücklich.«

»Cassandra!« sagte Frankie, als Hamilton und ich hereinkamen. »Das schlägt doch wirklich dem Faß den Boden aus.«

»Ach, halt die Luft an, Frankie«, sagte ich heiter. »Ihr habt sie doch wieder, oder? Und du hast bekommen, wozu du hergekommen bist, oder?«

»Aber du *arbeitest* für mich, Cassandra.«

»Nicht in letzter Zeit.«

»Das sieht dir wieder ähnlich, Frankie«, sagte Ben. »Du lügst doch wie gedruckt.«

»Ach, du glaubst, du hast die Ehrlichkeit gepachtet, Bernadette. Du bildest dir ein, du hast dich verhalten wie die Redlichkeit in Person.«

»Hört auf!« schrie Delilah, sprang vom Sofa und lief zu Ana. »Ich hasse euch beide! Ich hasse es, wenn ihr so redet! Ich habe das so satt!«

Ben und Frankie starrten sie an.

»Aber Delilah«, sagte Ben nach einer Weile im Ton erwachsener Vernunft. »Das ist doch nur, weil wir dich lieben.«

»Ihr solltet euch lieben!« schrie das kleine Mädchen. »Das wäre besser.«

Ben machte ein langes Gesicht. »Aber wir lieben uns doch, mein Schatz.«

Frankie seufzte. »Das stimmt, Delilah. Wir haben nur eine komische Art, das zu zeigen.« Sie nahm Bens Hand. »Ben und ich kennen uns schon so lange, Delilah. Seither ist vieles geschehen, du gehörst auch dazu, es hat sich so viel verändert. Manche Veränderungen sind nicht ganz so leicht zu akzeptieren.«

Delilah klammerte sich eigensinnig an Ana.

»Wir möchten nicht, daß du unglücklich bist«, sagte Ben mit Tränen in den Augen.

»Wir möchten gute Eltern für dich sein«, sagte Frankie.

Ana beugte sich zu Delilah hinunter und flüsterte ihr etwas ins Ohr, und langsam breitete sich ein Lächeln auf dem Gesicht des kleinen Mädchens aus.

»Okay«, verkündete sie. »Aber ich will wieder nach Hause. Und ich will, daß ihr beide nett zueinander seid. Bitte.«

Neben mir verlor Hamilton die Fassung und verließ plötzlich das Zimmer.

Frankie nickte. Ben nickte.

»Versprecht ihr es?« fragte Delilah.

»Ich muß sowieso dringend mal wieder zum Training«, sagte Ben. »Ich bin überhaupt nicht mehr in Form.«

»Ich verspreche es«, sagte Frankie und stupste sie in die Seite.

»Ich verspreche es«, sagte Ben.

Später fragte ich Ana, was sie Delilah zugeflüstert hatte.

»Ich habe ihr gesagt, ich würde ihr eins meiner neuen Häuser geben, zum Mitnehmen. Damit sie immer ein Zuhause hat.«

19

Nun saß ich wieder auf dem kleinen Platz vor der Kirche Santa María del Pi, wo Frankie und ich uns vor gut einer Woche getroffen hatten. Es war der Morgen nach dem Tag, an dem Delilah endgültig wieder aufgetaucht war. Ich wartete auf Ana und Carmen, die auf einen Abschiedskaffee kommen wollten, bevor mein Flugzeug nach London ging.

Ich hatte noch ein paar Seiten übersetzt, denn wider Willen hatte die Geschichte von María und Cristobel angefangen, mich zu interessieren, und ich hatte mit mir selbst den Pakt geschlossen, nicht zum Ende des Buches vorzublättern, um zu sehen, wie alles ausging. In meinem Notizbuch, sicher neben mir in meiner Lederhandtasche, hatte ich fast siebzig neue übersetzte Seiten, nur etwa dreißig lagen noch vor mir. Die würde ich in London fertigmachen und in einem zweiten Durchgang alles überarbeiten. Anfang Juni konnte ich glücklich unterwegs nach Bukarest sein.

Nun endlich war das Geheimnis von Raouls schwarzem Beutel gelüftet! Er enthielt nicht mehr und nicht weniger als…

»Entschuldigung, sitzt hier jemand?« unterbrach mich eine Stimme auf Englisch mit hartem deutschen Akzent. Der Sprecher deutete erst auf den Nebentisch, dann auf den Stuhl, wo ich meine Tasche deponiert hatte.

»Sí, alle Tische in meiner unmittelbaren Nähe sind besetzt oder werden es gleich sein«, sagte ich auf Spanisch.

Er setzte sich trotzdem, ein junger Mann mit Sonnenbrille und Pferdeschwanz.

»Ich bin hier auf einer Tagung«, informierte er mich.

»Schön für Sie«, sagte ich und wandte mich wieder meinen Seiten zu.

Der Typ hatte seine Flugtasche einfach auf meine Ledertasche draufgestellt. Nun deutete er auf die Schrift. EUROPEAN SOCIETY FOR ORGAN TRANSPLANTATION.

Offensichtlich erwartete er überwältigte Ausrufe von mir, wie 'mein Gott, Sie sind bestimmt ein berühmter Organverpflanzer!' oder 'Was *ist* das eigentlich, die Europäische Gesellschaft für Organverpflanzung? Das hört sich ja so wahnsinnig aufregend an.'

Leck mich am Arsch, dachte ich. Selbst wenn es mich interessiert hätte, ich hatte zu tun.

»Ich habe Sie schon einmal gesehen«, verkündete er als weiteren Anlauf, eine Unterhaltung in Gang zu bringen.

»Das halte ich für sehr unwahrscheinlich«, sagte ich abweisend. »Ich komme soeben aus einem vergessenen Winkel Nord-Borneos, wo ich die letzten zwanzig Jahre Ureinwohnerkulturen untersucht habe. Sie sind praktisch der erste weiße Mann, den ich zu Gesicht bekomme. Und ganz offensichtlich hat Ihre Sippe keinerlei Fortschritte gemacht, während ich weg war.«

»Nein, ich weiß es genau«, verkündete er. »Ich bin Ihnen zweimal gefolgt. Das erste Mal hatte ich mich ganz verlaufen. Ich hatte die Kathedrale angeschaut und die Orientierung verloren. Ich irrte durch die Straßen. Da sah ich Sie. Ich rief Sie an, um Sie nach dem Weg zu fragen, aber Sie fingen an zu laufen. Mir wurde klar, daß Sie Angst hatten, also lief ich Ihnen nach, um Ihnen zu sagen, daß ich nichts Böses im Schilde führte. Aber Sie sind nicht stehengeblieben. Ein paar Tage später sah ich Sie wieder, spät abends. Und Sie sind wieder nicht stehengeblieben.«

»Ich war verabredet. Woher wollen Sie übrigens wissen, daß ich es war?«

»Ihre Jacke!« sagte er. »Was für ein Zufall, daß wir uns jetzt hier treffen. Mein Name ist Wolfgang Schlagwurst, Doktor Schlagwurst.«

»Nett, Sie kennenzulernen, Wolfgang. Wenn Sie mich jetzt entschuldigen wollen, ich hab' eine Deadline einzuhalten.«

Damit drehte ich ihm den Rücken zu und versuchte, mich zu konzentrieren.

Cristobel zufolge enthielt der schwarze Beutel, jenes allgegenwärtige Geheimnis ihrer Ehe, dieser Fluch ihrer Tage der Wanderschaft mit Raoul den Fluß entlang, dieses mysteriöse Gepäckstück, das Raoul mit seinem Leben bewacht hatte, und von dem sie glaubte, es würde, wenn sie es nur öffnen könnte, ihr Schlüssel zur Freiheit und zu einem neuen Leben sein, nicht mehr und nicht weniger als...

»Cassandra, hör auf zu arbeiten!« Carmen ließ sich verdrießlich auf einen Stuhl mir gegenüber plumpsen und zerschlug Herrn Doktor Schlagwursts Interesse mit einem Schnipsen ihrer manikürten Finger, das gleichzeitig den Kellner an unseren Tisch brachte.

Sie bestellte einen *Café solo* und nahm meine Hände in ihre. »Ich bin sehr sehr böse auf dich, *Querida*. Du kommst völlig überraschend nach Barcelona und genauso überraschend gehst du schon wieder.«

Ich drückte ihre Hand und sagte: »Darum geht es nun mal im Übersetzungsgeschäft, Carmen: Geschwindigkeit, Gewalt, Sex, Geheimnisse. Übersetzerinnen kommen und gehen, du kannst nicht mit ihnen rechnen. Du solltest dich nie auf eine Übersetzerin verlassen. Auch nicht auf einen Organverpflanzer, nebenbei bemerkt.«

»Cassandra, mach keine Witze. Du hast mir das Herz gebrochen.«

»Es ist besser, zu gehen, wenn wir uns gerade gut verstehen«, sagte ich. »Außerdem komme ich wieder.«

»Das hast du letztes Mal auch gesagt.«

»Na also, ich bin doch gekommen, oder?«

»Aber wann?«

Zu meiner Erleichterung sah ich Ana über den Platz auf uns zukommen. Hamilton war dabei. Warum hatte sie ihn mitgebracht?

»Ach, Sie haben noch mehr Gäste«, sagte Herr Doktor Schlagwurst. »Dann will ich nicht länger stören. Es war sehr nett, Sie kennenzulernen, Fräulein. Und ich bitte nochmals um Entschuldigung, daß ich Sie erschreckt habe.«

Ich lächelte ihn plötzlich an und sagte auf Spanisch: »Auf Nord-Borneo würde jemand wie Sie einen netten kleinen Imbiß abgeben.«

Er verbeugte sich höflich und entfernte sich und seine Tasche.

Ana und Hamilton setzten sich.

»Ich bedaure sehr, daß du abreist, Cassandra«, sagte Ana. »Ich habe das Gefühl, ich habe dich kaum zu Gesicht bekommen.«

Wenn ich mir bei Trennungen und Abschieden ernste Gefühle erlauben würde, hätte ich nie all die Länder gesehen, die ich gesehen habe, nie all die Leute kennengelernt, die ich kenne. Also verschloß ich die Tür meines Herzens sacht vor der Sentimentalität und lachte. »Du siehst mich wieder. Wahrscheinlich, wenn du es am wenigsten erwartest.«

»Haben deine Freundinnen denn alles geklärt?« fragte Carmen.

»Ja. Frankie und Ben haben sich auf eine neue Sorgerechtsregelung geeinigt und sich außerdem vorgenommen, eine Therapie zu machen. Morgen fliegen sie nach Hause. April ist schon gestern abend abgereist, mit einem Flug über London nach San Francisco.« Ich erwähnte nicht, daß ich zum Flughafen gefahren war, um ihr Auf Wiedersehen zu sagen. Ich wollte sie wissen lassen, daß ich ihr alles Gute wünschte und daß ich fand, Reflexzonenmassage sei vermutlich die aufregendste und schönste Alternative zu einer handfesten Verführung, die je erfunden wurde.

»Delilah hat mir einen Brief geschrieben«, sagte Ana und holte ihn aus der Tasche. »Ich glaube, sie hat ihn Frankie diktiert.«

Liebe Ana,
Ich finde dich nett, du baust tolle Häuser, das mit den vielen verschiedenen Teilen ist das beste. Danke, daß du mir das gegeben hast. Ich weiß, daß ich immer richtig gut schlafen werde. Danke und auf Wiedersehen,
Delilah

Ana lächelte Hamilton an und nahm zu meiner Überraschung seine Hand.

»Wir haben etwas bekanntzumachen«, sagte sie. »Hamilton und ich haben vereinbart, daß wir ein Kind haben wollen. Er wünscht sich auch eine Familie.«

Hamilton errötete. »Es ist ein bißchen unkonventionell, aber ich glaube, es könnte gehen.«

Wie jemand nach allem, was wir erlebt hatten, das Wort *unkonventionell* gebrauchen konnte, war verblüffend.

»Meinen Glückwunsch.« Ich prostete ihnen mit Orangensaft zu. »Aber denkt daran, legt alles schriftlich fest.«

Ana lachte. »Oh, da fällt mir noch was ein. Hier habe ich etwas, das dir Spaß machen wird, Cassandra. Nach deinen kürzlichen Abenteuern mit Taschendieben.« Sie zückte einen Zeitungsausschnitt. Er stammte aus *La Vanguardia*.

Eine Organisation von Taschendieben hat eine neue Methode entwickelt, sich in Barcelona der Portemonnaies und Handtaschen unvorsichtiger Bürger und Touristen zu bemächtigen. Mit Hilfe von Flugtaschen einer Tagung, die vorige Woche in Barcelona im Montjuïc stattfand, sind den geschickten Dieben, vermutlich deutscher Herkunft, bereits an die fünfzig Diebstähle gelungen. Auch wenn die Tagung wirklich stattgefunden hat: Wenn Sie die Worte **European Society for Organ Transplantation** auf einer Flugtasche irgendwo in Ihrer Nähe sehen — nehmen Sie sich in acht!

Carmen sagte: »Cassandra, wo ist deine Tasche?«

Ich warf einen Blick auf den Stuhl neben mir.

Cristobel und ihre lange verlorene Tochter María waren verschwunden.

1992 – Ariadne wird immer unbescheidener…

…und macht das Dutzend voll. In diesem Jahr werden zwölf Krimis unsere Reihe weiter ausbauen und für schlaflose Nächte sorgen. Die immer weiter wachsende Nachfrage nach unseren Ariadne-Krimis verstehen wir auch als Auftrag, die schon eingeführten Autorinnen mit ihren weiteren Büchern auch in unserer Reihe fortlaufend zu veröffentlichen. So erscheinen im ersten Halbjahr 1992 bei Ariadne die jeweils zweiten Krimis von Cannell, Wilson und Magezis sowie der dritte von Forrest.

Der Witwenclub von Dorothy Cannell führt die Personen aus *Die dünne Frau* wie in einem Fortsetzungsroman in weitere Abenteuer. Ellie, jetzt verheiratet, lernt darin die Vorzüge von Beerdigungen sowie zwei unternehmungslustige ältere Detektivinnen kennen und schätzen. Cannells Stärke ist nach wie vor die kluge sprachliche Komik und der zärtlich-ironische Umgang mit frauentypischen Tagtraumthemen.

In *Ein Nachmittag mit Gaudí* von Barbara Wilson sind, wie bereits im *Pornokongreß*, Themen aus der Frauenbewegung aufgenommen. Jedoch werden auf ganz andere, sehr humorvolle Weise vermeintliche Sicherheiten spielerisch-subversiv untergraben; die neue, welterfahrene Heldin Cassandra Reilly bewegt sich durch ein Labyrinth voller Verwechslungen in einem wachsenden Durcheinander von Geschlechtsrollen.

In *Schüttelfrost* (kommt Pfingsten) läßt Joy Magezis ihre Hauptfigur aus *Untergetaucht* neuerlich das Netz von politischer Intrige und Befreiungskämpfen entwirren. Ihre Frauengestalten sind durchaus solidarisch und politisch bewegt, aber zugleich in Privatheit verstrickt. Mit seiner Nicaragua-Thematik ist *Schüttelfrost* ein echter Krimi der Achtziger.

Schließlich (auch Pfingsten) *Beverly Malibu*, der dritte Roman von Katherine V. Forrest (nach *Die Tote hinter der Nightwood Bar* und *Amateure*). Kriminalkommissarin Kate Delafield ermittelt hier in einem Fall, der sie zurückführt in die politischen Intrigen der McCarthy-Ära. Zusätzlich faszinierend an diesem Krimi ist der Zusammenhang von Verrat und Karriere noch heute bekannter Filmschauspieler.

Mit den allerersten beiden Krimis des Jahres 1992 haben wir zwei neue Autorinnen vorgestellt. Zunächst zu Joan Hess, deren Buch *Rufmord* den Auftakt von drei Romanen bildet, die wir aus ihren circa 20 Krimis vorerst ausgewählt haben. Verglichen zu den Bewegungen, die unsere Frauenkrimis vorführen, scheint Joan Hess noch eher zur alten Krimischule zu gehören. Was uns jedoch an ihr von Anfang an begeisterte, ist der bissig-amüsant geschilderte, aber enorm sorgfältige Blick auf den gewöhnlichen Frauenalltag, der als sozialer Hintergrund die Krimihandlungen bestimmt. Natürlich ist die Hauptgestalt eine Frau, sie besitzt eine kleine Buchhandlung und ist außerdem Mutter einer halbwüchsigen Tochter, welche die Krimihandlungen ebenso stört wie voranbringt. Wieder einmal ist es das Universitätsfeld, welches mit seinen vielen Unfähigkeiten, Hochstapeleien und sexuellen Intrigen den kriminalistischen Plot ausmacht.

Ganz anders der Roman von Sarah Schulman, *Ohne Delores*. Schulman ist für uns eine herausfordernde Entdeckung. In einem Stil, wie wir ihn zuletzt bei Jean Genet lasen, schreibt sie über Leben und Subkultur auf den Straßen New Yorks. Die Handlung selbst ist wie ein langer Gang durch diese Straßen. Daß überhaupt ein Verbrechen geschieht und Aufdekkung nötig wird, ist eher unwesentlich, wesentlich ist, wie gelebt wird. Moral, ein typischer Baustein des Krimigenres, wird hier bezweifelbarer, beiläufiger. Spätestens in diesem Roman von Sarah Schulman wird der Übergang von Krimi zu Romanliteratur vorgebahnt.

Daher waren wir auch nicht mehr allzu überrascht, als uns

sowohl Sarah Schulman als auch kurz darauf Barbara Wilson einige größere Romane von sich schickten und somit zeigten, daß sie die Gattungsgrenzen von Trivialliteratur zu Literatur längst überschritten hatten, oder eben diese Grenzen nicht ernst nahmen. Diese Erfahrung begeisterte uns ebenso wie die Romane selbst. In ihnen nutzen beide Autorinnen das breitere, nicht durch den Krimistandpunkt eingegrenzte Feld dazu, Lebensweisen von heutigen Frauen, die selbst schon aufgebrochen sind, vorzustellen. Frauen also, für die die Frauenbewegung oder/und Studentenbewegung der späten sechziger Jahre schon zur eigenen Geschichte gehört, welche ihr individuelles Verhalten und ihre Beziehungen zu sich selbst und zu anderen verändert hat. Und auch junge Frauen, die bereits mit den Fragen des Feminismus aufwuchsen. Neue Frauen in alten gesellschaftlichen Verhältnissen, die darum um so eindringlicher ihre Unlebbarkeit zeigen.

Aufgerührt durch solche Leseerfahrungen beschlossen wir, unsere Krimi-Reihe um eine solche Literatur-Reihe, wie sie uns unsere eigenen Autorinnen nahelegen, zu erweitern. Wir gewannen noch Marge Piercy (die durch ihren utopischen feministischen Roman »Die Frau am Abgrund der Zeit« schon einigen Leserinnen bekannt sein dürfte), weil auch ihre Romane aufwühlend und literarisch bahnbrechend von Frauenleben und darin enthaltenen Fallen und Widersprüchen künden. Im Mai 1992 beginnen wir diese Reihe – die *edition ariadne* – mit zwei Büchern: *Unbescheidene Frauen* von Barbara Wilson und der große Roman um Aids, *Leben am Rand*, von Sarah Schulman. Geplant sind für die folgenden Jahre schon zwei weitere Romane von Schulman, einer von Barbara Wilson (die übrigens zur deutschen Veröffentlichung von *Unbescheidene Frauen* und ihren beiden Krimis im Juni 92 eine Veranstaltungsreise durch eine Reihe deutscher Städte machen wird), und etliche Titel von Marge Piercy. Jährlich werden zwei neue Bücher erscheinen. Wir versuchen die Preise so gering wie möglich zu halten, das heißt konkret: die ersten beiden werden 25,– DM und 27,– DM kosten. Die *edition ariadne* wird wie die Krimis in den Buchhandlungen erhältlich sein. Zusätzlich kann sie auch beim Verlag direkt abonniert werden, und zwar zum Ladenpreis (der je nach Länge unterschiedlich ist), aber ohne Versandkostenzuschlag.

An unserer geplanten Zeitschrift, dem Ariadne-Forum, arbeiten wir noch. Wenn alles klappt, und uns die Zeit nicht wieder davonläuft, wird bis zum Erscheinen der ersten Romane der *edition ariadne* auch die erste Ausgabe vorliegen.

Es gilt noch immer: Schreibt uns, macht mit.

Frigga Haug, Else Laudan

Ariadne Redaktion (Else Laudan)
Argument Verlag · Rentzelstraße 1 · 2000 Hamburg 13

In der Ariadne-Reihe sind bisher erschienen:

Ariadne 1001	Anthony Gilbert: Das Geheimnis der alten Jungfer
Ariadne 1002	Marion Foster: Wenn die grauen Falter fliegen
Ariadne 1003	Joy Magezis: Untergetaucht
Ariadne 1004	Anthony Gilbert: Fette Beute
Ariadne 1005	Lauren Wright Douglas: Lauernde Bestie
Ariadne 1006	Jessica Mann: Das Gewerbe der Mrs. Knox
Ariadne 1007	Katherine Forrest: Die Tote hinter der Nightwood Bar
Ariadne 1008	Josephine Bell: Mord im Ruhestand
Ariadne 1009	J. R. Hulland: Der Tod studiert mit
Ariadne 1010	Masako Togawa: Der Hauptschlüssel
Ariadne 1011	Sarah Dreher: Stoner McTavish
Ariadne 1012	P. M. Carlson: Vorspiel zum Mord
Ariadne 1013	Val McDermid: Die Reportage
Ariadne 1014	Kim Småge: Die weißen Handschuhe
Ariadne 1015	Katherine V. Forrest: Amateure
Ariadne 1016	Dorothy Cannell: Die dünne Frau
Ariadne 1017	Kim Engels: Zur falschen Zeit am falschen Ort
Ariadne 1018	Dolores Komo: Clio Browne, Privatdetektivin
Ariadne 1019	Barbara Wilson: Der Porno-Kongreß
Ariadne 1020	Sonja Lasserre: Gestern, heute und kein Morgen
Ariadne 1021	Val McDermid: Das Nest
Ariadne 1022	P. M. Carlson: Sicher ist nur Mord
Ariadne 1023	Sarah Dreher: Schatten (Stoner McTavish 2)
Ariadne 1024	Joan Hess: Rufmord
Ariadne 1025	Sarah Schulman: Ohne Delores
Ariadne 1026	Dorothy Cannell: Der Witwenclub
Ariadne 1027	Barbara Wilson: Ein Nachmittag mit Gaudí
Ariadne 1028	Joy Magezis: Schüttelfrost
Ariadne 1029	Katherine V. Forrest: Beverly Malibu